Roman Kempf
Kaiserkrönung

Roman Kempf

Kaiserkrönung

Abels
siebter Criminalfall

LOGO VERLAG Eric Erfurth
Obernburg am Main

I

»Sie kommen! Sie kommen!«

Hell drangen die Rufe seiner Frau Marie in Abels Kontor. Abel legte die Schreibfeder beiseite und blickte in sein Kalenderbuch: Freitag, der 6. Juli 1792.

Was waren das für Zeiten! Nach noch nicht einmal zwei Jahren fand in Frankfurt schon wieder eine Kaiserkrönung statt. Würde diese das altehrwürdige Reich vorwärtsbringen? Abel horchte aus seinem Kontor hinaus.

Die Miltenberger jedenfalls freuten sich, wenn er den Lärm auf der Straße richtig deutete. Dort liefen sie jetzt unter lauten Rufen zusammen und begrüßten den Geleitzug mit den Reichskleinodien. Die Insignien des Kaisers — die Krone, der Reichsapfel und das Zepter sowie der Krönungsornat und die anderen Reichsheiligtümer — wurden anlässlich einer Krönung stets von Nürnberg, wo man sie verwahrte und ausstellte, in die Krönungsstadt nach Frankfurt gebracht. Dabei machte der festliche Zug dieser einzigartigen Schätze gewöhnlich auch in Miltenberg halt, das die vorletzte Station auf dem Weg entlang des Mains nach Frankfurt war.

Abels Blick wanderte hin zum Fenster seines Kontors. Die Überführung der Reichskleinodien war eine komplizierte Zeremonie. Waldemar Wolf, der Schultheiß der Stadt Miltenberg und Abels Freund, hatte es ihm erklärt, als er, Abel, Ende September 1790, zur Krönung Leopolds II., den Aufmarsch des Zuges mit einem Naserümpfen begleitet hatte.

Man könne nicht einfach, hatte ihn Waldemar belehrt, die

Reichskleinodien, die die Größe und Herrlichkeit der kaiserlichen Majestät versinnbildlichten, in Nürnberg aus der Heilig-Geist-Kirche holen und nach Frankfurt schaffen. Das habe in festgelegten Prozeduren zu geschehen, die alleine schon in Nürnberg Stunden dauerten. Diese Umstände wiederholten sich in jeder größeren Stadt, die auf dem Weg läge. Daher sei das auch in Miltenberg nicht anders.

»Kommst du?« Die Stimme Maries klang jetzt schärfer.

»Ja!«, rief Abel zurück und stand auf.

Auf dem Weg hinüber ins Wohnhaus, das sich direkt an der Miltenberger Hauptstraße befand, sinnierte er weiter. Im September würde es vier Jahre her sein, dass er sein Amt als Cellerar der weithin bekannten Benediktinerabtei Amorbach niedergelegt hatte. Er hatte das Kloster verlassen und Marie, seine große Liebe, geheiratet. Nun war er unter seinem bürgerlichen Namen Johann Herzog Nachfolger seines Freundes und Schwiegervaters Lothar Gutekunst in dessen stattlichem Handelshaus. Nur Marie, Lothar und ihr gemeinsamer Freund Waldemar Wolf, der Miltenberger Schultheiß, nannten ihn nach seinem alten Namen, Abel.

Marie führte den Haushalt, wie es Abel sich nicht besser wünschen konnte. Zu ihrer Tochter, der kleinen Anna, würden sicherlich bald weitere Geschwister hinzukommen.

Allein Lothar machte Abel und Marie Sorgen. Seit er vor einem halben Jahr von einem Spaziergang nicht mehr nach Hause gefunden hatte, wollte Marie ihn nicht mehr alleine lassen. Auch Marthas Kräfte schwanden zusehends. Die betagte Küchenmagd saß immer öfter neben Lothars Schaukelstuhl und war immer weniger im Haushalt tätig.

Marie hielt gerade Anna auf dem Arm und lehnte mit ihr am offenen Fenster. Unter dem Kopftuch, das sie bei den Hausarbeiten trug, schaute ihr dunkelblondes, gewelltes Haar hervor. Sie wendete sich kurz um, als Abel die gute Stube betrat.

Immer noch die glatte Mädchenhaut von einst, dachte Abel. Allein in Maries Augenwinkeln bildeten sich mittlerweile kleine Falten. Diese waren jedoch nur zu sehen, wenn sie lachte.

Marie schaute wieder hinaus auf die Straße. Lothar, ihren Vater, hatte sie ein Fenster weiter auf einem Stuhl platziert.

»Kannst du dich noch erinnern, als wir für Leopold die Kleinodien in Empfang genommen haben? Das war doch vor gut zwei Jahren?«, fragte Marie.

Abel nickte. »Wer hätte damals gedacht, dass wir bald schon wieder einen Kaiser bekommen«, sagte er und trat neben Marie.

Lothar murmelte: »Wird wohl meine letzte Krönung sein.«

Marie fuhr herum. »Papa, du sollst nicht immer so reden!«

»Meine ja nur, weil der neue Kaiser Franz so jung ist.«

Und so unerfahren, dachte Abel. »Blumenkaiser« wurde der österreichische Herrscher in einigen Journalen genannt. Die Botanik hatte den 24-jährigen Spross aus dem Hause Habsburg bislang mehr interessiert als Staatsgeschäfte.

Dann blickte auch Abel auf die Straße. Aus den Fenstern des gegenüberliegenden Hauses grüßten die Bachmanns, ihre Nachbarn. Deren sechs Kinder schwenkten weiße Tücher und riefen nach unten auf die Straße, sobald sie einen Bekannten sahen.

Abel grüßte zurück und blickte auf Anna und Marie. Anna war jetzt drei Jahre alt, Marie 28, er selbst würde 41 werden. Doch Abel spürte sein fortgeschrittenes Alter noch nicht. Wenn er im Zunfthaus bei den Schiffern saß und hörte, wie diese über ihre Leiden und die Mühsal der Schifffahrt klagten, straffte er sich und betrachtete seine kräftigen Hände. Er fühlte sich rüstig und tatkräftig wie eh und je, auch wenn sein dichtes, schwarzes Haar an den Schläfen schon leicht ergraut war. Dennoch wurde es langsam Zeit für einen männlichen Nachfolger.

Marie wurde die kleine Anna zu schwer. Als sie sie Abel in die Arme drückte, begegneten sich ihre Blicke. Maries Augen glänzten. Sie lachte hell und spähte dann wieder auf die Straße.

»Ich sehe sie«, rief sie über die Schulter und beugte sich noch weiter zum Fenster hinaus. Abel tat es ihr nach, doch Anna bekam Angst und wehrte sich. Er setzte sie auf den Boden und schob sie hinüber zu Lothar, der schon die Hände nach ihr ausstreckte.

Abel sah jetzt, wie zwei Miltenberger Stadtwachen die Schaulustigen von der Straße drängten. Jeder der beiden schwenkte eine Fahne in den Farben der Stadt Miltenberg. Die Wachen betrieben dies derart wild, dass den Neugierigen nichts anderes übrig blieb, als sich an die Hauswände zu drücken.

In einigem Abstand nach den Wachen kam der Reisemarschall zu Ross, in einem Rock aus rotem Tuch mit einem Kragen aus schwarzem Atlas und goldbestickten Aufschlägen.

Abel kniff die Augen zusammen. Ja der Reisemarschall war, wie vor zwei Jahren auch, der Nürnberger Obrist Johann Georg Haller von Hallerstein. Gleich dahinter folgte der Wagen mit den Krongesandten, gezogen von vier Rössern mit silberbeschlagenem Zaumzeug. Wahrscheinlich waren es auch hier die gleichen Begleiter wie beim letzten Mal: stolz auftretende Amtsträger aus bekannten Nürnberger Patrizierfamilien. Abel stellte sich vor, wie die Herren sicherlich so manchen privaten Dukaten eingesetzt hatten, um dieser Ehre teilhaftig zu werden. Die Stadt Nürnberg hingegen hatte wohl auch dieses Mal verlauten lassen, dass sie stets ihre vornehmsten Vertreter aus den ältesten Familien auswählen würde.

Zur Gesandtschaft zählten auch noch acht Kronkavaliere, eine Ehrengarde, die dem Wagen zu Fuß hinterhermarschierte. Abel musste über deren strengen Auftritt lächeln.

Die schweren Büchsen geschultert, blickten sie starr geradeaus und an der jubelnden Menge vorbei.

Dann kam der Kronwagen. Vollkommene Ruhe kehrte nun unter den Zuschauern ein und eine beinah andächtige Stimmung verbreitete sich. Man hörte nur noch das Scheppern der eisenbeschlagenen Wagenräder auf dem Pflaster. Abel holte tief Luft.

Sechs nahezu gleich aussehende Braune zogen den ebenfalls braun lackierten Wagen, in dem die Reichskleinodien verwahrt wurden. Grell leuchtete das scharlachrote Wagendach mit dem aufgemalten Reichsadler in der Abendsonne.

Plötzlich ließ Marie einen Schrei fahren. Sie schlug die Hände vors Gesicht und starrte auf die Zugpferde.

Als Abel ihrem Blick folgte, sah er gerade noch, wie eine Frau einen Buben zwischen den Pferdebeinen hervorriss. Einer der beiden Reitknechte, die auf den vorderen Pferden saßen, griff daraufhin hart in die Zügel. Sein Ross wieherte und versuchte, trotz Zaumzeug und Deichsel, mit den Vorderläufen in die Höhe zu steigen. Doch weiter passierte nichts. Die Pferde beruhigten sich wieder und der Kleine befand sich sicher in den Armen seiner Mutter, die ihn heftig schimpfte.

Der Vorfall hatte lediglich zur Folge, dass der nachrückende Tross mit Wagenmeister, Wagenknechten, Feldscher und Stadtsoldaten auf den Kronwagen auflief. Nur langsam kam der Zug wieder in Bewegung. Jetzt erst sah Abel auch seinen Freund, den Miltenberger Schultheiß Waldemar Wolf. Waldemar war schon in der Frühe mit einem Offizier der Stadtwache, einem Tambour und 40 Mann zu Fuß den Nürnbergern entgegengezogen. Sie hatten den Zug, der von den Höhen des Odenwaldes den Weg durch das Erftal in die kurmainzische Amtsstadt Miltenberg nahm, zum Main hinab geleitet.

Abel sah dem Zug noch eine Weile zu. Ein Gaukler mit

einem Eselswagen bildete das Ende. Dann folgten ohne weitere Ordnung die Einwohner Miltenbergs.

»Ich muss gehen«, sagte Abel zu Marie und lief zur Tür.

»Dass es nicht zu spät wird!«, rief Marie ihm hinterher.

Abel gab keine Antwort. Schon seit Tagen hatte er den Eindruck, dass sich Marie etwas ängstlich benahm. Er wollte doch nur, nein, er musste zum Marktplatz, wo sich der Geleitzug aufstellte und vom Schultheiß und dem Amtmann begrüßt wurde. Da durfte nicht fehlen, wer in der Stadt Rang und Namen hatte.

Als Abel durch das Hoftor trat, war die Straße nahezu menschenleer. Viele Miltenberger waren dem Zug hinunter zum Marktplatz gefolgt. Je näher Abel dem Schnatterloch kam, wie der Marktplatz im Volksmund genannt wurde, umso dichter drängte sich das Volk. Niemand wollte die Begrüßungszeremonie verpassen. Abel ärgerte sich, nicht schon früher das Haus verlassen zu haben. Nachdem er mehrmals beschimpft worden war, weil er sich vorgedrängelt hatte, gab er auf. Keiner der vor ihm Stehenden wollte beiseite treten. Wenn er sich jedoch auf die Zehenspitzen stellte, konnte er einigermaßen den Platz überblicken.

Die Wagen hatte man auf dem Marktplatz im Halbkreis aufgestellt, gerade spannten die Fuhrknechte die Pferde aus. Die Reisegesellschaft würde im altehrwürdigen Gasthaus *Riesen* untergebracht werden. Nur die Soldaten würden, gemeinsam mit ausgesuchten Bürgern der Stadt, auf dem Marktplatz die Reichskleinodien bewachen.

Gut 20 Schritte hinter dem Marktbrunnen, wo sich der zu einem hohen Berg hin ansteigende Platz verjüngte, hatte der Miltenberger Amtmann Georg von Bäumen ein Podest errichten lassen. Darauf stand er zusammen mit dem Schultheiß, flankiert von den Honoratioren der Stadt. Abel biss sich auf die Lippe. Eigentlich sollte er jetzt auch dort stehen.

Etwas abseits des Podestes hielten sich drei Reiter. Sie

trugen die Uniformen des Hauses Löwenstein-Wertheim. Das Schloss ihres Herren Dominik Constantin Fürst zu Löwenstein-Wertheim-Rochefort lag im nahen Kleinheubach, der nächsten Ortschaft flussabwärts auf der linken Mainseite. Das Dorf war Hoheitsgebiet des Fürsten und bildete am Mainviereck einen kleinen Gebietsflicken im Mainzer Kurfürstentum. Abel erkannte den Anführer der Truppe. Das war der Hofkanzler des löwensteinischen Fürsten in Kleinheubach, Johann Philipp von Hinckeldey.

Nun sprang der Nürnberger Obrist Hallerstein auf das Podest und hob die Hand. Nach und nach verstummte die Menge. Abels Freund Waldemar trat nach vorne. Im schwarzen Umhang, die Amtskette vor der Brust und mit den störrischen, grauen Haaren, die unter einer Kappe hervorlugten, wirkte der Miltenberger Schultheiß sehr würdevoll.

Behutsam rollte Waldemar ein Pergament auf und verkündete laut über den Platz hinweg: »Im Namen des Rates der Stadt Miltenberg und aller Bürger dahier entbieten wir untertänigst dem hochverehrten Herrn Obristen von Hallerstein, dem ehrwürdigen Herren Kriegsrat von Scheurl, dem Landpfleger ...«

Abel erinnerte sich. Das waren doch die gleichen Gesandten wie 1790.

Bald hatte Waldemar die Liste der zu begrüßenden Personen abgearbeitet. Nun ergriff der Amtmann Bäumen das Wort. Abel hatte Mühe zu verstehen, was dieser mit seiner hohen, dünnen Stimme über den Marktplatz schrie. Es waren Dinge zum Ablauf des Zuges, die das Volk nicht interessierten. Normalerweise würde der Zug am nächsten Tag zum rechtsmainischen Ufer übersetzen und dort über Großheubach, Klingenberg und Aschaffenburg weiterziehen. Das war von alters her der übliche Geleitweg hin zum Krönungsort, und auf dem gleichen Weg ging es danach wieder zurück. Nur manchmal hatte man in der Vergangenheit die Miltenberger Seite gewählt, wenn das Übersetzen über den Main wegen Eisgang oder Hochwasser nicht möglich gewesen war.

Inzwischen hatte der Obrist Hallerstein das Wort ergriffen. Ausführlich hatte er sich bei dem Schultheiß bedankt und Rat und Bürgerschaft mit allerlei Komplimenten überhäuft. Mehrmals ließ er dazu seine Grenadiere eine Salve aus ihren Gewehren abfeuern. Das Volk dankte es ihm mit Beifall. Abel hatte den Eindruck, dass Hallerstein all die Komplimente schon vielfach so oder so ähnlich ausgesprochen hatte.

Gerade war Hallerstein beim morgigen Tag angelangt. Den Weitermarsch kündigte er für acht Uhr in der Frühe an und fuhr fort, dass wegen der mittlerweile besseren Straßen der Zug die linksmainische Strecke über Kleinheubach nehmen würde.

Kaum hatte Hallerstein dies verkündet, riss Hinckeldey, der Anführer der Löwensteinischen Reiter, seinen Säbel heraus, reckte ihn in die Höhe und rief über den Platz: »Mit Verlaub, wir geben zur Resolution, dass es notwendig ist, sich in diesem Falle mit uns zu verständigen.«

Am Schnatterloch war es augenblicklich still.

Hallerstein drehte sich langsam zu den Reitern hin. »Wer spricht hier?«

Der Anführer des kleinen Trupps ließ seinen Säbel sinken: »Johann Philipp von Hinckeldey, Geheimrat des Dominik Constantin Fürst zu Löwenstein-Wertheim-Rochefort aus Kleinheubach.«

»Sagt noch einmal, was Ihr wollt!«

»Ihr beabsichtigt, das Gebiet der Löwensteins zu durchqueren. In diesem Falle verteidigen wir fürstliche Rechte. Es gebührt uns, und nur uns, das Krongeleit zu stellen, solange sich der Zug auf Kleinheubacher, also unserer, Gemarkung bewegt. Dies ist alter Brauch und verbrieftes Recht.«

Hallerstein machte eine kurze Pause. Dann antwortete er, bemüht, seiner Stimme einen festen Klang zu geben. »So nehmt meine Antwort zur Kenntnis. Kurmainz hat das *Ius conducendi*, das Geleitrecht. Das gilt auch für Euer Gebiet, und wir haben den Befehl, dieses auch auszuüben.«

Die Menge grölte und klatschte.

»Wir sind in friedlicher Absicht gekommen«, rief Hinckeldey. »Doch wir können nicht unsere Rechte abtreten.«

»Sollen wir Kleinheubach aushungern?«, schrie Hallerstein zurück.

Das Volk auf dem Marktplatz tobte.

Die drei Reiter waren jetzt ganz mit ihren Pferden beschäftigt. Nur langsam wich die Menge vor ihnen zurück.

Als sich die Tiere wieder beruhigt hatten, rief Hinckeldey: »Ich ersuche Euch, von Gewalttätigkeiten abzusehen, sonst sehen wir uns genötigt, Gewalt mit Gewalt zu vergelten.«

»Ho, ho, ho!«, rief das Volk.

»Ihr lasst uns ja keine Wahl!« Hallersteins Stimme ging im Tumult beinahe unter.

»Die habt Ihr. Wir ersuchen Euch, nehmt die gewöhnliche Geleitstraße über Großheubach und der Streit hat ein Ende.«

»Wir haben uns entschieden!«, schrie Hallerstein. »Meldet das Eurem Fürsten! Wir werden kommen. Morgen früh. Mit tausend Mann!«

Hallerstein strich mit seiner Rechten über den Platz. Das Volk johlte.

Rasch drehte Hinckeldey jetzt ab. Mit seinen Reitern verließ er hinter den Wagen den Platz. Wüste Beschimpfungen begleiteten die Truppe.

Aufgebracht redeten die Miltenberger durcheinander. Die feierliche Stimmung war dahin, auch wurde es langsam dunkel. Die ersten Zuschauer verließen nun den Marktplatz und Abel konnte sich zum Podest hin drängen.

Ein Soldat stellte sich Abel in den Weg. Doch Waldemar hatte Abel gesehen und rief ihm zu. Der Soldat ließ ihn passieren. Auf dem Podest stand man in einer Traube zusammen und beredete das Geschehene. Einige Besonnene rieten, den Vorschlag anzunehmen und rechtsmainisch weiterzureisen. Der Löwensteiner habe vor Kurzem, wegen der Sympathiekundgebungen der Wertheimer Bürgerschaft für die Französische Revolution, Regierung und Kammer von seinem Stammsitz in Wertheim nach Kleinheubach verlegt. Wenn man jetzt seine Autorität auch noch von Mainz untergrabe …

»Nein!«, entschied Hallerstein. »Die Zeit läuft davon. Seit wir in Nürnberg aufgebrochen sind, geht das schon so. Nein, was sage ich, es fing schon vorher an. Wisst ihr, wie lange es gedauert hat, alleine aus Nürnberg herauszukommen?«

Hallerstein schaute in die Runde. Dann hob er die Rechte und spreizte die Finger: »Fünf Stunden vom Burghof bis zum Stadttor! Und warum? Weil vor der Stadt das Land des Markgrafen von Ansbach beginnt. Auch er verlangte, das Geleitrecht auszuüben. Also schickten wir einen Boten zu den markgräflichen Geleitsherren, die sich bereits tags zuvor in der Stadt einquartiert hatten. Man wechselte allerlei Komplimente. Und der Herr Reisemarschall«, Hallerstein hieb sich auf die Brust, »schaute zum wiederholten Male nach, ob alles zum Abmarsch bereitstand, fand zum wiederholten Male alles in bester Ordnung und musste doch zum wiederholten Male warten. Und warum?«

Hallersteins Augen blitzten. Er warf die Arme in die Luft. »Die Herren Markgräfler waren noch nicht einmal aufgestanden. Und als sie endlich zum Tor hinausgeritten und bereit waren, uns zu empfangen, gab es zunächst einmal eine Protestation wegen ihres Geleitsanspruchs. So wie hier.«

Hallerstein holte sein Schnäuztuch hervor und trompetete hinein. Danach fuhr er fort. »Und so ging das weiter. Überall dort, wo sich die Zuständigkeiten änderten, das gleiche Theater.«

Abel zwang sich, ein Grinsen zu vermeiden. Hier erlebte ein hochgestellter Amtsträger einmal das, was für ihn, Abel, und seine Händlerzunft das tägliche Brot war. Es war stets eine Plage, mit einer Warenlieferung durch mehrere Herrschaftsgebiete reisen zu müssen. Gebietsherren aller Art ließen sich die absonderlichsten Wegezölle einfallen und hielten die Wagen oder die Schiffe auf, um noch ein paar Gulden aus den Händlern herauszupressen.

Mittlerweile hatte sich Waldemar neben Abel gestellt und zupfte ihn am Ärmel. »Kannst du mir einen Gefallen tun?«, murmelte er.

Abel runzelte die Stirn.

»Reite morgen früh mit uns bis Kleinheubach.«

Abel schaute Waldemar an und zog noch mehr die Augenbrauen zusammen.

»Ich brauche Leute mit nüchternem Verstand.«

»Ich muss morgen mit dem Schiff nach Frankfurt!«

»Du wirst bis Mittag zurück sein. Bitte!«

Abel überlegte kurz. Wenn alles vorbereitet und er um die Mittagszeit wieder in Miltenberg war, würde er rechtzeitig ablegen können. Dann sollte es möglich sein. Schließlich hatte ihm Waldemar auch schon oft geholfen.

»Meinetwegen«, sagte er. »Bis Mittag.«

Danach verschwand Waldemar mit Hallerstein und dem Amtmann in der Amtskellerei gegenüber, wo Letzterer zum Abendessen geladen hatte. Auch die Honoratioren machten sich jetzt auf den Heimweg, nicht ohne vorher noch einmal um den Kronwagen herumgegangen und ihn aufs Genaueste beäugt zu haben.

Kaum hatte Abel den Marktplatz verlassen, wurde er von hinten angesprochen.

»Auf a Wort, der Herr!«

Abel blieb stehen. Ein Österreicher? Was wollte der von ihm? Abel drehte sich um. Vor ihm stand der Gaukler, der am Ende des Geleitzuges in die Stadt gekommen war.

II

»Lögts murng mim Kohn ob?«

»Wie bitte?«

»Ihr fahrts morgen mit dem Schiff nach Frankfurt?«

Abel musterte sein Gegenüber. Die bunte Kappe, die übergroßen Schuhe, die gestreifte Hose, die Glöckchen an den Fransen des geflickten Rockes, alles wies darauf hin, dass er einen Spaßmacher vor sich hatte. Doch das magere, ernste Gesicht des Narren mit den stechend blauen Augen wollte nicht recht in dieses Bild passen. Der Sprache nach stammte er jedenfalls aus Österreich.

»Woher wisst Ihr das?«, fragte Abel.

Der Gaukler hob seine Kappe. »I hob Eich auf am Markt gsehn, mit am Schultheiß.«

Abel dachte nach. »Seid Ihr nicht mit dem Geleitzug gekommen? Warum bleibt Ihr nicht bei diesem?«

»Dös is mir zfad. I muss jetzad auf Frankfurt. Do spuit die Musi.« Der Gaukler rieb Daumen und Zeigefinger der rechten Hand aneinander. Die Volksbelustigung war ein wichtiger Teil der Kaiserkrönung. Etliche Theatertruppen reisten an und wollten an den Feierlichkeiten verdienen.

»Mein Schiff ist voll«, sagte Abel und wandte sich zum Gehen.

»Is nur a klaans Wagerl«, rief ihm der Gaukler nach.

»Sucht Euch ein anderes Schiff«, rief Abel zurück und ließ den Gaukler stehen. Es war ihm nicht danach, jetzt noch einen Spaßmacher um sich zu haben.

»Ihr seid da Aanzige, wo fahrt.«

Abel gab keine Antwort mehr.

Auf dem Heimweg schaute er noch kurz bei Heinrich, seinem Schiffsknecht, vorbei, um ihm einige Anweisungen für den morgigen Tag zu geben. Dann kam er endlich nach Hause.

»Es ist leider so, dass einige Miltenberger meinen, nur, weil sie Städter seien, könnten sie auf die Bauern und Handwerker in den umliegenden Dörfern herabschauen«, meinte Marie, als Abel ihr beim Abendessen von dem Vorfall auf dem Marktplatz berichtete.

Abel brummte und legte seiner Tochter Anna ein weiteres Stück Pfannenkuchen auf den Teller.

»Oder, weil die Miltenberger katholisch sind und die Lutheraner aus Kleinheubach nicht leiden können«, fuhr Marie fort.

Abel lächelte. Er wusste, dass Marie gerne das letzte Wort behielt. Doch dieses Mal musste er ihr widersprechen.

»Das ist auch andernorts so«, sagte er. »Der Geleitmarschall hat es lautstark beklagt. Außerdem haben nicht die Miltenberger, sondern er entschieden, linksmainisch weiterzureisen. Es ist die Eitelkeit der jeweiligen Landesherren, die immer wieder Probleme bereitet. Sie beharren auf ihren Rechten, egal wie lächerlich sie sich dabei auch ausnehmen.«

Marie antwortete nicht gleich.

Abel nutzte die Pause. »Ich werde übrigens morgen früh mit dem Zug reiten.«

Marie fuhr hoch. »Nach Frankfurt? Du wolltest doch mit dem Schiff ...«

Abel legte Marie die Hand auf ihren Unterarm. »Nur bis Kleinheubach. Waldemar hat mich darum gebeten. Danach komme ich wieder, und mittags legen wir mit dem Schiff ab.«

Marie zog eine Schnute.

»Wo ist eigentlich Opa?«, fragte Abel.

»Heiß!«, krähte Anna und zeigte Abel ein Stückchen Pfannenkuchen. Sie hatte die Wangengrübchen und das dunkelblonde, wellige Haar ihrer Mutter geerbt.

»Papa ist heute unpässlich«, sagte Marie. »Ich mache mir Sorgen.«

»Sollen wir den Physikus kommen lassen?«

»Lieber nicht. Er würde ihn bestimmt wieder fortjagen.«

Nach dem Abendessen ging Abel noch einmal ins Kontor. Er musste wegen einer Bestellung von Leinenstoff noch einen Brief nach Gent an seinen Verbindungsmann in Flandern schreiben. Als Abel ins Haus zurückkam, schlief Marie bereits.

»Man spricht von achtzigtausend Gästen, das niedere Volk nicht mitgezählt«, sagte Waldemar, nachdem sie am Samstagmorgen mit dem Geleitzug Miltenberg verlassen hatten. Abel zog den Umhang etwas enger und schaute zum Himmel. Für Anfang Juli war es erstaunlich kühl. Doch es schien ein schöner Tag zu werden. Unter Gewehrsalven und zu den Klängen der zu diesem Anlass neu eingekleideten Stadtkapelle hatten sie schon zeitig in der Frühe das Mainzer Tor durchquert und ritten jetzt auf Kleinheubach zu.

Rasch hatten sie die Brücke über das Flüsschen Mud, das kurz nach Miltenberg in den Main floss, passiert. Auch wenn die gepflasterte Straße bald zu Ende sein würde, wusste Abel, dass Hallerstein recht hatte. Vor allem mit schweren Wagen kam man auf dieser Mainseite schneller voran.

Ganz Miltenberg schien den Zug zu begleiten. Abel schätzte die Menge auf mehr als die von dem Obristen angedrohten 1000 Mann. Etliche davon waren angetrunken. Entweder sie hatten die Nacht durchgezecht oder schon sehr früh ein paar Schoppen gehoben.

»Frankfurt, meine ich«, sagte Waldemar. »Schon seit Wochen bereiten sie sich dort darauf vor.«

Abel nickte.

»Die Leute werden sich gegenseitig auf den Füßen stehen«, fuhr Waldemar fort. »Selbst den Ratten wird es zu eng werden.«

Abel schaute den Freund an. Wollte dieser ihm die Fahrt nach Frankfurt ausreden? Die *Sancta Maria* war voll beladen mit Wein. Er würde ein gutes Geschäft machen.

Doch Waldemar war mit seinen Gedanken schon wieder woanders. Er deutete nach vorne.

»Das Schloss. Gleich wird es losgehen.«

Von seinem Pferd aus konnte Abel bequem über die gut mannshohe Sandsteinmauer blicken, die den Park und das Gelände um das Schloss herum von der Straße trennte. Hinter der Mauer, keine 200 Schritte entfernt, erstreckte sich der dreistöckige Mittelbau des Schlosses mit seinen beiden Seitenflügeln. Entworfen war dieses als zeitgemäß geltende Bauwerk, wie Abel wusste, von dem bekannten Baumeister Johann Dientzenhofer.

Plötzlich kam der Zug zum Stehen. Waldemar hatte sich wieder hinter dem Kronwagen eingereiht. Jetzt gab er Abel mit einem Nicken das Zeichen, ihm zu folgen.

»Mal sehen, ob ich etwas ausrichten kann.«

Sie drängten sich mit ihren Pferden an dem Wagen vorbei zur Spitze des Zuges, den der Obrist Hallerstein und der Miltenberger Amtmann Bäumen anführten.

Am Ende der Schlossmauer, wo auch die ersten Häuser Kleinheubachs standen, befand sich das Eingangstor zur Schlossanlage. Es wurde flankiert von zwei mächtigen liegenden Löwen aus Sandstein. Davor hatten Löwensteinische Grenadiere die Straße verstellt. Hinter diesen sah Abel jede Menge Volk. Auch Kinder waren darunter. Einige Kleinheubacher schwenkten Sensen und Dreschflegel.

»Platz gemacht!«, schrie Hallerstein.

»Hier wird kein Platz gemacht!«, kam gleich die Antwort.

»Hier ist löwensteinisches Gebiet. Hier stellen wir die Geleit-
mannschaft.« Es war Hinckeldey, der das Wort führte.

Hallerstein zog seinen Säbel. Das war das verabredete
Zeichen für die Mainzischen Grenadiere, hinter ihm aufzu-
rücken. Abel und Waldemar mussten wieder etwas zurück-
setzen.

Waldemar starrte nach vorne.

»Also, was ist?«, rief Hallerstein.

»Wir werden nicht weichen!«

Hallerstein wartete noch einen Augenblick. Als die Kleinheubacher sich nicht rührten, wies er mit seinem Säbel nach
vorne. »Ihr habt es nicht anders gewollt«, bellte er. »Zumar-
schiert!«

Die Grenadiere nahmen die Gewehre von den Schultern
und sprengten vor, direkt auf die Löwensteinische Truppe zu.
Hinckeldeys Soldaten wichen zur Seite.

»Nicht schießen!«, schrie dieser. »Das Volk auf die Straße.
Nicht die Felder zertrampeln.«

Doch es war schon zu spät. Hinter den Mainzischen Grenadieren kamen die Miltenberger herangestürmt und drängten die Kleinheubacher weiter zurück. Etliche von diesen
wichen nun in die Felder aus und versuchten zugleich, sich
seitlich auf den Kronwagen zuzubewegen.

Inzwischen hatte sich eine Gruppe von Miltenbergern aus
dem Volk hinter dem Kronwagen gelöst. Rasch liefen die
etwa zwei Dutzend Männer durch das Portal auf das Schloss
zu. Einige Schritte vor dem Gebäude machten sie halt und zogen aus Rucksäcken und Taschen, die sie mit sich führten,
plötzlich Steine hervor. Wie auf ein Kommando begannen
sie, diese gegen das Schloss zu schleudern. Die ersten Schei-
ben klirrten.

Auf der Straße hatten sich nun die Löwensteinischen
Soldaten wieder formiert. Die Büchsen im Anschlag, standen
sie den Mainzischen Grenadieren direkt gegenüber, die gera-

dewegs auf sie zuhielten. Hinckeldey senkte die Arme. Schritt für Schritt zogen sich die Kleinheubacher, gefolgt von den Mainzern, Richtung Schlosstor zurück.

Abel schaute entsetzt hinüber zum Schloss. Dort waren jetzt Gewehre in den Fenstern zu sehen. Er schätzte die Entfernung ab. Gerade wollte er Waldemar warnen, als aus den Feldern ein Schatten auf ihn zusprang. Ehe er sichs versah, wurde er vom Pferd gestoßen. Hart landete er im Straßengraben. Ein Stich fuhr ihm in die Hüfte und er schrie auf.

Der Angreifer begann, auf ihn einzutreten. Abel rief um Hilfe. Gerade wollte der Schläger erneut zutreten und Abel riss schon die Arme schützend hoch, da erhob sich dieser wie von Geisterhand und flog zur Seite. Abel hörte etwas knacken. Jetzt war es der Angreifer, der vor Schmerzen schrie. Als Abel den Kopf aus dem Straßengraben hob, sah er, wie der Kerl sich den linken Arm hielt und jammernd davonhumpelte. Dann war es ruhig um Abel.

Er drehte sich zur Seite und erblickte zwei Beine in gestreiften Hosen. Eine Hand wurde ihm gereicht. Abel ergriff sie und wurde hochgezogen. Er blickte in das grinsende Gesicht des Gauklers. Wo nahm diese magere Gestalt die Kraft zu einem solchen Handstreich her?

Abel biss die Zähne aufeinander. Vor dieser Person wollte er nicht wehleidig erscheinen.

»Malad?«, fragte der Gaukler.

»Geht schon«, sagte Abel und richtete sich langsam auf. Er versuchte, mit den Füßen fester aufzutreten. Es schien nichts gebrochen zu sein.

Waldemar war ebenfalls vom Pferd gestoßen worden. Nun stand auch er wieder und schlug sich, wie Abel, den Staub aus den Kleidern.

Abel blickte sich um. Die Löwensteiner versammelten sich hinter dem Schlosstor und das Kleinheubacher Volk hatte die Straße freigemacht.

Der Zug hatte sich wieder in Bewegung gesetzt.

Jetzt reichte auch Abel dem Gaukler die Hand. »Danke«, sagte er. »Was bin ich Euch schuldig?«

Der Gaukler schürzte die Lippen. »Ihr wissts eh, wos i wui.«

Abel schwieg eine Weile. »Wie heißt Ihr eigentlich?«

»Nennts mi Nepomuk. Nepomuk, da Gaukla.« Nepomuk breitete die Arme aus, hob sein rechtes Bein, winkelte dieses an und hüpfte im Kreis, dass die Glöckchen an seinem Gewand klingelten.

Inzwischen war auch Waldemar hinzugetreten. »Ihr solltet zu den Grenadieren gehen«, sagte er.

»I bin mei eigener Herr«, brummte der Gaukler.

Waldemar nickte und schaute Abel an. »Wir sind ihm etwas schuldig.«

»Wird gemacht«, sagte Abel. Dann fuhr er eben mit Heinrich und Nepomuk nach Frankfurt. Abel blickte dem Geleitzug hinterher. »Er will lieber mit mir als mit denen nach Frankfurt.«

»Kann ich verstehen«, sagte Waldemar und saß auf. »Sieht so aus, dass man uns hier nicht mehr braucht.«

Abel tat es ihm nach. Allerdings fiel ihm das Aufsitzen schwer. Die Hüfte schmerzte. Vom Pferd aus sah Abel, dass die Miltenberger, die bis zum Schloss gestürmt waren, vor den Kolbenhieben der Schlosswache wieder zurückwichen.

Danach blickte er auf den Gaukler hinunter. »Pünktlich zur Mittagsstunde an der *Sancta Maria*«, presste er hervor und gab seinem Wallach einen Klaps auf die Hinterhand. Der Fremde sollte nicht sehen, dass ihm der Schmerz das Wasser in die Augen trieb.

Schweigend ritten Abel und Waldemar zurück nach Miltenberg. Jeder hing seinen Gedanken nach.

Erst kurz vor der Stadt begann Waldemar. »Wie im Kleinen, so im Großen.«

Abel blickte zu ihm hinüber.

»Ein Flickenteppich aus Fürstentümern und Grafschaften, das ist unser Heiliges Römisches Reich, mehr nicht. Und die Flicken werden von den Untertanen genauso zäh verteidigt wie von ihren Herren.«

In den letzten Monaten hörte man Waldemar kaum von etwas anderem reden. »Das hier war ein Symbol«, sagte er und deutete mit dem Daumen zurück nach Kleinheubach. »Während der Franzmann frech wird und eine Revolution macht, haben wir nichts Besseres zu tun, als uns mit protokollarischen Lappalien herumzuschlagen.«

»Sie haben beide recht. Sie berufen sich auf die *Goldene Bulle*«, sagte Abel ein wenig stolz. Von seinem ehemaligen Abt Külsheimer wusste er einiges über die Kaiserwahl. Schließlich war der Amorbacher Klostervorsteher *Praelatus assistens*, also die rechte Hand des Mainzer Erzbischofs, wenn dieser den Krönungsakt vornahm. Für die Kaiserkrönung vor zwei Jahren hatte sich der Abt eigens eine neue Kutsche fertigen lassen.

Die *Goldene Bulle*, hatte der Abt Abel erklärt, war das wichtigste Gesetz zur Regelung der Herrschaft im Heiligen Römischen Reich. Unter Kaiser Karl IV. war es schon vor Hunderten von Jahren festgeschrieben worden. Es habe seinen Namen von der goldenen *bulla*, der Kapsel des kaiserlichen Siegels jener Urkunde. Das Dokument liege im Römer, dem Frankfurter Rathaus, verwahrt. In dessen Text sei das Wahlverfahren und die Krönung eines neuen Kaisers bis ins Kleinste geregelt.

Waldemar winkte ab. »Wenn schon. Und dann auch noch der Affront gegen die Franzosen, die Kaiserkrönung auf den dritten Jahrestag des Sturmes auf die Bastille zu legen! Die Franzosen werden uns hinwegfegen, wenn uns weiter nichts einfällt, als an dem Althergebrachten festzuhalten.«

Trotz der Schmerzen musste Abel lächeln. »Gestern noch

der große Zeremonienmeister des Kaisers, heute Freund der Franzosen.«

Waldemar wandte sich zu Abel hin. »Gestern musste ich als Schultheiß handeln. Außerdem, hast du das Volk nicht gesehen? Man will den Zinnober.«

Dann blickte Waldemar wieder auf die Straße und fragte Abel: »Was machen eigentlich die Geschäfte?«

»Es geht.«

Waldemar ließ sein Pferd in den Schritt fallen. Abel tat es ihm nach.

»Es geht? Hört sich nicht nach einem zufriedenen Kaufmann an.«

Abel verzog den Mund. »Hast du schon einmal einen zufriedenen Kaufmann getroffen?«

Waldemar musste lachen. »Da hast du auch wieder recht.«

Danach schwiegen sie wieder.

Abel dachte an die letzten Monate. Er war zu einem eifrigen Leser der Journale geworden. Aufmerksamer als sonst verfolgte er die politischen Geschehnisse. Am 1. März war Kaiser Leopold II. überraschend gestorben. Dessen ältester Sohn Franz sollte nun die Nachfolge antreten.

Zudem hatte noch Frankreich vor einigen Wochen Österreich den Krieg erklärt. Abel hatte nach diesem Ereignis einige schlaflose Nächte verbracht. In einem Krieg mit Frankreich sah er Gefahren für seinen neuen, mühsam aufgebauten Geschäftszweig, den Salzhandel. Was sollte daraus werden? Lag doch das Kurfürstentum Mainz, in dem er den Hauptanteil des Salzhandels abwickelte, nahe zu Frankreich. Vor knapp zwei Jahren hatte er sich in dem Spessartstädtchen Orb die Regalien für die Salzgewinnung gesichert und mehrere Tausend geliehene Gulden in ein Gradierwerk gesteckt. In den kommenden Monaten nun erwartete er den ersten Gewinn. Ein Krieg würde traditionelle Handelsrouten bedrohen und altbewährte Verbindungen gefährden. Wie sollte er dann noch seinen Verpflichtungen nachkommen und seine Schulden bezahlen?

Andererseits hatte er bei seinen Fahrten nach Frankfurt festgestellt, dass die Zahl der vor der Revolution in Frankreich geflüchteten französischen Adeligen immer stärker anstieg. Auch in Mainz suchten viele dieser Emigranten Schutz und drängten die deutschen Fürsten zum Krieg gegen ihr Land.

Aus all diesen Geschehnissen nun hatte Abel, angesichts der eher schleppenden Geschäfte, seine Schlüsse gezogen und war tätig geworden. Wer Krieg führen wollte, so hatte er sich gedacht, der brauchte Soldaten. Soldaten wiederum brauchten Uniformen. Das hieß, die Preise für Stoffe würden steigen. Also hatte er sich Geld geliehen und bei einer Manufaktur in Gent, das zu den Österreichischen Niederlanden gehörte, drei Wagenladungen Leinen bestellt. Den Kaufpreis hatte er im Voraus zu bezahlen gehabt. Dies war gegen jede Kaufmannsregel gewesen, doch anders wäre das Geschäft nicht zustande gekommen. Marie hatte er nichts davon gesagt. Nun konnte er, seitdem er den Kontrakt für das Leinen unterschrieben hatte, nicht mehr ruhig schlafen.

Ende April des Jahres dann waren französische Revolutionstruppen überraschend schnell in die Österreichischen Niederlande einmarschiert. Sie wurden zwar innerhalb von wenigen Tagen von den Österreichern wieder zurückgeschlagen, doch die Ereignisse hatten Folgen für den Handelsverkehr. Der Stoff, der in Gent schon versandfertig lag, war beschlagnahmt worden. Die Ware schien noch nicht verloren. Sein Agent vor Ort hatte allerdings eine größere Summe Geldes angefordert und war sich sicher, den Stoff damit auslösen zu können. Weitere Tage des Bangens standen Abel jetzt bevor. Wenn alles gut ginge, würde das Tuch in wenigen Tagen in Frankfurt eintreffen und er könnte die Ballen höchstpersönlich in Empfang nehmen und mit seinem Schiff, der *Sancta Maria,* nach Miltenberg bringen. Die Gewinnspanne würde wegen der unerwarteten Zusatzkosten nicht ganz so groß ausfallen wie gedacht. Doch verglichen mit dem Fall, dass die Ware verloren ginge, war dies zu verschmerzen.

Hinzu kam noch eine weitere Sache. Preußen hatte sich mit Österreich zu einer Koalition gegen die Franzosen verbündet. Nach dem raschen Sieg über die Franzosen in den Österreichischen Niederlanden glaubte man, es würde, wenn überhaupt, nur einen kurzen Krieg geben. Die deutschen Fürsten sprachen von einem militärischen Spaziergang gegen die ungeübten Revolutionshorden. Binnen Jahresfrist, so waren die meisten überzeugt, hätte der Spuk der Revolution ein Ende und der König von Frankreich wäre wieder in seine alten Rechte gesetzt. Die Preise wollten daher nicht steigen. Jedenfalls nicht so stark, wie Abel es sich erhofft hatte. Das bedeutete, er müsste mit dem Verkauf der Ware noch warten. Da ihm für den Kauf des Leinens jedoch die Mittel gefehlt hatten, hatte er das Geld geliehen und dafür einen Solawechsel, einen Eigenwechsel, bei seinem Geldverleiher in Frankfurt ausgestellt. Dieser wollte nun pünktlich zum Fälligkeitstag in zwei Wochen sein Geld zurückhaben. Verhandlungen über eine Prolongierung, eine Verlängerung, des Wechsels waren bisher ergebnislos geblieben.

Marie, die er in diese Geschäfte nicht eingeweiht hatte, schien allerdings etwas davon zu ahnen. Immer wieder fragte sie ihn nach dem Stand seiner Geschäfte und quittierte seine fahrigen Antworten mit gerunzelter Stirn. Noch vor seiner Abfahrt am Mittag würde er ihr sein riskantes Geschäft mit dem Uniformstoff gestehen, das hatte er sich fest vorgenommen. Und künftig würde er mit solcher Art von Geschäften vorsichtiger sein, waren doch unterm Strich Kriege für jede Art von Handel schädlich.

»Wann wirst du wieder zurück sein?«, fragte Waldemar, nachdem sie das Miltenberger Stadttor wieder passiert hatten.

Abel blickte zum Himmel. Kaum eine Wolke war zu sehen. Es würde trocken bleiben und er würde bis spät in die Nacht hinein fahren können. Außerdem wehte ein mäßiger Wind aus Südost. Er könnte also die Segel setzen.

»Wenn alles gut geht, bin ich morgen am späten Nachmittag in Frankfurt. Einen Tag fürs Löschen, einen fürs Beladen, dann, wenn Leinreiter zur Verfügung stehen … ich denke, am Samstag bin ich wieder da.«

»Du schaust dir also nicht die Krönung an?«

Abel schüttelte den Kopf. »Keine Zeit.«

Zu Hause fiel Abel der Abschied von Marie etwas schwerer als sonst. Lange hielt er sie in den Armen. Marie winkte ihm noch vom Fenster aus nach, als er schon längst auf dem Weg hinunter zum Hafen war.

III

Tags darauf, am späten Nachmittag, legte die *Sancta Maria* in Frankfurt an. Die Mainlände war schon überfüllt mit Schiffen und Kähnen. Erst weit ab von der Mainbrücke fanden sie einen Platz in der dritten Reihe.

Auf der Fahrt hatte Nepomuk stets gedrängelt. Auch Abel hatte es eilig. Es war einfach nicht schneller gegangen.

»Ihr hobt's doch a Uhr«, sagte Nepomuk, kaum dass sie das Schiff vertäut hatten.

Abel zuckte zusammen. Unbemerkt war Nepomuk von hinten an ihn herangetreten. Er wurde aus dem Kerl nicht schlau. Das war kein einfältiger Gaukler, wie man sie zuhauf von den Jahrmärkten kannte und die als Feuerschlucker oder Seiltänzer den Leuten das Geld aus der Tasche zogen. Während der Fahrt war Nepomuk Abel aus dem Weg gegangen. Wenn es jedoch nötig gewesen war, das Schiff in Fahrt zu halten, etwa beim Raffen des Segels oder beim Staken, hatte er immer ungefragt bereitgestanden.

Abel musste ihm dafür dankbar sein. Noch immer schmerzte seine rechte Hüfte. Ansonsten hatte der Gaukler wenig geschlafen, da er stets ein Auge auf seinen Karren hatte. Das war noch so etwas, was Abel nicht verstand. Wer sollte auf dem Schiff etwas stehlen, und warum? Er, Abel, jedenfalls war an den Habseligkeiten eines Gauklers nicht interessiert. Der Karren war ein gewöhnliches Gefährt mit zwei hohen Rädern, der sich, wenn er nicht allzu schwer beladen war, auch von einem Mann ziehen ließ. Auch ein Zugtier hätte man vorspannen können. Nepomuk allerdings war ohne seinen Esel am Schiff erschienen.

Nepomuk deutete auf Abels Uhrenkette.

Abel schob die Hand unter den Rock und holte seine Taschenuhr hervor, die Marie ihm zur Hochzeit geschenkt hatte. »Halb fünf.«

Nepomuk ging zu seinem Karren. »Lodn ma dös Wagerl ob«, sagte er und wedelte mit den Armen.

Abel drehte sich zu ihm hin. »Noch nicht!«, sagte er. »Wir müssen erst noch den Zoll abwarten.«

»Genau dös moch ma net!«, kam prompt die Antwort.

Bis jetzt war alles glattgegangen. In Klingenberg, Seligenstadt und Hanau war das Schiff kontrolliert worden, ohne dass die Zollbeamten etwas zu beanstanden hatten. Abel wusste, was man den Kontrolleuren zukommen lassen musste, dass sie auf eine allzu strenge Durchsicht des Schiffes verzichteten. Nepomuk hatte das stets mit einem Lächeln beobachtet. Er schien nicht darauf zu vertrauen, dass er, Abel, auch hier in Frankfurt mit den Zollbeamten umzugehen wusste. Hatte er es deswegen so eilig? Hatte er doch mehr unter der Plane seines Karrens versteckt als nur seine Habseligkeiten? Abel dachte daran, dass Nepomuk ihm Geld angeboten hatte, wenn sie die Nacht durchführen. Es ging ihm also nicht darum, möglichst billig, sondern möglichst schnell nach Frankfurt zu kommen.

Heute Vormittag, kurz hinter Offenbach, hatte Abel das Steuer seinem Schiffsknecht Heinrich übergeben, hatte die Mütze vom Kopf gezogen und war backbord an die Reling getreten. Sofort war Nepomuk erschienen und hatte wissen wollen, warum es so langsam weiterginge. Heinrich kannte diese Szene, die mittlerweile zum Ritual geworden war. Nepomuk konnte ja nicht wissen, dass an dieser Stelle vor nicht ganz sechs Jahren Gottfried Wolter, Abels Partner und damaliger Miteigentümer der *Sancta Maria*, auf unglückliche Art und Weise ertrunken war. Nach einem kurzen Gebet hatte Abel die Mütze wieder aufgesetzt und das Ruder übernommen.

Abel blickte auf die Mainlände und die dahinterliegende Stadtmauer. Zahlreiche Spaziergänger aus der stolzen Reichsstadt nutzten den Sonntagnachmittag und gingen durch die Tore ein und aus. Von den Zolldienern war nichts zu sehen.

Meinetwegen, dachte Abel und nickte zu Heinrich hin. Der Schiffsknecht wusste, wie man Ware unbemerkt vom Schiff schaffte. Er redete kurz mit Nepomuk, ein scharfer Pfiff hinüber zum Nachbarschiff, ein kurzer Wortwechsel, Münzen wechselten die Hände und wie von Zauberhand lagen im Nu zwei Bohlen auf den Relingen beider Schiffe. Mit vereinten Kräften wurde die Karre darauf gehoben und in das benachbarte Schiff gezogen.

»Do«, sagte Nepomuk zum Abschied und hielt Abel einen Lederbeutel hin. »Die Tax.«

»Ihr seid mir nichts schuldig.«

Als Abel sich abwendete, warf der Gaukler die Münzen Heinrich zu.

»No a Frog«, sagte er dann. »Dös Leonhardstor, wo find i dös?«

Abel schaute hinüber zur Stadt. Daraufhin streckte er den Arm aus. »Seht Ihr dort die zwei Türme und das steile Dach? Das ist die Leonhardskirche, und gleich daneben ist das Tor.«

»Habe di Ehre«, sagte Nepomuk, grinste und hob die Hand, »griaßens die Gnädige«. Dann wackelte er mit der Hüfte, dass die Glöckchen klingelten, und verschwand.

Abel stand da und schaute ihm nach. Hatte der Kerl schon immer dieses rote Halstuch um? Gleichviel, Abel war froh, ihn wieder los zu sein. Der Karren wurde noch über zwei weitere Schiffe hinwegbugsiert und zwischen am Kai gelagerten Holzarken an Land geschafft.

Danach suchte Abel erneut den Kai ab. Er hätte gerne noch

heute seine Ladung verzollt. Doch die Zolldiener schienen beschäftigt zu sein. Tatsächlich waren hier so viele Schiffe vor Anker, wie Abel es nur von den Messen kannte. In einiger Entfernung sah er wieder Nepomuk mit dem Karren. Zielstrebig hielt dieser auf das Leonhardstor zu.

Abel kam eine Idee. Wenn vom Zoll nichts zu sehen war, könnte er ja auch noch in die Stadt gehen. Er hatte mit seinem Geldverleiher noch ein Gespräch wegen seines Solawechsels zu führen. Je eher er über diese Sache Klarheit hatte, umso besser. Außerdem würde morgen der Geleitzug mit den Reichskleinodien eintreffen. Wer weiß, ob er dann überhaupt noch in die Stadt könnte. Abel schaute sich nach Heinrich um. Dieser war im hinteren Teil der *Sancta Maria* damit beschäftigt, die Taue zusammenzulegen.

»Ich gehe in die Stadt!«, rief Abel Heinrich zu. »Bin bald wieder zurück!«

Am Leonhardstor hatte sich Nepomuk mit seinem Karren inzwischen in die Schlange der Wartenden eingereiht. Alle Personen, die in die Stadt wollten, wurden genauestens gemustert oder, wenn sie etwas mit sich führten, gründlich durchsucht. Jetzt war der Gaukler an der Reihe. Abel ging ein wenig langsamer. Er war gespannt, ob die Wachen Nepomuk durchließen. Dieser wechselte mit einem der Soldaten ein paar Worte. Dabei zupfte er an seinem Halstuch. Auf einen Wink des Soldaten hin drehte sich Nepomuk dann um und hob die Plane seines Karrens an. Danach wurde er durchgewunken.

»Gaukler müsste man sein«, murmelte Abel und reihte sich in die Warteschlange ein.

»Ihr seid net von hier, odder?«, fragte der Soldat, als Abel endlich vor dem Durchlass stand.

Abel neigte ein wenig den Kopf. »Johann Herzog, Wein- und Getreidehändler aus Miltenberg«, antwortete er.

»Ihr müsst drauße bleibe!«

»Wie bitte?«

Der Soldat drehte sich um. »Leo, saach du's ihm!«

Der Angesprochene machte einen Schritt auf Abel zu. Mit seiner Hellebarde klopfte er auf einen Zettel, der an einem der Torflügel angeschlagen war. Abel trat näher heran und las:

Frankfurter Ratserlass vom 28. Junius 1792 — Ausschaffung der Fremden.

Wir, Bürgermeister und Rat dieser des heiligen Reichs Stadt Frankfurt am Main, fügen hiermit jedermann zu wissen: Nachdem uns von Seiten der Herren Wahlbotschafter und Gesandten Anzeige geschehen, dass bis Donnerstag, den 5ten zukünftigen Monats, die Wahl eines Römischen Kaisers vorgenommen werden soll, sei hiermit verfüget, dass wir Kraft und nach Inhalt der Goldenen Bulle allen und jedem Fremden, sie seien auch, wer sie wollen, wenn sie nicht zu einem der höchstansehnlichen Gesandtschaften gehörig, aufs ernstlich befehlen, bei Leibes- und anderer Strafen sich von hier weg und aus hiesiger Stadt begeben sollen. Auch ermahnen wir alle Bürger und Beisassen, dass sie keinen solchen Fremden bei gleicher Strafe einen heimlichen Aufenthalt geben sollen. Wonach sich ein jeder richten und vor Strafe zu hüten wissen wird. Dies gelte bis zum 5ten des übernächsten Monates.

Geschlossen bei Rat, den 28. Junius 1792.

Was soll das heißen, dachte Abel. Er musste doch in die Stadt, seine Geschäfte erledigen.

Der Soldat neben ihm senkte seine Hellebarde.

Abel wich einen Schritt zurück, drehte sich um und kehrte mit hängendem Kopf zu seinem Schiff zurück. Eine Möglichkeit blieb ihm noch, um in die Stadt zu kommen. Schon des Öfteren hatte er bei seinen Aufenthalten hier in Frankfurt nach Torschluss die Stadt betreten. Etwas mainaufwärts, nicht

weit vom Leonhardstor, gab es ein Türchen in der Stadtmauer, die Holzpforte. Zwar war auch diese tagsüber bewacht,
jedoch konnte man nach den Schließzeiten gegen eine ge-
ringe Gebühr, Sperrbatzen genannt, dort passieren. Der Tor-
wächter, der über dem spitzbogigen Türchen wohnte, kannte
ihn vielleicht noch von seinen früheren Besuchen. Bestimmt
würde ihn dieser gegen ein Draufgeld durchlassen.

Etwas besser gelaunt betrat er die *Sancta Maria*. Heinrich
saß auf der Reling und wartete schon auf ihn.

»Der Zoll war da«, sagte Heinrich.

Abel trat gegen eine Planke. Sofort tat ihm wieder die
Hüfte weh. Wäre er doch besser am Schiff geblieben.

»Morsche früh sin mer die Erste«, sagte Heinrich weiter.

Abel gab ihm ein paar Kreuzer und ließ ihn gehen. Heinrich grinste und steckte sich noch den Beutel Nepomuks in
die Hosentasche. Dann stieg er in den Schelch, der am Heck
des Schiffes befestigt war und löste das Seil. Mit ein paar
Ruderschlägen steuerte er nach Sachsenhausen hinüber.
Abel wusste, gleich wie viel Geld in dessen Beutel war, Heinrich würde sicherlich nicht einen Kreuzer davon wieder zu-
rückbringen.

Inzwischen ging die Sonne unter. Abel holte sich eine Flasche Rotwein, etwas Proviant und eine Decke aus der Kajüte,
ging damit zum Heck und ließ sich dort auf den Planken nieder. Schon seit einer Woche herrschte trockenes Sommer-
wetter. Vielleicht würde es wieder einmal ein gutes Weinjahr
geben. Er schaute auf die Fässer vor sich und rieb sich die
Hände. Frankfurt standen große Feierlichkeiten bevor, man
würde ihm morgen den Wein und auch das Brennholz aus
der Hand reißen. Dazu müsste er nicht einmal in die Stadt.
Die Händler würden hier am Kai erscheinen. Gleich nach
dem Löschen der Ladung würde er nach Miltenberg ablegen
und schon nächste Woche mit einem Schiff voller Weizen
wieder hier sein. Ein Lächeln huschte über sein Gesicht.

Sobald die Kaiserkrönung vorüber sein würde, hätte man wieder den Blick frei auf die wichtigen Geschehnisse dieser Welt, vor allem auf Frankreich und den Krieg. Abel war sich jetzt sicher, dass es Krieg geben würde. Warum sonst sollte der neue Kaiser, wie er inzwischen erfahren hatte, gleich nach seiner Krönung nach Mainz weiterreisen? Dort war ein Fürstenkongress anberaumt, und nach Lage der Dinge würde den Österreichern, Preußen und den anderen deutschen Ländern nichts anderes übrig bleiben, als ihrerseits Frankreich den Krieg zu erklären. Selbst wenn dieser gleich wieder beendet wäre, würde er, Abel, einen ordentlichen Gewinn machen. Dafür müsste er jedoch endlich die vielen Ballen Tuch erhalten, die noch immer in Gent auf die Verladung warteten. Abel redete sich ein, dass sein Verbindungsmann in Flandern sicherlich schon bald erfolgreich sein würde.

Nun war es schon dunkel. Abel streckte sich lang und blickte in den Himmel. Er suchte den *Großen Wagen*, sein Lieblingssternbild. Ob es ihm schon in die Wiege gelegt worden war, dass er einmal Händler werden würde? Eigentlich konnte er mit seinem Leben zufrieden sein. Er hatte eine liebe Frau, die ihm vielleicht noch einige gesunde Kinder schenken würde. Und er hatte ja auch noch weitere Pläne. Bald würden die Miltenberger nicht nur aus Höflichkeit vor ihm den Hut ziehen. Bald würde es auch keiner mehr wagen, ihn hinter vorgehaltener Hand einen entlaufenen Betbruder zu schimpfen. Abel fuhr sich durch sein Haar und lächelte. Alles in allem hatte es das Schicksal bislang gut mit ihm gemeint.

Mit einem Mal schreckte Abel hoch. Im fahlen Licht des sternenklaren Himmels dümpelte die *Sancta Maria* im Wasser. Er war wohl eingeschlafen. Er zog die Decke enger um die Schulter. Dann horchte er in die Nacht. Ein merkwürdiges Geräusch näherte sich dem Schiff. Es waren Schritte, verbunden mit einem metallischen Klirren. Abel richtete sich auf und spähte über die Bordwand hinweg zur Mainlände. Er konnte nichts erkennen.

Doch dann hörte er gedämpfte Stimmen. »Hier is es nit. Weiter!«

Abel schob sich ein wenig hoch und schaute mainaufwärts. Zwischen der Takelage des Nachbarschiffes hindurch sah er einen Trupp Wachsoldaten, die in Reih und Glied am Kai entlangmarschierten. Er kniff die Augen zusammen.

Zwei Soldaten hielten eine Laterne in der Hand. »Hier is es aach nit!«

Jetzt machte der Trupp vor dem Nachbarschiff Halt. Einer der Soldaten beugte sich mit der Laterne über die Kaimauer und versuchte, den Namen des Schiffes zu lesen. »Aach nit. Weiter!«

Auf der Höhe des Ankerplatzes der *Sancta Maria* wiederholte sich die Prozedur. Auch hier blieb der Soldat mit der Laterne stehen und entzifferte den Schiffsnamen. Dann hob er seine freie Hand und bedeutete den anderen, still zu sein.

Abel duckte sich. Wollten die zu ihm aufs Schiff? Im Schein der Laterne des Soldaten sah er, wie eine der Wachen eine Handfessel hervorholte. Suchten sie Heinrich, den Schiffsknecht? Hatte dieser sich etwas zuschulden kommen lassen? Abel fühlte nach der Geldkatze an seinem Bauch. Er würde ihn wohl auslösen müssen.

Der Anführer gab seinen Leuten ein Zeichen. Drei Gestalten folgten ihm aufs Schiff. Als sie auf den Bordgang kletterten, begann die *Sancta Maria* zu schaukeln.

»Herzooch?« Halblaut rief der Anführer Abels Namen durch die Nacht.

Die suchen mich. Abel drückte sich an die Bordwand. Er hatte keine Vorstellung, was die Kerle hier wollten. Ihren Uniformen nach waren es wohl städtische Wachen.

Auf dem mainaufwärts vor ihm liegenden Schiff war die Besatzung wach geworden. Laternen wurden angezündet.

Abel hoffte immer noch, dass die Kerle das falsche Schiff ausgesucht hatten.

»Lischt aus!« Der Anführer des Trupps herrschte den Mann auf dem Nachbarschiff an, der mit einer Laterne in der Hand an der Bordwand erschienen war. Abel zuckte zusammen.

»He, wie haaßtn du?«, fragte der Soldat.

»Walter«, kam es mit zittriger Stimme zurück.

»Wo is der Schiffer von dem Kahn da?«

»Is er net do?«

»Würd isch sonst fraache? Also, was is?«

»Wie es hell wor, hab isch ihn noch gesehe.«

Abel ging in die Knie und kroch hinter eine Taurolle.

Der Anführer befahl: »Durschsuche!«

Abel erstarrte. Er beschloss, es nicht darauf ankommen zu lassen, festgenommen zu werden. Selbst, wenn es sich im Nachhinein als Irrtum herausstellen sollte, er wollte den Rest der Nacht nicht im Gefängnis verbringen. Er kauerte noch immer hinter der Taurolle.

Es konnte sich nur noch um Augenblicke handeln, bis sie ihn entdeckten. Ihm blieb nur ein Ausweg: über die Reling hinein ins Wasser.

Der Main war hier in Ufernähe nicht allzu tief und die Strömung war auch nicht stark. Wenn er heimlich von Bord käme, sollte es nicht zu schwer sein, zwischen den anderen Schiffen zu verschwinden und irgendwo entfernt unbemerkt an Land zu gehen. Später könnte er weitersehen.

Die Soldaten hatten inzwischen die Kajüte durchsucht und arbeiteten sich jetzt zwischen den Weinfässern zum Hinterschiff vor. Abel schob seinen Oberkörper auf die schmale Bordwand und zog dann die Beine nach. Im Liegen schaute er noch einmal zwischen der Takelage über die *Sancta Maria* hinweg. Was würden die Wachen mit seinem Schiff anstellen? Danach ließ er sich langsam ins Wasser gleiten.

IV

Abel biss die Zähne zusammen. Das Wasser des Mains war kälter als gedacht. Und es stank. Von den Quellen in Franken bis zur Mündung bei Mainz sammelte der Main die Abwässer der Dörfer und Städte an seinen Ufern. Das roch man gerade hier vor den Toren des von etwa 25 000 Einwohnern bevölkerten Frankfurt. Und im Wasser stank es noch mehr als oben auf dem Schiff.

Unter den Stiefeln spürte Abel schlammigen Grund. Es strengte ihn sehr an, sich nicht durch ein Plätschern des Wassers zu verraten. Den Rock über Wasser haltend, arbeitete er sich langsam zum Heck des nächsten mainaufwärts gelegenen Schiffes vor. Dort fand er an einem Tau Halt und konnte das Geschehen auf der *Sancta Maria* gut beobachten.

Der Anführer stand gebückt am Bug, die Hände auf die Reling gestützt, und starrte in das Wasser.

»Nix!«, rief es aus der Schiffsmitte.

»Hier ist aach nix!«, tönte es vom Heck.

Der Anführer machte auf dem Absatz kehrt und rief über das Schiff: »Otto un Karl, ihr bleibt hier uff dem Schiff. Ihr annern guckt am Ufer. Nemmt ihn fest, wenn er ufftaucht!«

Jeder Schritt, den der Anführer auf die Planken setzte, hallte über das Wasser. Die Wachen hatten längst alle Vorsicht fahren lassen. Auch schien es sie nicht zu stören, dass sich immer mehr Neugierige am Kai versammelten.

Immerhin, dachte Abel, wenn das Schiff bewacht wurde, konnte es nicht gestohlen werden.

Abel wartete noch eine Weile. Dann tastete er sich zum nächsten und übernächsten Schiff vor. Er musste aufpassen. Überall waren jetzt die Mannschaften wach geworden und hatten Laternen angezündet. Im Schatten eines weiteren Schiffes traute er sich endlich ans Ufer. Seine Hose triefte und die Stiefel waren voll Wasser. Er zog sie aus, entleerte sie und huschte geduckt bis zur nächsten Holzarke. Dort zog er auch die Hose aus und wrang sie, bis kein Wasser mehr austrat. Auch die Stiefel hielt er so lange hoch, bis nur noch vereinzelt Tropfen auf das Pflaster fielen. Danach zog er beides wieder an und blickte sich um. Vor der *Sancta Maria* hatten sich die beiden Wachen platziert und der Haufen Neugieriger am Kai begann sich aufzulösen. Auf der Mainlände hoch bis zur Stadtmauer war es ruhig.

Nein, dort bewegte sich ein Schatten auf die Kaimauer zu. Ein müder Schiffsknecht wollte auf seinen Kahn. Heinrich, durchfuhr es Abel. Ich muss Heinrich warnen! Doch wie? Er wusste nicht, wo sein Schiffsknecht drüben in Sachsenhausen war. Von der Leonhardskirche schlug es Mitternacht. Wenn Heinrich in einem der Gasthäuser eingekehrt war, würden ihn die Nachtwächter jetzt aufscheuchen. War er allerdings bei einer Hübschlerin verschwunden, konnte es Tag werden, bis er hier auftauchte. Abel beschloss, noch etwas auf Heinrich zu warten.

Doch bald begann er zu frieren. Er schlang die Arme um die Brust, wippte auf den Zehen und schlich mehrmals leise um die Holzarke herum. Dann fiel ihm ein, dass man ihn ohne Licht nicht in die Stadt hineinlassen würde. Eine Laterne mit drei Kerzen hatte ein Adeliger nach Einbruch der Dunkelheit mit sich zu führen, zwei Kerzen waren für einen gewöhnlichen Bürger vorgeschrieben, eine für die Bediensteten. Abel begann, den Kai abzusuchen. Irgendwo sollte es ein Schiff geben, wo er sich gefahrlos die Schiffslampe ausleihen könnte.

Er fror erbärmlich. Heinrich würde schon irgendwie zurechtkommen. Abel schlich hinunter ans Wasser und huschte gebückt an der Kaimauer entlang. Beim dritten Schiff gelang es ihm, die Positionslampe zu lösen. Er öffnete den Rock und versuchte, so gut es ging, die Laterne darunter zu verstecken. Darauf machte er sich auf den Weg zur Holzpforte. Würde man ihn dort erst einmal einlassen, wusste er auch einen Ort, wo er die nassen Kleider wechseln und noch etwas Schlaf finden würde. Und morgen früh würde sich alles aufklären.

Vor der Pforte war alles still. Abel blickte hoch zu dem Erker über dem Tor, der nach unten eine Klappe hatte.

Er trat noch einen Schritt näher heran und rief halblaut nach oben: »He, Fährmann, hol über!«

Nichts rührte sich. Ob sich die Losung wegen der Krönungsfeierlichkeiten geändert hatte?

Abel formte die Hände zu einem Trichter, legte sie an den Mund und rief noch einmal, diesmal etwas lauter: »He, Fährmann, hol über!«

Endlich klackten Holzschuhe und eine Tür quietschte. Dann wurde die Luke geöffnet und Abel sah in dem Schacht über sich Licht.

»Wer da?«

»Ein Einsamer, der seine Sperrbatzen loswerden will.«

Die Holzschuhe entfernten sich. Nach einer Weile wurde ein Riegel zurückgeschoben und in der Pforte öffnete sich ein kleines Türchen. Eine Laterne wurde hochgehoben und ein paar Mal hin und her geschwenkt. Danach erschien eine Hand. Abel legte das Doppelte des sonst üblichen Betrages hinein. Die Hand verschwand und kurz darauf wurde die Tür geöffnet. Abel schlüpfte hindurch.

»Ach Ihr seid's! Widder emol vor Anker?«

Abel hielt die Lampe so hoch, dass der Pförtner seine nasse Hose nicht sehen konnte. Als dieser ihn näher betrachten wollte, wich er einen Schritt zurück.

»Freut mich, Euch rüstig und wohlauf zu sehen. Werde Euch wohl noch einige Male in Anspruch nehmen müssen.«

Der Alte kicherte. »Solang Ihr brav bezahlt.«

Abel hob noch einmal die Laterne und verschwand in der Nacht. Er suchte den direkten Weg zum Karmeliterkloster in der Münzgasse. Rüdiger von Breitstein, der dortige Prior, würde ihn sicherlich gastfreundlich aufnehmen. Dies hatte er schon oft getan. Doch noch nie hatte Abel dort als Bürgerlicher und dazu unter so unerfreulichen Umständen um Quartier gebeten.

Abel begegnete auf seinem Weg durch die Saalgasse und die Mainzer Gasse kaum Passanten. Ab und an sah er einen Betrunkenen oder eine Hübschlerin auf dem Heimweg. Trotz der Laterne musste Abel aufpassen, dass er sich nicht an den vielen Gerätschaften stieß, die die Hausbesitzer mangels Platz vor ihren Häusern deponiert hatten.

Vor nicht ganz sechs Jahren war er zum ersten Mal mit der *Sancta Maria* nach Frankfurt gekommen. Auch wenn die Jungfernfahrt des Schiffes unter keinem guten Stern gestanden war, hatte es danach, ließ man die normalen Fährnisse einer Flussfahrt außer Acht, keine nennenswerten Vorfälle mehr gegeben. Sein Schiffsknecht Heinrich war ihm ein zuverlässiger Helfer geworden. Und er, Abel selbst, kannte inzwischen nicht nur die Raine, die schnell fließenden Stromschnellen, und die gefährlichen Untiefen mit den sich ändernden Sandbänken. Mittlerweile pflegte er auch einen guten Umgang mit den Zolldienern. Er kannte deren Namen, und was noch wichtiger war, er wusste um ihre Vorlieben, wenn es darum ging, sie zu bewegen, die zu verzollende Ladung etwas günstiger zu taxieren.

Endlich sah Abel den Schatten der Leonhardskirche. Nun war es nicht mehr weit zum Karmeliterkloster. Ob Bruder Gangolf noch in seiner Pförtnerloge Nachtwache hielt? Vor einigen Jahren war dieser schon fast blind gewesen. Doch

Gangolfs scharfem Gehör war kaum etwas entgangen. Wiederholt hatte dieser ihm erzählt, dass er mehrere nächtliche Einbruchsversuche vereitelt hatte, da ihm verdächtige Geräusche aufgefallen waren. Wenn Gangolf noch da wäre, würde dieser ihn an der Stimme erkennen und einlassen.

Als Abel vor die Klosterpforte trat, verzichtete er darauf, die Glocke zu ziehen. Stattdessen klopfte er zweimal an der Pforte, machte eine kurze Pause und klopfte ein drittes Mal. Als Pater Abel hatte er einst dieses Zeichen mit Bruder Gangolf vereinbart, wenn er in Frankfurt unterwegs war und nicht rechtzeitig vor der *vesper* zurückkam.

Leichtes Schlurfen hinter dem Tor ließ Abel aufatmen. Danach wurde es still und es öffnete sich eine Klappe.

»Bruder Gangolf, ich bin es.«

»Jesus Maria, der Herr Cellerar!«, flüsterte es.

Abel lächelte. Die Klappe wurde geschlossen und zwei Riegel zurückgeschoben. Dann ging die Tür auf und ein kleines, altes und mageres Männlein in der braunen Ordenstracht der Karmeliter stand vor ihm. Abel hob die Laterne. Ihr Schein erfasste Gangolfs Gesicht. Zwei glanzlose, wasserblaue Augen blickten ihn an.

»Schon lange nicht mehr gesehen«, sagte Gangolf freundlich.

Abel lächelte erneut. Der Bruder Pförtner scherzte gerne mit seinem schlechten Augenlicht.

»Es freut mich umso mehr, dass Ihr mich wiedererkennt.«

Bruder Gangolf zog mehrmals kurz Luft durch die Nase. »Ihr riecht etwas streng. Dennoch, wie sollte ich die Stimme eines so aufrechten und untadeligen Diener Gottes vergessen?«

Abel schluckte. »Ich muss Euch gestehen, mein Besuch war nicht geplant. Daher auch die späte Stunde. Lasst es mich Euch später erklären. Und …«, Abel senkte die Stimme, »ich habe auch keine Wurst dabei.« Bruder Gangolf aß leidenschaftlich gerne geräucherte Blutwurst, vor allem diejenige, die Abel immer aus der Amorbacher Klosterküche mitgebracht hatte.

Der Alte winkte ab. »Seit ich's an der Galle habe, schmeckt mir sowieso nichts mehr. Schaut mich an, wie abgemagert ich bin!«

Abel fasste Gangolf am Arm. »Ich sehe einen zwar alten, jedoch immer noch rüstigen Mann vor mir.«

»So?« Gangolf knurrte und trat zur Seite. »Jetzt kommt schon herein!«

Abel plauschte noch eine Weile mit Gangolf. Danach bat er, sich hinlegen zu dürfen. Dass er in seiner nassen Hose wie ein Schneider fror, verriet er nicht.

»Natürlich«, murmelte Gangolf. »Natürlich.« Dann führte er Abel zu einer der freien Zellen in der *clausur*. »Der Prior wird sich freuen, Euch wieder einmal zu sehen«, sagte Gangolf zum Abschied und schlurfte davon.

Abel hielt seine Laterne hoch. Ein Bett, ein Tisch, ein Spind und ein Betschemel, mehr war an Einrichtung nicht vorhanden. Sollte er länger als eine Nacht im Kloster bleiben, würde er in eines der Gästezimmer wechseln müssen. Denn die *clausur* war als der innere Bereich eines Klosters nur den Mönchen vorbehalten.

Abel dachte an sein Zuhause in Miltenberg, das deutlich mehr Annehmlichkeiten bot. Der große Kamin in der guten Stube, der im Winter wohlige Wärme verbreitete, die farbenprächtigen Wandteppiche aus französischen Manufakturen, die sein Schwiegervater Lothar sich geleistet hatte, das feine Porzellan des Hauses, von dem er täglich Fleisch essen konnte, wenn es ihn nicht ab und zu nach Süßspeisen wie Pfannenkuchen mit Pflaumenkompott gelüstete. Und dann das herrliche Konfekt, auf dessen Herstellung sich Marie so trefflich verstand und das einem das Wasser im Mund zusammenlaufen ließ. Doch Marie war sich auch nicht zu schade, sich für die alltäglichen Mahlzeiten in die Küche zu stellen. Er wusste oft schon nach dem ersten Bissen, ob sie oder die Magd das Essen zubereitet hatte. Abel legte die Hände um seinen Bauch. Man sah ihm mittlerweile an, wie gut ihn seine Frau umsorgte.

Dann zog er seine nassen Sachen aus, hängte sie zum Trocknen über die Stuhllehne und legte sich ins Bett. Durch das vergitterte Fenster blickte Abel in den Himmel. Inzwischen waren Wolken aufgezogen und verdeckten den *Großen Wagen*.

Abel war sich mittlerweile sicher, dass die Stadtwache ausschließlich ihn gesucht hatte. Gleichviel, was Heinrich angestellt haben mochte, man hätte deswegen nicht in der Nacht die Wache aufgeboten. Was allerdings sollte der Grund dafür gewesen sein? Er musste bis morgen warten und hoffen, dass der Prior ihm bei der Aufklärung der Sache helfen würde. Noch einmal dachte Abel an Marie. Er hatte ihr noch immer nicht sein riskantes Geschäft gebeichtet. Doch bevor er einen weiteren Gedanken fassen konnte, war er eingeschlafen.

Geräusche auf dem Gang weckten Abel. Fahles Licht fiel vom Fenster her in sein Zimmer. Bestimmt war es schon nach sechs Uhr! Er hatte die *laudes*, das Morgenlob, um fünf Uhr verschlafen. Jetzt war zur *prima* gerufen worden. Er stand auf, wickelte sich die Decke um die Hüfte, ging zur Tür und öffnete sie einen Spaltbreit. Er blickte auf den Rücken eines Ordensbruders, der gerade die gegenüberliegende Zellentür schloss.

»Psst!«

Der Bruder drehte sich um. Abel kannte dessen Gesicht, jedoch nicht seinen Namen. Er schob die Tür ein wenig weiter auf und streckte den Kopf heraus.

In den Augen des Bruders leuchtete es auf. »Pater Abel, Ihr?« Er schaute an Abel hinunter.

43

»Was ist …?«

»Bruder …?«

»Wolfram.«

»Wolfram, genau. Entschuldigt mein schlechtes Gedächtnis. Meine Kleidung ist nass geworden. Ich bräuchte etwas Trockenes.«

Dann stutzte der Bruder und deutete auf Abels Kopf. »Wo ist Eure Tonsur?«, fragte er. »Was ist geschehen?«

Abel strich sich über die Haare. »Das ist eine längere Geschichte. Könnt Ihr mir bitte helfen? Eine Hose, ein Hemd, Strümpfe, Schuhe?«

Wolfram musterte Abel von oben bis unten. »Wartet!«, sagte er und verschwand aus der *clausur*.

Es dauerte nicht lange und Wolfram kam zurück. Unter den Armen trug er zwei Hosen zur Auswahl, ein Hemd und ein Paar Holzschuhe. Abel entschied sich für eine schwarze Wollhose und schlüpfte in die Holzpantinen.

»Ich komme mit in die Kapelle. Doch können wir zuvor meine nassen Sachen in der Küche aufhängen?«

»Folgt mir!«

Eigentlich wusste Abel, wo die Küche lag. In der Zeit, da er als Pater Abel hier übernachtet hatte, war er dort häufig mit Theobald, dem Bruder Culinarius, zusammengesessen, um über Gott und die Welt zu plaudern und dabei einen guten Wein zu trinken. Diesen hatte er immer selbst mit in das Kloster gebracht, manchmal auch einen saftigen Schinken oder einen feinen Käse. Wahrscheinlich waren es diese Gaben gewesen, die ihn in jenem Hause, wo Schmalhans Küchenmeister war, so beliebt gemacht hatten.

Ein Küchengehilfe, den Abel nicht kannte, war gerade dabei, das Feuer anzuschüren. Abel roch an seiner Hose, danach bat er den Gehilfen, sie und die Strümpfe auszuwaschen und zusammen mit den Stiefeln zum Trocknen am Feuer aufzuhängen. Dann drückte er ihm zwei Taler in die Hand. »Wenn der Bruder Culinarius kommt, gebt ihm das Geld. Sagt, es wäre von Pater Abel.« Darauf ließ er den verdutzten Jungen stehen und folgte Bruder Wolfram in die Hauskapelle.

Die Andacht hatte bereits begonnen. Abel kniete sich in die letzte Bank. Eine Mischung aus Freude und Wehmut stieg in ihm auf, als die Mönche den Hymnus *Aeterne rerum conditor* des heiligen Ambrosius anstimmten. Als die Andacht zu Ende war, stand Abel auf und wartete, bis alle Mönche an ihm vorbeigegangen waren. Die meisten kannte er. Sie blickten ihn überrascht an, nickten dann jedoch freundlich. Rüdiger von Breitstein, der Prior des Klosters, war der Letzte in der Reihe. Die Rechte auf einen Stock gestützt, blieb er vor Abel stehen.

»Ich habe schon gehört, dass Ihr wieder hier seid.« Der Prior blickte auf Abels Haar und zog die Augenbrauen zusammen.

Abel verneigte sich. »Ich danke für die Gastfreundschaft, die Ihr mir ein weiteres Mal gewährt, ehrwürdiger Vater.«

Der Prior zupfte an seinem weißen Bart. »Das habt Ihr Bruder Gangolf zu verdanken.«

Abel schluckte. Er musste sich möglichst schnell erklären. »Gewährt Ihr mir ein Gespräch unter vier Augen, ehrwürdiger Vater?«

Der Prior schaute sich um. »Nur zu, wir sind alleine!«

Das Gespräch wurde zur Beichte. Abel erzählte dem Prior, wie er Marie kennen und lieben gelernt hatte und warum er sich am Ende gegen das klösterliche Leben entschieden und Marie geheiratet hatte. Es entging ihm nicht, dass die Gesichtszüge des Priors im Laufe des Gespräches immer weicher wurden.

Als Abel geendet hatte, legte Rüdiger von Breitstein ihm sogar die Hand auf den Arm und sagte milde: »Gottes Wege sind unergründlich. Ihr seid mit dem Segen Eures Abtes und unseres Bischofs gegangen. Was soll mich hindern, das

Gleiche zu tun?« Dann hob der Prior die Hand und machte über Abel das Kreuzzeichen. »*In nomine patris et filii et spiritus sancti.*«

»Amen«, sagte Abel und bekreuzigte sich.

»So«, sagte der Prior, »jetzt lasst uns ins Refektorium gehen!«

Die Mönche hatten bereits gefrühstückt, und der Saal war leer. Nur am Tisch des Priors war noch für zwei Personen gedeckt. Rüdiger von Breitstein streckte sich, als er sah, was dort alles bereitstand: Wurst, Schinken, mehrere Sorten Käse, Honig und dreierlei Konfitüre. Sogar an einen Korb mit Obst hatte der Bruder Culinarius gedacht.

Abel hatte in diesem Kloster noch nie herausgefunden, ob der Prior wusste, wem er es zu verdanken hatte, wenn es gelegentlich etwas anderes zu speisen gab als üblich.

Wie immer sagte Rüdiger von Breitstein auch diesmal: »Ein bescheidenes Mahl, wie Ihr seht. Unser Bruder Culinarius scheint Euch wirklich zu mögen.« Dann bat er Abel, sich zu setzen.

»Ein hervorragender Küchenmeister und ein wahrer Freund«, sagte Abel und nahm Platz.

Rüdiger von Breitstein schmierte sich Butter und Honig auf ein Weißbrot. Mit vollen Backen fragte er Abel: »Seit Ihr kein Benediktiner mehr seid, wart Ihr nicht mehr bei uns. Warum jetzt?«

Abel war froh, dass der Prior diese Frage endlich stellte. Auch wenn Rüdiger von Breitstein schon auf die siebzig zuging und den Stock benutzen musste, war sein Geist wach wie eh und je und sein Verstand immer noch scharf.

Abel erzählte, wie er in der Nacht auf seinem Schiff aus dem Schlaf erwachte und feststellen musste, dass ihn die Stadtwache suchte. Als er geendet hatte, war es für einen Augenblick still im Saal.

»Ihr seid auf der Flucht?«, fragte der Prior.

Abel nickte.

Rüdiger von Breitstein schmierte sich langsam ein neues Honigbrot. »Und ich soll Euch helfen herauszufinden, warum man Euch sucht?«

Abel nickte erneut.

Der Prior aß langsam weiter. Abel hatte noch keinen Bissen hinunterbekommen. Die Hände auf dem Schoß gefaltet, saß er da und blickte sein Gegenüber an.

»Und Ihr wisst wirklich nicht, warum man Euch sucht?«, fragte der Prior.

Abel hob die Hände. »Nein, ich habe nicht die geringste Ahnung.«

»Hm. Mal sehen, was sich machen lässt.«

Dann begann der Prior sein übliches Lamento. Dass kaum noch junge Männer dem Orden beitreten wollten, dass die Spenden schon reichlicher geflossen seien und dass es überhaupt für ihn und die Seinen als Katholische in einer lutherischen Stadt sehr beschwerlich wäre. Was Rüdiger von Breitstein verschwieg, war, dass er beste Verbindungen hatte in dieser Stadt, zum Schultheiß und den Räten sowie zu den Protestanten ebenso wie zu den Juden und den Zünften. Darauf baute Abel.

»Ihr könnt natürlich bleiben, so lange, wie Ihr es für nötig haltet. Allerdings nicht in der *clausur*!«, sagte Rüdiger von Breitstein, nachdem er seine Serviette weggelegt hatte und vom Frühstückstisch aufgestanden war. »Vorerst würde ich Euch sowieso nicht raten, vor die Tür zu treten.« Das war sicher auch als Hinweis gedacht, dass es vom Rat der Stadt eigentlich untersagt worden war, Fremden Obdach zu gewähren.

Abel war ebenfalls aufgestanden. Er senkte den Kopf. »Vergelts Gott, ehrwürdiger Vater.«

»Schon gut«, knurrte der Prior, nahm seinen Stock und verließ das Refektorium.

V

Abel machte sich noch schnell ein Schinkenbrot, bevor der Küchengehilfe hereinkam und abräumte. Mit vollen Backen lief er in die Küche und schaute nach seinen Sachen. Bis Mittag, schätzte er, müssten sie trocken sein. Ein Bruder erschien und führte ihn zu einem der Gästezimmer. Es lag im ersten Stock und hatte seine Fenster zum Innenhof.

Abel dankte und legte sich, kaum war der Mönch verschwunden, aufs Bett. Er war hundemüde. Wurde er alt? Noch vor ein paar Jahren hatte es ihm kaum etwas ausgemacht, eine Nacht durchzuarbeiten oder durchzuzechen. Sofort fiel er in einen tiefen Schlaf.

Poch! Poch! Es klopfte an die Tür. Abel fuhr hoch und setzte sich auf die Bettkante. »Ja?«

Die Tür ging auf und der Prior trat ein. Als er das zerwühlte Bett sah, runzelte er die Stirn. Wortlos ging er zum Fenster. Dort blieb er, auf seinen Stock gestützt, stehen und schaute hinaus in den Hof.

Abel wagte nicht, ihn anzusprechen.

»Abel, Abel! Pardon, Herzog«, sagte der Prior endlich. »In was seid Ihr da hineingeraten?«

Abel stand auf, packte den einzigen Stuhl im Zimmer und zog ihn unter dem Tisch hervor. »Wollt Ihr Euch nicht setzen, ehrwürdiger Vater?«

Der Prior drehte sich um. »Habt Ihr etwas gesagt?«

»Ob Ihr Euch nicht setzen wollt?«

»Setzen?« Dann erst sah der Prior den Stuhl. »Natürlich.«

Abel nahm erneut auf der Bettkante Platz, dem Prior gegenüber.

Dieser hatte die Hände über seinen Stock gefaltet und blickte Abel an. »Es war tatsächlich die Stadtwache, die Euch gesucht hat.«

Abel beugte sich vor. »Warum?«

Der Prior zwirbelte seinen Bart. »Warum? Die Einzelheiten kenne ich nicht. Nur so viel: Man hat Euren Schiffsknecht verhaftet, diesen ...«, der Prior wedelte mit der Rechten.

»Heinrich!«

»Ja, diesen Heinrich. Er soll mit einer gefälschten Münze bezahlt haben.«

Abel fuhr hoch. »Wann? Wo?«

»Gestern Nacht in einer Spelunke in Sachsenhausen.«

Abel sank wieder auf das Bett zurück und schüttelte den Kopf. »Das kann nicht sein«, murmelte er. »Da muss eine Verwechslung vorliegen.«

»Heinrich streitet auch alles ab«, sprach der Prior weiter. »Er gibt seinem Zechkumpan die Schuld, gegen den er beim Würfelspiel gewonnen habe. Dieser soll den gefälschten Taler eingesetzt haben. Als Heinrich damit seine Zeche bezahlen wollte, hat der Wirt wegen der falschen Münze Alarm geschlagen. Er hat sofort die Wache rufen lassen. Jetzt sitzen beide im Gefängnis und einer gibt dem anderen die Schuld.«

Abel dachte an Nepomuk. Waren in dem Beutel, den er, Abel, Heinrich überlassen hatte, gefälschte Taler gewesen?

Abel blickte dem Prior in die Augen. »Ehrwürdiger Vater, das ist ein Irrtum.«

»Deswegen will man Euch befragen. Hättet Ihr gestern nicht Reißaus genommen, hätte sich wahrscheinlich schon längst alles geklärt.«

Abel klatschte auf seine Oberschenkel und stand auf. »Wo muss ich hin?«

»Zum Stadtkommandanten.« Der Prior lächelte. »Doch

gemach, Herzog. Er erwartet Euch pünktlich zum Glocken-schlag fünf Uhr heute Nachmittag.«

»Ist es noch immer dieser ... dieser...«, Abel schnippte mit den Fingern.

»Laubheimer?«, fragte der Prior.

»Genau, Laubheimer.« Abel hatte jenem vor ein paar Jahren einen großen Gefallen getan. Mit Laubheimer wäre zu reden gewesen.

»Der neue Mann heißt Hallstein«, sagte der Prior und verzog dabei ein wenig den Mund. »Ich gehöre nicht zu seinen Freunden.«

Abel wischte mit der Hand durch die Luft. »Ich bin ein erfolgreicher Kaufmann«, sagte er dann laut. »Und ich bin ehrlich. Wir haben nichts mit gefälschten Münzen zu tun. Es muss so sein, wie Heinrich es gesagt hat. Man hat ihm die falschen Taler untergejubelt. Man muss es ihm glauben und ihn laufen lassen.«

Der Prior stand auf. »Wenn es so ist, wird man ihn laufen lassen. Ihr müsst auch den Stadtkommandanten verstehen. Falschmünzerei ist in Frankfurt ein Übel. Der Magistrat hat nicht ohne Grund hohe Summen ausgelobt für jeden, der mithilft, diesen Gaunern das Handwerk zu legen.« Der Prior hob die Hand zum Segen. Abel kniete nieder und bekreuzigte sich.

Der Prior hatte sich schon zum Gehen gewandt, als Abel noch etwas einfiel. »Ehrwürdiger Vater, man wird mich doch nicht auch verhaften?«

Rüdiger von Breitstein lächelte milde. »Herzog, wir sind keine Wegelagerer!«

Abel wartete, bis sich die Tür geschlossen hatte. Dann ließ er sich wieder aufs Bett fallen. Er musste in Ruhe darüber nachdenken, was er diesem Stadtkommandanten alles sagen wollte. Wäre es klug, ihm von Nepomuk zu berichten? Schließlich hatte er, Abel, es ermöglicht, dass dieser am Zoll vorbei das Schiff hatte verlassen können. Vielleicht hatte ja auch Heinrich schon diesen Gaukler erwähnt. Abel beschloss, alles auf sich zukommen zu lassen. Doch dann fuhr er hoch. Er hatte ja noch etwas anderes zu erledigen. Er musste unbedingt zu seinem Geldverleiher in das Judenviertel, auch wenn der Prior ihn ermahnt hatte, das Kloster nicht zu verlassen.

Abel eilte in die Klosterküche. Seine Kleidung war trocken. Er zog sich in seinem Zimmer um und verließ das Kloster in Richtung Judengasse.

Die Stadt war voller Menschen. Abel hatte nicht das Gefühl, beobachtet oder verfolgt zu werden. Nur zweimal zuckte er zusammen, als ihm Stadtwachen entgegenkamen. Doch diese schienen nur auf Bettler und Hausierer zu achten.

Die Juden hatten in Frankfurt, wie in vielen anderen Städten auch, nur in einem festgelegten Quartier Wohnrecht. Sie mussten in einem ihnen zugewiesenen Viertel leben, das hier, genau genommen, nur eine einzige Gasse war. Diese zog sich in einem halbrunden Bogen entlang der östlichen Stadtmauer vom Bornheimer Tor bis hinunter zum Brückentor. Dort betrat Abel die Gasse. Die Wache am Tor musterte ihn wortlos und ließ ihn ungehindert eintreten.

Obwohl er die Gasse bereits aus früheren Besuchen kannte, war Abel auch diesmal von ihrer Enge und dem üblen Geruch unangenehm berührt. Schon in den anderen Vierteln Frankfurts waren die meisten Gassen eng, düster und stickig. Man lebte in schmalen Häusern auf engstem Raum, zusammen mit dem Vieh. Im Erdgeschoss befand sich meist eine Werkstatt und ein Verschlag für ein Schwein oder eine Ziege, selten fanden ein Ochse oder eine Kuh Platz. Darüber lagen die Küche und das Schlafzimmer der Eltern oder Großeltern mit mindestens einem Kinderbettchen, und nochmals ein Stockwerk darüber ein paar Kammern für weitere Kinder und die Vorräte.

Hier nun in dieser Gasse, das hatte Abel gesehen, lebten

die Menschen auf noch viel engerem Raum inmitten von Warenlagern, die in den Wohnungen, Fluren, Kellern, Speichern und Treppenhäusern gestapelt wurden. Daher war, selbst bei schlechtem Wetter, die Gasse immer sehr belebt.

Mit dem wohlhabenden Händler und Geldverleiher Isaak Michael Speyer hatte Abel schon oft Geschäfte getätigt. Hinter dessen freundlichem, zuvorkommendem Wesen verbarg sich zwar stets ein sehr spitz rechnender Kaufmann, doch noch nie hatte Speyer versucht, Abel zu übervorteilen oder zu einem unredlichen Geschäft zu überreden. Dass Abel jetzt in Zahlungsschwierigkeiten steckte und unbedingt eine Prolongierung seines Wechsels brauchte, hatte er selbst zu verantworten. Es war die Folge seines riskanten Geschäftes.

Der Weg zum *Schwarzen Bären*, so wurde das Haus genannt, in dem Speyer wohnte und arbeitete, war wie ein Spießrutenlaufen. Die Juden durften wegen der bevorstehenden Kaiserkrönung schon seit Tagen ihr Viertel nicht verlassen und konnten vor dessen Toren keine Geschäfte mehr anbahnen. So bot das Erscheinen eines Fremden in der Gasse ihnen die einzige Gelegenheit, Kunden zu gewinnen. Zudem verriet Abels Kleidung ihn als wohlhabenden Bürger und Händler, der offensichtlich der Geschäfte wegen in ihr Viertel gekommen war.

Abel lief an den Händen vorbei, die sich ihm entgegenstreckten. Er schlug die Geschäfte aus, die man ihm antrug, und antwortete auch nicht auf das vielstimmige »*Scholem alechem — Friede mit Euch*«.

Als er einmal den Blick von den vielen schwarz gekleideten Menschen abwandte und in den Himmel blickte, schien ihm auch dieser verdunkelt. Über vier Stockwerke hoch, oft noch von einer Dachgaube gekrönt, ragten die Häuser in die Höhe. Und von Stockwerk zu Stockwerk waren sie ein paar Fuß mehr in die Straße hinausgerückt worden, um noch weiteren Raum, das wichtigste Gut in dieser Straße, zu gewinnen.

Inzwischen hatte Abel den *Schwarzen Bären* erreicht. Er schob einen Jungen zur Seite, der ihn schon die ganze Zeit über verfolgte und ihm irgendein Duftwasser verkaufen wollte. Dann trat er, da die Tür offen stand, in den düsteren Hausflur.

»Meister Speyer, seid Ihr hier?«

Abel hörte zunächst ein Hüsteln und darauf ein Schlurfen. Allmählich erkannte er am Ende des Flures die Umrisse eines gebeugten Mannes. Isaak Michael Speyer war schon lange nicht mehr der umtriebige Kaufmann, den Abel vor einigen Jahren auf Vermittlung des Priors in Handelsdingen aufgesucht hatte. Ehemals glatt rasiert, trug er nun einen zotteligen, grauen Bart, und wenn er, was nicht oft geschah, die Mütze vom Kopf nahm, kamen nur noch wenige dünne Haare zum Vorschein.

Speyer blinzelte Abel entgegen. Dann huschte ein Lächeln über sein Gesicht. »*Boruch habbo* — Willkommen in meinem Haus!«, sagte er mit dünner Stimme.

Abel breitete die Arme aus. »Isaak, mein Freund, schön, Euch so gesund und munter zu sehen.«

Speyer hüstelte erneut. »Ihr seid ein elender Lügner, Herzog. Tretet trotzdem ein!«

Abel kannte bereits die Prozedur, die jetzt kommen würde. Doch diese ließ sich nicht abkürzen. Mühsam kletterte Speyer Abel voran in das obere Stockwerk. Zwischen Kisten und Säcken, Stoffballen und Korbflaschen zog er sich die Treppe hoch. In der guten Stube schob er auf seinem Schreibtisch einen Stoß Papier zusammen und bat Abel, auf einer Truhe Platz zu nehmen. Danach klatschte er zweimal in die Hände, gab einem alten Mütterchen, das in der Tür erschien, in jiddischer Sprache einen Auftrag und wandte sich wieder Abel zu.

Abel musste von Marie und seinem Kind erzählen, von seinem Schwiegervater und dem neuen Amtmann in Miltenberg. Dann kamen sie auf das Weltgeschehen zu sprechen, die Kriegserklärung Frankreichs, das rasche Scheitern des französischen Vorstoßes in den Österreichischen Niederlanden, die erfolgte Kaiserwahl und die bevorstehende Krönung. Mit seinen kleinen, dunklen Augen hatte Speyer Abel stets im Blick. Nachdem das Mütterchen Kaffee und Konfekt gebracht hatte, beklagte der Hausherr noch ausgiebig das schlechte Los der Juden in Frankfurt. Danach endlich kamen sie zum Geschäft.

»Den Scheck prolongieren? Unmöglich.« Speyer hüstelte, warf seine kurzen Arme in Luft und schüttelte traurig den Kopf. Abel wisse doch selbst, wie unsicher die Zeiten seien. Noch sei nicht abzusehen, wie es der neue Kaiser mit den Juden hielte. Dann stehe ja dieser Fürstenkongress in Mainz unmittelbar nach der Kaiserkrönung an. Wer konnte wissen, was die Herren dort gegen die Franzosen beschließen würden. Jeder verliehene Gulden, gleich, wohin er gegeben würde, sei im Augenblick gefährdet. Die Zinsen dafür, seien sie auch noch so hoch, deckten nicht annähernd das Risiko, das man dafür eingehe.

Es wurde Likör gereicht und Speyer zündete sich eine Tonpfeife an, was dazu führte, dass er noch mehr hüstelte. Darauf fragte Speyer Abel, was er denn in seinem Schiff mit nach Frankfurt gebracht habe. Als es bereits auf Mittag zuging, hatte man sich geeinigt. Speyer verlängerte Abels Wechsel um weitere zwei Wochen. Dafür hob er die Zinsen um drei Prozent an und die Schiffsladung Wein auf der *Sancta Maria* wechselte den Besitzer zu einem Preis, der Abel das Wasser in die Augen trieb.

Bevor Abel den *Schwarzen Bären* verließ, ergriff Speyer dessen Hände, schaute ihn mit seinen dunklen Augen an, sprach leise sein »*Massel un Broche*« und wünschte ihm viel Erfolg für sein Geschäft.

Nach dem Besuch in der Judengasse überlegte Abel kurz,

ob er noch einmal nach seinem Schiff schauen sollte. Doch was konnte er dort erreichen? Die Wache würde ihn sicherlich sofort verhaften. Besser wäre es, wenn er am Nachmittag bei dem Stadtkommandanten vorsprechen würde, damit Speyer das Schiff entladen durfte. Abel blickte auf seine Uhr. Im Kloster aß man schon zu Mittag. Er würde seine Mahlzeit andernorts einnehmen müssen.

Abel verschränkte die Arme. Knurrte nicht schon sein Magen, nur, weil er an Lisbeth und ihren Eintopf dachte? Bisher hatte er bei jedem seiner Aufenthalte während der Messe an ihrem Essensstand an der Ecke Ankergasse zur Mainzer Straße vorbeigeschaut. Wenn man rasch und preiswert satt werden wollte, gab es in der ganzen Stadt nichts Besseres als Lisbeths ausgehöhltes Brot, gefüllt mit dampfendem Fleischeintopf. Ob die Stadt ihr dieses Geschäft auch während der Krönungstage erlaubt hatte? Dies war sicher der Fall, denn die vielen Gäste mussten ja verpflegt werden.

Die Leute in den Straßen schienen stündlich mehr zu werden. Aus Gesprächsfetzen, die Abel aufschnappte, entnahm er, dass der Geleitzug mit den Reichskleinodien inzwischen in der Stadt angekommen war. Auf dem Römerberg war kaum ein Durchkommen. Wie würde das erst werden, wenn der Kaiser sich nach dem Krönungszeremoniell von einem Balkon am Rathaus dem Volk zeigen würde?

Als Abel sich der Ankergasse näherte, sah er auch den einen oder anderen Bettler. Scheu lehnten oder saßen diese am Straßenrand, den Passanten eine offene Hand entgegengestreckt und ständig auf der Hut vor der Stadtwache. Bald schon musste Abel sich wieder mit den Ellenbogen Platz schaffen. Er nahm dies als gutes Zeichen, näherte er sich doch jetzt der Stelle, wo Lisbeth für gewöhnlich ihren Stand aufgeschlagen hatte.

Vor Lisbeths Stand drängte sich das Volk. Abel blieb nichts anderes übrig, als sich anzustellen. Gelangweilt blickte er sich um. An nahezu jedem zweiten Haus hing das Schild eines Handwerkers. Abel erkannte die Zeichen eines Hutmachers, eines Schmieds und eines Nadlers. Auch hier waren die Häuser schmal und hoch und ragten Stock für Stock in die Straße hinein. Wie in der Judengasse, dachte Abel. Der knöcheltiefe Morast roch feucht und es stank nach Mist, obwohl der Schultheiß verfügt hatte, dass während der Wahl- und Krönungsfeierlichkeiten alle Misthaufen vor den Häusern verschwinden sollten. Kinder zwängten sich zwischen den Erwachsenen, ungeachtet der Puffe und Tritte, die diese ihnen verabreichten.

Als Abel vor Lisbeth stand, musste er diese auf sich aufmerksam machen. Ohne ihn anzuschauen, hatte sie ihm das ausgehöhlte Brot mit dem Eintopf in die Hand gedrückt und die hingereichten Münzen eingestrichen.

»Auf ein Wort noch, gnädige Frau«, sagte Abel halblaut, während er so tat, als wollte er den Eintopf erst probieren.

Lisbeth streckte sich und blickte auf. Danach drückte sie beide Hände in den Rücken, wischte sich, den hölzernen Schöpflöffel in der Hand, mit der Rechten den Schweiß von der Stirn. Abel sah die dunklen Flecken unter ihren Achseln. Hätte er nicht den dampfenden Eintopf vor sich gehabt, er hätte ihren Schweiß riechen können.

Jetzt erkannte ihn Lisbeth. »Seid Ihr's, oder seid Ihr's nit?« Dann, ohne lang eine Antwort abzuwarten, stieß sie mit ihrer Kelle auf Abel, als wollte sie ihn aufspießen. »Ihr seid's!«

Abel lächelte.

Darauf stutzte sie. »Wo is Euer Kutte?«

Abel legte den Zeigefinger auf den Mund und wies mit einer Kopfbewegung auf die Schlange hinter sich. »Ein andermal«, sagte er.

Doch da wurde er bereits von hinten angestoßen. »Hee, mir habbe Hunger.«

Lisbeth wurde laut: »Hier saach isch, wie schnell des geht.«

»Schon gut«, sagte Abel. »Ich lasse einmal wieder von mir hören.«

»Ihr seid immer willkomme«, erwiderte Lisbeth und war schon wieder dabei, ihren Eintopf auszuschenken.

Zurück im Kloster suchte Abel Theobald in seiner Küche auf. Als dieser Abel erblickte, schickte er den Küchengehilfen weg.

»Wir haben dich beim Mittagessen vermisst«, sagte er.

Abel spürte den Ärger in Theobalds Worten und schaute zu Boden.

»Du weißt, der Prior will nicht, dass man erfährt, warum du hier bist?«

Abel nickte. »Die Stadt ist voll wie bei der Messe«, antwortete er. »Niemand hatte Acht auf mich.«

»Trotzdem. Du musst vorsichtig sein.« Theobald holte eine Flasche Wein hervor und goss zwei Gläser voll. Abel wehrte ab. Es stand ja noch die Verhandlung mit dem Stadtkommandanten bevor. Dann ließ er sich doch am Tisch nieder und stieß mit Theobald an.

Plötzlich hob Theobald die Hand. »Sei mal still!«

Draußen auf dem Gang hörte man Geräusche.

Im nächsten Augenblick schon wurde die Tür zur Küche aufgerissen. Schwer atmend stand Bruder Gangolf, der Pförtner, auf der Schwelle. Seine Augen zuckten hin und her. »Bruder Culinarius, seid Ihr hier?«

»Ja, hier bin ich.«

»Wisst Ihr, wo Abel ist?«

Abel stand auf. »Hier!«

»Man sucht Euch!«

Abel hob die Hände. »Wer sucht mich?«

»Soldaten.«

Abel machte einen Schritt auf Gangolf zu. »Soldaten?«

Theobald hielt ihn zurück. »Ich schaue nach.«

Kurz darauf kam er wieder zurück. »Es sind Soldaten des Reichsquartiermeisters. Sie suchen tatsächlich dich.«

»Warum?«

»Das sagen sie nicht. Der Prior redet noch mit ihnen.«

»Kann er sie abweisen?«, fragte Abel.

»Sie werden es nicht wagen, das Kloster zu betreten.«

Abel wäre am liebsten im Boden versunken. War es sein Leichtsinn gewesen? Warum wusste man, wo er war? Und wer war dieser Reichsquartiermeister? Dann legte er dem Freund die Hand auf den Arm. »Wir müssen mit allem rechnen. Gangolf, lasst das Gästezimmer aufräumen und alles verschwinden, was mir gehört!«

Theobald blickte Gangolf hinterher und rührte sich nicht. »Das wäre ein Sakrileg«, murmelte er.

Abel zerrte Theobald am Arm. »Ich brauche ein Versteck!«

Erst jetzt schien Theobald zu begreifen. Er schüttelte Abels Hand ab. Seine Augen huschten hin und her.

Abel drängte. »Sag etwas!«

Endlich straffte sich Theobald. »Du bleibst hier«, sagte er zu Abel. »Ich komme gleich wieder. Räum inzwischen hier alles weg!« Und schon war er verschwunden.

Abel hatte gerade Gläser und Weinflasche unter dem Spülstein versteckt, da kam Theobald auch schon wieder zurück, eine Leiter in der Hand. Damit ging er zur Esse, warf einen Blick in den Rauchfang, nickte und stellte die Leiter an.

»Da hinauf!«, sagte er zu Abel und deutete in das schwarze Loch.

»Wie, ich soll im Rauchfang verschwinden?«

»Dort oben sind Eisen für unser Räuchergut. Stell dich darauf und verhalte dich ruhig!«

Abel ging zur Esse und hielt die Hand über die Glut.

»Beeile dich, ich muss die Leiter wieder verschwinden lassen!«

Abel ließ seinen Blick durch die Küche schweifen. Dann

trat er seufzend auf die erste Sprosse. Je höher er stieg, umso dunkler und stickiger wurde es. Als er sich zwischen den beiden Eisenstangen hindurchzwängte, die in den Abzug eingemauert waren, musste er sich an der Wand der Esse abstützen. Er griff in fingerdicken, samtig weichen Ruß. Endlich befand er sich über den Eisen. Er spreizte die Beine, damit er darauf stehen konnte.

»Fertig?«, fragte Theobald von unten.

»Fertig!«

Theobald zog die Leiter weg und verschwand mit ihr durch die Küchentür.

Abel lauschte. Draußen war es ruhig. Alles halb so schlimm, dachte er. Der Prior wird die Wache abgewiesen haben. Dann allerdings hörte er Stimmen. Und Schritte hallten durch das Kloster. Die Sohlennägel von klobigen Stiefeln klackten auf Steinfliesen. Die Geräusche wanderten nach oben. Die Stimmen wurden leiser, deutlich hörte man nun Türen schlagen. Danach kam die Wache wieder die Treppe herunter und näherte sich der Küche. Abel machte sich steif.

»Wos is do drin?«

»Unsere Küche«, hörte Abel den Prior sagen.

»Öffnen!«

»Ich protestiere!«

Die Tür wurde aufgestoßen. Abel spürte im Rauchfang einen starken Luftzug.

Mehrere Soldaten polterten in die Küche. Dann wurde es ruhig und sie schienen still zu stehen.

Abels Nase begann zu kitzeln. Mit dem Daumen und dem Zeigefinger der linken Hand drückte er seine Nasenflügel zusammen. Lange würde er das nicht aushalten. Inzwischen hatten die Soldaten begonnen, Schranktüren aufzureißen und Regale zu verrücken. Mehrere Töpfe fielen scheppernd zu Boden.

Theobald beschwerte sich. »Passt doch auf!«

Die Soldaten schien es nicht zu kümmern. Selbst im Wasserfass stocherten sie herum. Wann würde einer von ihnen in den Kamin schauen? Abels Füße begannen zu schmerzen. Er versuchte, seine Position auf den Eisenstangen zu verändern. Dabei stieß er an die Wand. Rußflocken rieselten nach unten. Abel hielt die Luft an. Jedoch die Wachen waren schon wieder auf dem Weg nach draußen.

Abel musste warten. Endlich erschien Theobald mit der Leiter.

»Die Luft ist rein!«, rief er Abel zu. »Sie haben das Kloster verlassen.«

»Woher wussten die, dass ich hier bin?«, fragte Abel, als er wieder auf dem Boden stand und sich den Ruß aus dem Gesicht wusch und aus den Kleidern klopfte.

»Ich sagte, sei vorsichtig. Die haben ihre Spitzel überall.«

Abel hielt inne. »Auch hier im Kloster?«

Theobald hob die Hände. »Hier nicht. Doch ganz bestimmt bei der Stadtwache. Die Verhaftung deines Schiffsknechtes ist ihnen sicherlich nicht entgangen. Und das Spektakel, das die Stadtwache gestern Abend am Kai aufgeführt hat, wohl auch nicht.«

»Ich verstehe es trotzdem nicht. Wer ist dieser Reichsquartiermeister und warum interessiert er sich für Heinrich und mich?«

»Reichsquartiermeister Müller? Der ist schon seit Wochen hier, im Auftrag des neuen Kaisers, die Krönung vorzubereiten.«

»Jedoch das erklärt nicht, warum er hier ins Kloster eindringt.«

Theobald ließ die Arme sinken. »Ich weiß es doch auch nicht.«

Da hörten sie, wie sich jemand mit Gehstock der Küchentür näherte.

VI

Im gleichen Augenblick ging die Tür auf und der Prior stand auf der Schwelle. Sein sonst eher blasses Gesicht war rot vor Zorn.

»Das wird ein Nachspiel haben!«, sagte er und schlug mit seinem Stock gegen den Türrahmen. Nach einer Weile besann er sich, setzte den Stock ab und ließ die Augen über die Küche schweifen. Mit der freien Hand zwirbelte er dabei unentwegt seinen Bart.

Dann blickte der Prior Abel an. »Warum habt Ihr das Kloster verlassen?«

Abel machte eine Verbeugung. »Ich hatte Geschäfte zu erledigen.«

»Hätte das nicht Zeit gehabt?«

»Ich dachte, wenn ich zum Stadtkommandanten soll, muss ich ja auch das Kloster verlassen.«

Der Prior krallte die Hand um den Knauf seines Stockes, dass die Sehnen hervortraten.

Abel machte einen Schritt auf ihn zu. »Ehrwürdiger Vater, das ist alles meine Schuld. Ich werde gehen. Habt Dank für Eure Gastfreundschaft und für …«

Der Prior wischte mit dem Stock durch die Luft. »Ach was«, sagte er, »Ihr wart unvernünftig, weiß Gott. Doch hier geht es nur am Rande um Euch.«

»Ehrwürdiger Vater, wie soll ich das verstehen?«

Der Prior hielt einen Augenblick inne. Danach gab er sich einen Ruck. »Dieser Hieronymus Gottfried von Müller will in seinem Amt als Reichsquartiermeister unser Kloster unbedingt als Herberge nutzen. Ich will das nicht. Nun lässt er keine Gelegenheit aus, uns zu drangsalieren. Doch er wird sich die Zähne ausbeißen. Und dann ist da noch etwas anderes. Seit er hier ist, um die Feierlichkeiten vorzubereiten, ist wieder sein alter Streit mit der Stadt Frankfurt ausgebrochen. Der schwelt schon seit der Krönung von Leopold II. vor zwei Jahren. Der Reichsquartiermeister beharrt auf dem Recht der *Goldenen Bulle*. Danach ist er während der Krönungstage in Strafsachen von Fremden der alleinig Zuständige. Wahrscheinlich will er dieses Recht jetzt auch wieder behaupten.«

Abel dachte an seinen ehemaligen Abt Külsheimer. Hatte ihm dieser nicht erklärt, in der *Goldenen Bulle* sei alles zur Kaiserkrönung geregelt. »Verstehe ich nicht«, sagte Abel. »Wenn alles geschrieben steht, warum dann die Streitigkeiten?«

»Der Rat der Stadt beruft sich auf die gleiche Quelle und sagt, er sei derjenige, der in diesen Sachen auch gegenüber Fremden das Sagen habe.«

»Es gibt doch Gelehrte, die das klären können.«

Der Prior schniefte. »Ihr kennt sie nicht, diese Rechtsgelehrten. Wenn die erst einmal am Zug sind …«, der Prior winkte ab. »Erst hat der Quartiermeister ein Gutachten vorgelegt, das ihm das Recht gibt, darauf die Stadt Frankfurt eines mit der gegenteiligen Ansicht. Somit steht man jetzt dort, wo man schon vor zwei Jahren gestanden war.«

»Und was bedeutet das für mich?«, fragte Abel.

Der Prior streckte sich. »Das bedeutet, dass Ihr vorerst unbehelligt bleibt. Ich habe den Habsburgern mit dem städtischen Gutachten gedroht, sollte man gewaltsam gegen Euch vorgehen. Auch wird es sich der Kurfürst von Mainz nicht gefallen lassen, dass andere einen seiner Untertanen einsperren wollen. Allerdings wollen auch die Österreicher Euch befragen.«

Abel kniff die Augen zusammen. »Warum?«

»Ich kann es mir nur denken. Wie mir zu Ohren gekommen ist, soll der Zecher, der laut Eurem Schiffsknecht diesem die gefälschte Münze untergeschoben haben soll, ein Österreicher aus der Entourage des Reichsquartiermeisters sein.« Der Prior schmunzelte. »Peinlich, nicht wahr? Damit nicht genug. Er ist auch derjenige, der zusammen mit Eurem Schiffsknecht verhaftet worden ist. Der Reichsquartiermeister hat getobt und der Stadtkommandant musste ihn wieder freilassen. Wahrscheinlich hat Müller deswegen noch einige Fragen an Euch.«

Abel dachte einen Augenblick nach. »Was kann ich ihm schon sagen? Im Grunde«, begann er langsam, »geht mich das alles gar nichts an. Was ist, wenn ich mein Schiff entlade und einfach wieder abfahre?«

Der Prior machte ein ernstes Gesicht. »Ich habe mich für Euch verbürgt, dass Ihr genau das nicht machen werdet. Außerdem, denkt an Euren Schiffsknecht!«

Abels Schultern fielen nach unten. Er würde Marie schreiben müssen und ihr sagen, dass es ein paar Tage länger dauerte, bis er wieder nach Hause käme. Dass er in einen Fall von Falschmünzerei verwickelt war, würde er besser nicht mitteilen. Noch immer stand auf dieses Vergehen die Todesstrafe, auch wenn man schon lange nicht mehr von so einem harten Urteil gehört hatte. Eine lange Haftstrafe drohte allemal. Heinrich würde ihm fehlen.

Abel ballte die Fäuste. »Man soll mich in Ruhe lassen. Ich weiß nichts von den gefälschten Münzen.«

»Natürlich nicht«, entgegnete der Prior. »Doch es wäre besser gewesen, Ihr wäret auf Eurem Schiff geblieben. Jedenfalls macht Euch Euer Verschwinden verdächtig. Dennoch, es wird sich alles aufklären.« Der Prior klopfte mit dem Stecken auf den Boden und verschwand. Auf dem Gang rief er noch einmal: »Und vergesst nicht den Stadtkommandanten.«

Kurz vor fünf Uhr näherte sich Abel der Hauptwache. Er hatte den Weg über den Großen Hirschgraben genommen. Vielleicht konnte er ja noch alles zum Guten wenden.

Neugierige drängten zu den Buden auf dem Rossmarkt, wo die Schausteller ihre Volksbelustigungen darboten. Abel dachte an Nepomuk. Bestimmt würde auch dieser darunter sein. Mägde aus den Bürgerhäusern eilten mit Körben in der Armbeuge vom Kornmarkt, vom Hühnermarkt oder einem der zahlreichen anderen Märkte zurück zu ihren Herrschaften. Abel dachte an Marie, die heute, die kleine Anna an der Hand, in Miltenberg ebenfalls auf den Markt gegangen war. Allerdings war Marie stets viel früher unterwegs und ihre Einkäufe fielen auch spärlicher aus. Abel hatte schon wiederholt festgestellt, dass der Speiseplan im Hause Herzog weniger Fleischgerichte und Süßspeisen aufwies, wenn er nicht zu Hause war.

Abel stand nun vor der Hauptwache. Wer die Zeil, die breiteste Straße der Stadt, hinunterging oder vom Kornmarkt herauf durch die Katharinenpforte trat, hatte unweigerlich diesen freistehenden, symmetrischen Bau aus massivem Sandstein vor sich. Arkaden an der Vorderseite und das schiefergedeckte Mansardendach machten es unverwechselbar. Von früheren Besuchen kannte Abel auch das Innere des Gebäudes.

Er zurrte seinen Gürtel fest und trat ein. In der Wachstube hatte sich nichts geändert. Noch immer stand in der Mitte der gleiche schäbige Tisch, in den die Zeichnungen nackter Frauen eingeritzt waren. Nur die Soldaten fehlten, die sonst hier saßen und würfelten. Die Tür zum Nebenraum war nur angelehnt. Abel ging darauf zu und klopfte.

»Wer da?«, rief eine Stimme.

Abel räusperte sich und drückte die Tür auf. Er sah auf den schmächtigen Rücken eines Offiziers, der vor einem kleinen Wandspiegel stand. Ein langer, umwickelter Zopf ragte unter dessen Zweispitz weit über den Kragen hinaus, wie es einige Jahre zuvor beim preußischen Militär üblich war.

Abel räusperte sich erneut. »Johann Herzog aus Miltenberg«, sagte er. »Ich soll mich hier melden!«

Der Offizier fuhr so heftig herum, dass sein Zweispitz verrutschte. Ohne Abel aus den Augen zu lassen, schob er seine Kopfbedeckung wieder zurecht. Dann warf er noch einmal einen Blick in den Spiegel und legte die Hand auf den Griff seines Degens. Seine Augen wanderten von Abels Gesicht hinunter zu dessen Stiefeln. Darauf hob er sein Kinn und lächelte. »Ihr also!«

Abel mahnte sich, ruhig zu bleiben. »Der Stadtkommandant Conrad von Hallstein wünscht mich zu sprechen«, sagte er.

Der Offizier ließ den Degen los. »So, so. Er wünscht.«

Abel schwieg.

Der Offizier schniefte, ging auf Abel zu, schob ihn mit einer Hand zur Seite und sagte im Vorbeigehen: »Dann kommt einmal mit!«

Abel blieb stehen. »Wollt Ihr Euch nicht erst vorstellen?«, fragte er.

Der Offizier drehte sich um. Mit schmalen Lippen schaute er Abel an.

»Leutnant Roth«, sagte er, verließ die Wachstube und ging zu der Tür, die, wie Abel wusste, zum Zimmer des Stadtkommandanten führte.

Abel folgte ihm.

Roth wartete kurz auf das »Herein« und trat dann ein. Beinahe wäre Abel auf ihn aufgelaufen, da Roth plötzlich stehen blieb, die Hacken zusammenschlug und die rechte Hand an die Stirn führte.

»Melde gehorsamst, Herr Stadtkommandant, der Bürger Herzog aus Miltenberg ist soeben eingetroffen. Er wird gesucht, weil er …«

Der Angesprochene winkte ab. »Rühren!«

Abel hatte als Stadtkommandanten einen schneidigen Amtsvorsteher in Uniform erwartet. Hinter dem mit Akten überhäuften Schreibtisch jedoch saß ein älterer Herr, der seinen mit einer Perücke bedeckten Kopf über ein Schriftstück neigte. Den Uniformrock hatte er weit geöffnet, um seinem spitzen Bauch den nötigen Platz zu geben. Hinter dem Stadtkommandanten hing ein Wandteppich mit dem Wappen der Stadt Frankfurt, der einzige Schmuck des Raumes.

Abel stellte sich neben den Leutnant und wartete.

Endlich schaute Hallstein auf. Abel blickte in zwei kleine, grüne Augen, die sich hinter einem Zwicker versteckten. Ein nach außen gezogener Schnauzbart prägte Hallsteins sonst von Falten und Runzeln durchzogenes Gesicht. Schoßhund oder Jagdhund, fragte sich Abel.

Hallstein nahm die Gläser von der Nase und schob die Aufschläge seines Rockes zurück. »In der Tat, Ihr seid ein gesuchter Mann, Herzog«, sagte er mit erstaunlich kräftiger Stimme.

Abel trat einen Schritt nach vorne. »Zu Unrecht, Herr Kommandant!«

Sofort stellte sich Roth neben ihn.

Hallstein hob besänftigend die Hand. »Wir haben Euch herbestellt, um das zu klären. Ihr kennt die Anschuldigung?«

Abel nickte. »Man verdächtigt meinen Schiffsknecht der Verbreitung von gefälschten Münzen.«

»So ist es.«

Jetzt trat Abel bis an den Schreibtisch. Der Blick des Kommandanten hielt Roth zurück.

»Wie bereits gesagt, zu Unrecht!«, wiederholte Abel. »Er ist ohne sein Wissen und gegen seinen Willen in diese Sache hineingeraten.«

Hallstein lehnte sich zurück und musterte Abel. »Wieso seid Ihr Euch da so sicher?«, sagte er nach einer Weile.

Abel überlegte einen Augenblick. »Weil ich meinen Schiffsknecht kenne«, sagte er. »Heinrich hat recht, der falsche Taler ist ihm untergeschoben worden.«

»So, so, untergeschoben. Woher hatte er überhaupt so viel Geld?«

Abel berichtete von Nepomuk und wie er diesen aus Gefälligkeit mit nach Frankfurt genommen hatte, und dass er deswegen auch keinen Lohn dafür hatte haben wollen. Nepomuk jedoch habe darauf bestanden, seine Mitreise zu bezahlen, und dann das Geld eben dem Schiffsknecht gegeben. Das sei der Grund, warum dieser über so viel Geld verfügte, wobei er, Abel, nicht wisse, wie viel überhaupt in dem Beutel gewesen sei.

Hallstein legte die Gläser weg und begann seine Finger zu kneten, dass sie knackten. »Hm.«

Abel überlegte. »Vielleicht war der gefälschte Taler auch in dem Beutel des Gauklers, was bei dieser Sorte von Mensch ja nicht ungewöhnlich wäre.«

Der Stadtkommandant wiegte den Kopf.

»Oder es war so, wie mein Schiffsknecht es behauptet, dass ihm der Taler beim Glücksspiel untergeschoben worden war.«

»Was beides verboten ist«, sagte Hallstein trocken.

Abel biss sich auf die Unterlippe. Der Stadtkommandant hatte recht. Glücksspiel jeglicher Art war in der Stadt verboten. Jeder allerdings wusste, dass es trotzdem stattfand. Dies traf ebenso für das Gewerbe der Hübschlerinnen zu.

»Deswegen glaube ich auch«, erwiderte Abel, »dass mein Schiffsknecht die Wahrheit sagt. Warum sollte er sich eine Straftat ausdenken, um eine andere Straftat zu verschleiern?«

Hallstein schwieg. Abels Ausführungen schienen ihn nachdenklich gemacht zu haben. Also sprach Abel weiter.

»Wenn Heinrich das Glücksspiel gestanden hat, dann hat es auch Mitspieler gegeben.«

Hallstein rutschte ein wenig von seinem Schreibtisch weg. »Ihr habt sie doch auch verhaftet?«, fragte Abel. Er war gespannt, was Hallstein ihm von dem Österreicher erzählen würde.

Leutnant Roth mischte sich ein. »Mit Verlaub, Herr Kommandant, wir sind mitten in den Ermittlungen, da kann …«

Hallstein gab ihm ein Zeichen, ruhig zu sein. »Es steht Aussage gegen Aussage«, sagte er zu Abel.

Abel räusperte sich. »Wenn ich einen Vorschlag machen dürfte, Herr Kommandant. Lasst meinen Schiffsknecht frei, bis die Sache geklärt ist. Ich bürge für ihn, dass er nicht untertaucht. Auf Wunsch wäre ich auch bereit, eine Kaution zu zahlen.«

Roth scharrte mit den Stiefeln. Hallstein schwieg erneut. Schon keimte in Abel Hoffnung, als der Stadtkommandant sagte: »Es geht nicht nur um Falschmünzerei.«

Abel runzelte die Stirn. »Sondern?«

»Es geht auch um Mord.«

Abel wich einen Schritt zurück. »Heinrich ein Mörder? Niemals!«

Hallstein verschränkte die Arme vor der Brust und lehnte sich zurück. »Ich meine nicht den Schiffsknecht, ich meine Euch!«

Abel wurde schwindlig. Er machte sich steif und starrte Hallstein an. »Herr Kommandant, Ihr beliebt zu scherzen«, presste er hervor.

Hallstein blickte seinen Leutnant an. »Sagt Ihr es ihm, Roth.«

Roth knallte die Hacken zusammen. »Jawohl, Herr Kommandant.« Dann wandte er sich an Abel. »Man hat diesen Nepomuk aus dem Main gefischt, ermordet.«

Abel verschlug es die Sprache. Er blickte Roth an.

»Erstochen«, sagte dieser. »Ihr habt doch sicherlich ein Messer, oder?« Roth streckte seine Hand nach Abel aus.

»Was soll das?«, blaffte Abel. »Jeder Mann führt ein Messer bei sich, vor allem, wenn er auf Reisen ist.«

»Zeigt es her!«, befahl Roth.

Abel wandte sich Hallstein zu. »Herr Kommandant, das ist absurd!«

»Tut, was er verlangt«, sagte Hallstein.

Abel trug sein Messer nicht offen, sondern in einem Lederetui in der Hosentasche verstaut. Er kramte das Etui hervor und reichte es Roth. Dieser zog das Messer heraus, betrachtete es und fuhr mit dem Daumen über die Schneide.

»Das Messer ist beschlagnahmt«, sagte er und legte es dem Kommandanten auf den Schreibtisch.

»Ich protestiere«, sagte Abel scharf. »Nepomuk hat mein Schiff lebend verlassen und sich schnurstracks auf den Weg in die Stadt gemacht.«

»Behauptet Ihr«, sagte Roth.

Abel wurde laut. Seine Halsschlagader trat hervor. »Das war so. Fragt Eure Wache.«

Roth lächelte. »Ihr wisst selbst, was an den Toren los ist. Schon an normalen Tagen sind es Tausende, die da ein und aus gehen.«

»Ich kann Euch die Uhrzeit nennen. Und es war das Leonhardstor. Eure Soldaten haben ihn durchgewunken, ohne seinen Karren zu kontrollieren, wenn ich das hinzufügen darf. Während ich am Brückentor abgewiesen worden bin.« Abel war froh, Nepomuk nach dem Verlassen des Schiffes eine Zeitlang beobachtet zu haben.

Der Stadtkommandant blickte seinen Leutnant an. »Wisst Ihr etwas von einem Karren?«

»Wir haben keinen herrenlosen Karren gefunden.«

Hallstein wandte sich wieder Abel zu. »Seht Ihr!«

»Außerdem ist Euer Schiff noch unverzollt. Ihr müsset also den Karren am Zoll vorbei geschafft haben«, ergänzte Roth.

Abel merkte, wie ihm das Blut in den Kopf schoss. Was sollte er jetzt antworten? Er beschloss, bei der Wahrheit zu bleiben. Er gab zu, dass der Gaukler mit dem unverzollten Karren von Bord gegangen war. »Gegen meinen Willen«, betonte Abel.

Roth begann mit dem Griff seines Degens zu spielen und sagte: »Wenn Ihr so genau wisst, wann, wo und wie der Gaukler in die Stadt gekommen ist, müsstet Ihr ihm dann nicht nachgegangen sein?«

In Abels Kopf begann sich alles zu drehen. Was war hier los? Er stellte sich auf die Zehenspitzen. »Ich habe es nur zufällig beobachtet, weil ich selbst in die Stadt wollte«, sagte er scharf.

»Was Ihr eigentlich nicht durftet.«

Abel sagte nichts.

»Ihr wollt nicht antworten?« Hallstein hob den rechten Zeigefinger. »Unerlaubter Zutritt zur Stadt, ein weiteres Vergehen!«

Abel rückte wieder näher an den Schreibtisch heran. Roth folgte ihm.

»Herr Kommandant, ich bin ein angesehener Bürger der Stadt Miltenberg und ein redlicher Kaufmann. Warum sollte ich mich auf unerlaubte Machenschaften einlassen? Ich bringe doch niemanden um! Und schon gar nicht wegen des Karrens eines Gauklers!«

»Es wurde mancher schon wegen weniger ermordet«, sagte Roth.

Abels Hände verkrampften sich. »Ich war das nicht«, sagte er noch einmal.

Hallstein stand auf. »Genau das werden wir überprüfen. Und so lange bleibt Ihr in Gewahrsam. Roth, schafft ihn rüber zur Katharinenpforte!« Danach nahm Hallstein an seinem Schreibtisch Platz, griff nach seinen Augengläsern und vertiefte sich wieder in seine Akte.

Abel erstarrte. Die Katharinenpforte, das der Hauptwache direkt gegenüberliegende ehemalige Stadttor, wurde wegen seiner dicken Mauern seit Generationen als Gefängnis genutzt. Auch die Kindsmörderin Susanna Margaretha Brandt hatte vor zwei Jahrzehnten hier eingesessen, bevor man sie auf dem Rossmarkt hinter der Hauptwache hinrichtete. Drohte ihm jetzt das gleiche Schicksal? Abel schüttelte den Kopf. Die Wachen waren wegen der Kaiserkrönung überfordert. Dazu kam dieser übereifrige Leutnant, da konnten Fehler vorkommen.

Abel setzte noch einmal zu einem Einspruch an und beugte sich über den Schreibtisch. Jedoch Roth packte ihn an der Schulter, drehte ihn um und stieß ihn zur Tür. Ehe Abel sich wehren konnte, wurde diese aufgerissen und zwei Soldaten nahmen ihn in Empfang.

»Pfote her!«, befahl der eine und klimperte mit einem Paar Handschellen.

Abel sah Roth an. »Was soll das? Ich bin doch kein Verbrecher!«

»Vorschrift«, sagte Roth und verließ den Raum.

Widerstandslos ließ sich Abel die Handschellen anlegen. Dann packten ihn die Wachen an den Armen und schoben ihn durch die Tür. So führten sie ihn auch aus dem Gebäude. Am Ausgang schlug Abel die Tür entgegen. Er konnte diese mit den Händen nicht abhalten und gerade noch seinen Kopf zur Seite drehen.

»*Excusez-moi!* Entschuldigung!«, sagte der Eintretende, als er Abel und die Wachen sah.

»Scho gut«, erwiderte der eine Soldat.

Gerade wollten die Soldaten mit Abel die Zeil überqueren, als ein Reiter auf der Straße heransprengte und in ein Horn stieß. Zwei weitere Reiter folgten und trieben die Passanten und Fuhrwerke auf die Straßenseiten. Nun hörte man das gleichmäßige Klappern von Pferdehufen. Die Wachen rissen

Abel zurück und, wie seine Bewacher, lugte er jetzt durch die Menge auf die Straße.

»Preuße!«, sagte der eine Wachsoldat.

»Un nit wenisch«, antwortete der andere.

»Die ziehe gesche den Franzmann.«

»Wird de neu Kaiser aach bald mache. Roth soll scho e Liste ham, wer von uns mitmuss.«

Krieg mit Frankreich, dachte Abel. Wenn jetzt endlich die Ladung aus Gent einträfe, wäre er auf der sicheren Seite — zumindest was seine geschäftlichen Verhältnisse betraf.

Doch was nutzte ihm das, wenn er im Gefängnis saß? Und wenn alles in der Stadt nur mit der Krönung beschäftigt war, würde man ihn, wer weiß wie lange, im Kerker schmoren lassen. Und Marie würde in Miltenberg verzweifelt auf ihn warten. Abel blickte zum Himmel. Er hatte göttlichen Beistand nötig wie schon lange nicht mehr.

»Maria hilf!«, flüsterte er und faltete die Hände, so gut es die Handschellen zuließen.

Inzwischen war die Menschenmenge vor ihnen so dicht geworden, dass man sich sehr strecken musste, um etwas von dem Tross der Soldaten zu sehen.

Abel sah dem Aufzug teilnahmslos zu. Vorweg ritt ein Feldwebel, zu erkennen an seinem Säbel mit dem Portepee und den weißen Handschuhen. Dahinter folgten Unteroffiziere mit Tressen an den Ärmelaufschlägen ihrer blauen Röcke und einem schwarz-weißen Puschel auf ihren Hüten. Nach ihnen marschierten Grenadiere mit ihren Gamaschen und den Mützen aus halbrundem Stirnblech. Vor diesen wiederum schritt eine Reihe von vier Trommlern, die mit ihren Stecken wild auf das Fell ihrer Instrumente einschlugen und einen Höllenlärm verursachten.

Als Abel sich am Kinn kratzen wollte, bemerkte er, dass der eine Wachsoldat seinen Hemdsärmel losgelassen hatte. Seine beiden Bewacher achteten mehr auf die preußische

Truppenparade als auf ihn. Langsam hob Abel nun seine Arme und rieb sich mit der Handschelle am Kinn. Dabei blickte er sich um. Vor und hinter ihm standen die Menschen dicht an dicht, reckten die Hälse und gafften, wie seine Bewacher, auf den Zug.

Jetzt oder nie, dachte sich Abel. Er trat einen kleinen Schritt zurück. Die Soldaten merkten nichts. Jetzt fing die Menge an zu klatschen. Ein Mann drängte sich an Abel vorbei nach vorne. Abel trat einen weiteren Schritt zurück. Sofort füllte sich die Lücke. Jetzt stand er in einer der hinteren Reihen. Abel blickte sich erneut um. Die Stadtwache war nicht mehr zu sehen. Abel ließ die Schultern etwas fallen, damit die Ärmel seines Rockes nach vorne rutschten und die Handschellen ein Stück verdeckten. Darauf drehte er sich langsam um und ging, zunächst etwas verhalten, dann mit weit ausladenden Schritten davon.

VII

In sicherem Abstand zu den Wachsoldaten verlangsamte Abel seine Schritte. Vorsichtig wandte er den Kopf. Am Eingang zur Hauptwache standen nun zwei Soldaten in einem lebhaften Disput mit einem Bürger. Jetzt sah er seine vormaligen Bewacher zu dieser Gruppe hinzutreten. Alle vier Wachsoldaten deuteten auf die Zeil.

Dort war der Aufmarsch der Preußen inzwischen beendet, die Menschenansammlung löste sich auf. Kutscher, die hatten warten müssen, ließen ihre Peitschen knallen. Handwerksburschen, Tagelöhner, Mägde und Kinder liefen durcheinander. Einige Perückenträger versuchten, im Gedränge möglichst würdevoll einherzuschreiten.

Jetzt schienen die Wachsoldaten sich über die Verfolgung Abels einig zu sein. Zwei liefen die Zeil entlang von Abel weg, zwei direkt auf ihn zu. Abel warf den Kopf hin und her. Was sollte er tun?

Gerade zog eine Kutsche vorüber. Abel trat mit einigen raschen Schritten hinter diese und wechselte auf die der Hauptwache abgewandten Seite. Neben den Pferden begleitete er die Kutsche so lange, bis er glaubte, die Wachsoldaten passiert zu haben. Gerade wollte er zwischen den Pferden und dem Kutschbock auf die gegenüberliegende Straßenseite schauen, da ließ der Kutscher plötzlich die Peitsche vor Abels Gesicht knallen. Abel trat schnell zwei Schritte zurück, mischte sich unter die Fußgänger am Straßenrand und verschwand eilends in der nächsten Seitengasse.

Abseits der Zeil war es ruhiger. Viele Menschen waren aus den angrenzenden Gassen zu dem Aufzug geeilt und noch nicht wieder zurückgekehrt. Abel war dies recht. Er kam gut voran. Verräterisch für ihn waren nur die Handschellen, die bei jedem Schritt auch noch klirrten. Abel blieb an einer Hausecke stehen, zog seine Mütze vom Kopf und bedeckte damit seine Hände. Jetzt war von den Fesseln nichts mehr zu sehen und zu hören.

Wohin sollte er weiter? Er hatte, ohne zu überlegen, den Weg zum Karmeliterkloster eingeschlagen. Würden die Wachen ihn hier nicht zuerst suchen? Schon einmal hatte man keine Rücksicht auf die Heiligkeit des Ortes genommen. Wäre es nicht besser, sofort die Stadt zu verlassen, bevor die Torwachen alarmiert waren? Doch wohin sollte er fliehen? Gut möglich, dass es ihm gelingen könnte, auf eines der Schiffe zu gelangen, die nach Miltenberg fuhren. Dort wäre er vorerst sicher, allerdings wie lange? Bestimmt würde man von Mainz seine Auslieferung verlangen, denn, da war sich Abel sicher, der Stadtkommandant würde seine Flucht als endgültigen Beweis seiner Schuld werten.

Abel ging etwas langsamer und blickte sich um. Niemand hatte Acht auf ihn. Er grübelte weiter. Selbst wenn sich Mainz weigern würde, ihn auszuliefern, er könnte vorerst keinen Fuß mehr in die Stadt Frankfurt setzen. Obendrein bestand die Gefahr, dass bei einer Flucht auch sein Schiff verloren war. Dazu kam ihm der Gedanke, dass seine Flucht auch Heinrichs Situation verschlechtern würde. Hatte er wieder vorschnell gehandelt, so wie gestern Nacht auf dem Schiff?

In jedem Fall schien der Leutnant Roth von seiner, Abels, Schuld überzeugt zu sein. Sollte er sich daher in die Obhut des Reichsquartiermeisters begeben? Immerhin wünschte dieser, ihn zu sprechen. Fragen über Fragen. Abel sah sich außerstande, irgendeine Entscheidung zu treffen. Er drückte sich in die Ecke eines Geräms, wie die Frankfurter die schützenden Vorbauten vor den Eingängen der Häuser nannten. Dort legte er den Kopf an eine Hauswand und schloss die Augen.

Mit einem Male entspannten sich seine Züge und er stellte sich wieder gerade. Das schien ein Ausweg: Er würde Lisbeth fragen, ob sie ihm Unterschlupf gewährte. Von dort aus würde er eine unverdächtige Person ins Kloster schicken und den Prior um Hilfe bitten. Vielleicht würde sich dieser noch einmal für ihn verwenden.

Diesmal wartete nur ein kleines Grüppchen vor Lisbeths Stand. Leicht gebückt und die Kette der Handschellen mit den Händen umfasst, trat er vor sie. »Keinen Hunger heute«, murmelte er ihr zu. Danach deutete er mit dem Kinn auf den Eingang von Lisbeths Haus und beugte sich näher zu ihr hin. »Ich suche eine Bleibe für eine Nacht.«

Ein Handwerker hinter Abel stieß ihn an. »Als fort!«, blaffte er.

Lisbeth fuhr diesen an: »En Aacheblick durchschnaufe darf ich scho, odder?«

Der Handwerker grunzte.

Abel formte mit dem Mund ein »Bitte«. Lisbeth nickte leicht, wischte sich über die Stirn und griff zum nächsten Brot. Abel drehte sich um und ging. Er umrundete die Warteschlange, lief ein Stück die Straße entlang und kehrte langsam wieder zurück. Abel wartete noch eine Weile, bis er sich sicher war, dass keiner der Wartenden mehr in der Schlange stand, der ihn zuvor gesehen haben konnte. Dann schob er sich an den Leuten vorbei und trat so selbstverständlich in Lisbeths Haus, als ginge er hier ein und aus.

Abel wartete im Hausflur, bis sich die Augen an das spärliche Licht gewöhnt hatten. Lisbeths Haus war nicht breiter als fünf große Schritte. Geradeaus stand eine Tür offen. Die Wand rechter Hand des Ganges, durch den er hereingekommen war, grenzte bereits ans Nachbarhaus. Hinter der linken Wand befand sich sicher der Abstellraum, in dem, wie in vielen Häusern der einfachen Bewohner Frankfurts, Brennholz gelagert oder auch ein Stück Vieh gehalten wurde. Doch hier roch Abel nichts von einem Schwein oder einer Ziege.

Abel trat durch die offene Tür, dahinter befand sich die Küche. Der Raum war sehr niedrig, beim Eintritt musste sich Abel unter der Tür bücken. Hier konnte er von der Straße aus nicht mehr gesehen werden. Durch das Oberlicht einer weiteren Tür in der gegenüberliegenden Wand fiel etwas Licht herein. Der Dunst von Eintopf hing in der Luft. Abel sah eine offene Herdstelle, einen Waschkessel und Waschstein daneben, einen Schrank aus dunklem Holz und in der Ecke einen Tisch mit zwei Stühlen und einer Bank dahinter. Abel ging zum Waschkessel und hob den Deckel ab. Hier also kochte Lisbeth ihren Eintopf. In einem Weidenkorb auf dem Tisch lagen Brote.

Abel ging zur rückwärtigen Tür und drückte diese mit dem Ellenbogen auf. Er blickte in einen kleinen Innenhof, in dessen Mitte ein Kirschbaum stand. Der Hof war mit den unterschiedlichsten Gerätschaften vollgestopft. Seitlich wurde er von einer gut mannshohen Mauer begrenzt, den rückwärtigen Teil schloss das Nachbargebäude ab. Quer über das Höfchen hing Wäsche auf einer Leine. Abel musste schmunzeln. In diese Leibchen und Hosen hätte er zweimal hineingepasst. Überall roch es modrig und feucht. Abel ging zurück in die Küche und setzte sich an den Tisch. Durch die offene Tür blickte er erneut in das Höfchen und auf die Wäscheleine. Nirgends war hier ein Hinweis, dass ein Mann oder Kinder im Haus wohnten. Abel hatte Lisbeth noch nie nach ihrer Familie gefragt. In all den Jahren, in denen er sie kannte, hatte er immer nur allein mit ihr zu tun gehabt.

Bestimmt wohnten Gäste in dem Haus. Kaum ein Frankfurter blieb von Einweisungen verschont, wenn bei einem solchen Großereignis wie einer Kaiserkrönung die Gasthäuser und Herbergen überquollen. Da hatte der Reichsquartiermeister oft keine Wahl mehr, wenn er die vielen Menschen irgendwie unterbringen musste.

War hier also überhaupt noch Platz? Zudem musste er seine Handschellen loswerden. Alleine würde er nicht weiterkommen. Doch wollte und konnte Lisbeth ihm helfen?

Abel hörte schwere Schritte im Hausgang. »Braat wie e Messglock«, sagten die Frankfurter zu einer Frau mit Lisbeths Statur. Abel hoffte auf ihr freundliches Wesen.

Lisbeth trat durch die Küchentür und putzte sich die Hände an ihrer Schürze ab. »Is grad e bisje ruhisch«, sagte sie und drehte den Kopf zur Haustür hin.

Abel stand auf und reichte ihr die Hand. »Ich bräuchte ein Dach über den Kopf«, sagte er. »Wenigstens für eine Nacht.« Dann zeigte er ihr die Handschellen. »Und einen Schmied.«

Lisbeth allerdings schaute nur auf Abels Kopf und machte mit dem Zeigefinger einen Kreis um den ihren. »Kaa Tonsur mehr?«

Abel lächelte. »Das ist eine lange Geschichte.«

»Seid Ihr deswesche nimmer im Kloster?«

Abel schüttelte den Kopf. »Ich erzähl's Euch später. Erst muss ich wissen, ob ich bleiben kann.«

Lisbeth schob ihr Mieder unter der Schürze zurecht. »Solang Ihr wollt.«

»Und Euer Mann? Ist der auch einverstanden?«

»Tot«, sagte Lisbeth. »Scho lang. Aach die Kinner.«

»Oh, tut mir leid!«

Lisbeth wischte sich mit dem Handrücken einen Tropfen unter der Nase weg. »Ihr könnt ja nix defür.«

»Sonst keine Gäste?«, fragte Abel zögerlich.

Lisbeth schüttelte den Kopf. »Isch maach niemand im Haus. Seit der Herrgott mich allaans gelasse hat.«

»Ist da jemand?«, rief es von der Straße.

Lisbeth drehte den Kopf. »Komm glei!« Darauf deutete sie zur Decke. »Obbe is e Kammer, die könnt Ihr nemme!« Mit einem Blick auf Abels Handschellen sagte sie: »Des kriesche mer«, und ging nach draußen.

»Eine Bitte noch«, rief ihr Abel nach. »Ich bräuchte einen Boten. Könnt Ihr mir einen Jungen hereinschicken?«

Lisbeth antwortete nicht. Doch schon bald erschien ein Bürschchen von etwa zehn Jahren. Abel blieb am Küchentisch sitzen, die Handschellen unter einem Handtuch verborgen.

»Kennst du das Karmeliterkloster?«

Der Bub nickte.

»Lauf hin und sage dem Pförtner, Abel wünscht den Bruder Theobald zu sprechen. Kannst du dir das merken?«

Erneut nickte der Bub, und Abel ließ ihn das Gesagte wiederholen.

»Gut. Sag ihm auch, dass er mich hier findet. Kannst du ihm das erklären?«

»Des waas jeder, wo die Lisbeth ihr Supp verkaaft.«

Abel musste lächeln. »Gut. Dann geh!«

Der Bub machte keine Anstalten.

Abel verstand. »Wenn du alles richtig erledigt hast, bekommst du einen Kreuzer.«

»Zwaa!«

Diesmal unterdrückte Abel das Lächeln. Das Feilschen schien den Frankfurtern schon mit der Muttermilch eingeflößt zu werden.

»Einverstanden. Und jetzt ab!« Doch dann hielt er ihn noch einmal zurück. »Wenn Stadtwachen in der Nähe sind, pass auf, dass sie nichts mitbekommen!«

Der Junge nickte und verschwand. Abel blickte ihm hinterher. Hoffentlich ging alles gut. Auf jeden Fall musste er vorsorgen. Abel trat in den Hinterhof und betrachtete die Mauer. Dahinter schien sich ein weiterer Hof zu befinden. Er rollte ein leeres Fass an die Mauer, stellte es auf und kletterte hinauf. Wie er es vermutet hatte: Er schaute in einen weiteren Hof. Erleichtert hüpfte er vom Fass und kehrte ins Haus zurück. Dann ging er die Treppe hoch zu den Kammern.

Abel fragte sich, wie Lisbeth es schaffte, diese enge und steile Stiege hoch und runter zu kommen. Oben bot der kleine Flur kaum Platz für zwei Personen. Hier gingen zwei Türen ab, rechter Hand führte eine noch engere Stiege hoch in den Dachboden. Abel öffnete die nächstbeste Tür, beugte den Kopf und trat über die Schwelle.

Lisbeths Geruch stieg ihm in die Nase. Durch zwei kleine Fenster fiel spärliches Licht in den Raum. Ein Doppelbett, die eine Hälfte zerwühlt, und ein Schrank, der bis hoch zur Decke reichte und nahezu die gesamte Wandbreite einnahm, füllten das kleine Zimmer fast vollständig aus. Die Schranktüren ließen sich nur zur Hälfte öffnen. Abel warf noch einen Blick auf den Nachttopf, der unter dem Bett hervorschaute, danach trat er zurück und schloss die Tür.

Der zweite Raum war eine schmale Kammer mit einem Brettergestell, das als Bett diente, und einer wurmstichigen Kommode. Matratze und Bettdecke waren mit Stroh gefüllt. Überall hingen Spinnenweben. Die stickige Luft und die Staubschicht auf der Kommode ließen erkennen, dass hier schon länger niemand mehr genächtigt hatte.

Abel wischte ein Spinnennetz zur Seite und ging zum Fenster, um es zu öffnen. Er musste die Zähne zusammenbeißen, da die Handschellen seine Gelenke mittlerweile aufgescheuert hatten. Er blickte hinunter auf die Straße und auf das Tuch, das Lisbeths Stand überspannte. Wie immer standen dort Leute an. Da sah Abel, wie der Junge, den er zum Karmeliterkloster geschickt hatte, mit Theobald im Schlepptau auf das Haus zusteuerte. Abel stellte sich neben das Fenster und schaute erneut auf die Straße hinunter. Wurden die beiden verfolgt? Ein Bauer zog mit seinem zweirädrigen

Wagen vorbei und ein Straßenverkäufer, den Bauchladen voller Gebäck, pries lautstark seine Wecken an. Dienstmägde mit Weidenkörben auf den Köpfen eilten vorüber, begleitet von den Zurufen der Hungrigen, die um Eintopf anstanden. Es war keine Person zu erkennen, die sich zu verbergen suchte oder sonst irgendwie umherspähte. Erst jetzt war Abel zufrieden, verließ die Kammer und stieg nach unten, Theobald zu begrüßen und den Jungen zu entlohnen.

Nachdem der Junge verschwunden war, packte Abel den Freund, schloss die Tür und zog ihn zum Küchentisch.

»Hat dich jemand verfolgt?«, fragte er.

Theobald befreite sich von Abels Griff, stellte sich gerade und deutete auf Abels Handschellen.

»Was soll das?«

Abel legte Theobald die Hände auf die Brust. »Hör zu«, begann er.

»Dass du dich ausgerechnet hierher flüchtest!«, sagte Theobald mit versteinertem Gesicht.

»Wie meinst du das?«

Theobald winkte ab. »Der Prior hat's schon erfahren. Er ist außer sich«, antwortete er.

Abel packte den Freund an der Kutte. »Theobald, ich hatte keine Wahl. Sie wollten mich einsperren!«

»Der Prior hätte dich wieder herausgeholt.«

Abel ließ den Freund los. »Diesmal nicht, Theobald. Diesmal nicht.« Dann berichtete er.

Theobald, der etwas zurückgewichen war, lehnte sich an einen Stuhl und schaute Abel mit großen Augen an.

»Was jetzt?«, fragte er, als Abel geendet hatte.

»Hier kann ich jedenfalls nicht bleiben, und will es auch nicht«, sagte Abel.

Theobald machte sich wieder steif. »Ins Kloster kannst du nicht zurück. Und der Prior hat sein Wort gegeben, dass du die Stadt nicht verlässt!«

Abel setzte sich. »Was soll ich tun?«

»Wenn der Prior deine Geschichte erfährt und sich wieder beruhigt hat, wird ihm sicherlich etwas einfallen.«

»Und wenn nicht?«

Theobald packte Abel an den Oberarmen.

»Abel, vertraue dem Prior und stelle dich! Wenn du dich weiter versteckst oder gar fliehst, ist das ein Eingeständnis deiner Schuld. Und es wird dir nichts nützen. Man wird von Mainz deine Auslieferung verlangen. Du hast Frau und Kind. In Miltenberg jedenfalls wirst du nicht mehr sicher sein.«

Abel senkte den Kopf. Das wusste er ja alles selbst.

»Ich muss wieder zurück«, sagte Theobald. »Ich werde versuchen, mit dem Prior zu reden, und melde mich morgen wieder.« Theobald ließ Abel los, klopfte ihm auf die Schulter und wandte sich zum Gehen.

Abel hielt ihn zurück. »Einen Augenblick«, sagte er, eilte die Stiege hoch und ging in seine Kammer. Eine Weile beobachtete er durch deren Fenster das Treiben auf der Straße. Als ihm keine verdächtige Person auffiel, meldete er nach unten: »Du kannst gehen!«

»Siehst du schon Gespenster?«, rief Theobald zurück und verließ das Haus.

Abel beobachtete Theobald, wie er an der Schlange der Wartenden vorbei Richtung Kloster verschwand. Niemand folgte ihm. Abel wartete noch einen Augenblick, danach drehte er sich um, blickte auf das Bett und die Kommode und seufzte: »Das ist also jetzt meine Kammer.« Er legte sich vorsichtig ins Bett. Lange Zeit konnte er nichts anderes tun, als zur Decke zu starren.

Das Knarzen der Stiege ließ ihn hochfahren. Sein erster Blick ging zum Fenster. Könnte er durch dieses fliehen? Doch dann hörte er ein Schnaufen und Stöhnen und wurde ruhiger. Das waren keine Wachen, die die Stiege hochkamen, sondern Lisbeth, seine neue Hauswirtin. Er sprang aus dem

Bett und schüttelte die Decke auf, wobei er darauf achtete, dass man ihn von draußen nicht sehen konnte. In diesem Augenblick klopfte es.

»Herein!«

Lisbeth trat ein, ein dampfendes Brot in der Hand. »Hab gedacht, Ihr könnt des vertraache«, sagte sie und wischte sich über die Stirn. Ihr strenger Geruch füllte den Raum.

Abel lächelte Lisbeth an und nahm ihr das Brot aus der Hand. »Vergelts Gott, gute Frau, Ihr seid ein Engel.«

Lisbeth schmunzelte und strich sich mit den Händen über die Hüften. »Ihr wisst, dess mer mit so em Hinnern nit fliesche kann.«

Abel brauchte einen Augenblick, dann lachte er laut heraus. »Also gut«, sagte er, »kein Engel, doch mein fünfzehnter Nothelfer.«

»Scho besser«, sagte Lisbeth und setzte sich aufs Bett.

Abel drehte sich um und versuchte einen Blick auf den Essensstand zu werfen.

»E Nachbarin macht jetz weiter. Den ganze Taach da draußße, des hält kaa Mensch aus.«

Abel lehnte sich an die Wand und überlegte. Was konnte er Lisbeth erzählen? Er entschied sich für eine kurze Fassung mit den wesentlichen Dingen, die ihn in seine jetzige Lage gebracht hatten.

Als Abel geendet hatte, stemmte Lisbeth die Fäuste in die Seite.

»En Münzfälscher und en Mörder. Unner meim Dach. Oh Jesses.«

Abel verzog den Mund und schwieg.

Lisbeth stützte die Hände auf ihre Oberschenkel und quälte sich hoch. »Also, wenn's Eusch hier gefällt, Ihr könnt bleibe, so lang Ihr wollt.« Sie blickte an die Decke. »Wenn Ihr des aushalt.« An der Tür sagte sie noch: »Wenn was is, dann meld Eusch.« Darauf stieg sie wieder die Treppe hinab.

»Die Handschellen«, rief ihr Abel nach.

»Isch kümmer misch«, kam die Antwort.

Abel ging zum Fenster und öffnete beide Flügel. Danach setzte er sich auf das Bett, wo eben noch Lisbeth gesessen hatte, und begann, seinen Eintopf zu löffeln.

Bis es dunkel wurde, verließ Abel seine Kammer nur einmal, um den Abort aufzusuchen und etwas Wasser zu holen. Die meiste Zeit lag er im Bett. Er hörte Lisbeth zu, wie sie sich mit der Kundschaft unterhielt, und vernahm ihre schweren Schritte, wenn sie ins Haus kam und neuen Eintopf holte. Hatte er diese Lage allein Nepomuk zu verdanken? Er hätte den Gaukler Gaukler sein lassen sollen, dann würde er jetzt nicht in dieser schäbigen Kammer festsitzen, sondern schon wieder zurück auf dem Weg nach Miltenberg sein. Abel faltete die Hände und begann zu beten.

VIII

Irgendwann hörte Abel Lisbeth im unteren Stockwerk reden, darauf wurde die Haustür geschlossen. Er setzte sich im Bett auf. Mittlerweile war es so düster, dass er kaum einen Schritt weit sehen konnte.

»Ihr könnt runner komme«, hörte er Lisbeth rufen.

Abel tastete sich zur Tür. Im Flur sah er am Fuß der Stiege Licht. Lisbeth hielt dort eine Laterne hoch. Hinter ihr stand ein schmächtiger Mann mittleren Alters in einem blauen Kittel. Abel zögerte.

»Es is wesche de Handschelle«, sagte Lisbeth.

Abel atmete auf und stieg nach unten.

Lisbeth und der Fremde gingen ihm voran in die Küche. »Setzt Euch«, sagte sie zu Abel und wies auf die schmale Bank hinter dem Küchentisch. Der Fremde legte wortlos ein Bündel auf den Tisch, angelte sich einen Stuhl und setzte sich zu Abel.

»Eure Hände«, sagte er und wickelte das Bündel auf. Mehrere Schlüssel und Dietriche kamen zum Vorschein.

Abel legte seine Hände auf den Tisch. Der Fremde zog an der Kette, nahm das Schloss in die Hand und drehte es nach allen Seiten.

Dann gab er Lisbeth ein Zeichen. »Die Laterne!«

Lisbeth stellte die Laterne auf den Tisch und blieb hinter dem Fremden stehen. Dieser ergriff jetzt einen Schlüssel und steckte ihn in das Schloss der Handschellen. Nichts tat sich. Auch mit zwei weiteren Schlüsseln ließen sich die Schellen nicht öffnen. Erst als der Fremde einen Dietrich zur Hand nahm und ihn im Schloss mehrmals hin und her bewegte, klickte es nach einer Weile leise. Endlich ließen sich die Schellen öffnen.

All die Zeit sprach der Fremde kein Wort. Auch in dessen Gesicht bemerkte Abel keine Regung. Das ist kein Grobschmied, dachte sich Abel. Nirgendwo in dessen Gesicht sah er Spuren von Ruß. Die Hände waren schmal und die Fingernägel sauber. Ehe Abel sichs versah, hatte der Fremde seine Werkzeuge wieder eingepackt und unter seinem Kittel versteckt. Wortlos stand er auf und ging zur Tür.

»Was bin ich Euch schuldig?«, rief ihm Abel nach. Der Fremde verharrte kurz, ging dann jedoch weiter. Leise fiel die Haustür ins Schloss.

»Wer war das?«, fragte Abel, während er die Handschellen von seinen Gelenken löste.

»Besser, Ihr wisst von nix«, sagte Lisbeth.

In diesem Augenblick klopfte es an der Haustür. Abel fuhr hoch.

Lisbeth hob die Hand. »Wache kloppe net«, sagte sie.

»Trotzdem«, murmelte Abel, schnappte die Handschellen und verschwand damit im Hof. Die Tür dahin lehnte er nur an. Er hörte, wie Lisbeth zur Haustür ging.

»Ihr?«

»Ich muss zu Herrn Herzog.«

Theobald? Was hatte das zu bedeuten? Abel trat in die Küche zu Lisbeth und Theobald.

»Der Reichsquartiermeister hat wieder anfragen lassen«, sagte Theobald. »Er will dich unbedingt sprechen.«

»Wann?«

»Möglichst sofort.«

Abel breitete die Arme aus. »Es ist schon dunkel.«

»Man sagt, der Reichsquartiermeister schlafe nie.«

»Ich werde gesucht!«

Theobald rieb sich am Kinn. Dann huschte ein Lächeln über sein Gesicht. »Du könntest als Mönch gehen«, sagte er.

»Wie meinst du das?«

Theobald strich mit den Händen über seine Kutte. »Wir tauschen unsere Kleider«, sagte er. Dann deutete er auf Abels Kopf. »Nur die Tonsur fehlt. Und rasieren müsstest du dich.«

Abel überlegte. Theobald hatte ungefähr die gleiche Statur wie er. Rasieren musste er sich sowieso. Sollte er sich eine Tonsur schneiden, nur wegen eines kurzen Ausflugs? Es würde Wochen dauern, bis die Haare nachgewachsen wären.

Theobald nickte und sagte leise: »Nur dieses eine Mal, versteht sich.«

Abel willigte ein. Lisbeth brachte ein scharfes Messer und Seife. Abel rasierte sich, an seinem Kopfhaar rührte er jedoch nicht. Er beschloss, die Kapuze der Kutte über den Kopf zu ziehen und darauf zu vertrauen, dass die Stadtwache bei einer Kontrolle nicht verlangen würde, sie abzustreifen.

Abel ließ sich den Weg zum Amtssitz des Reichsquartiermeisters erklären. Danach reichte er Lisbeth und Theobald die Hand und verließ mit einem »Wohlan denn« das Haus.

Der Himmel war bewölkt und es waren kaum Sterne zu sehen. Trotzdem kam Abel gut voran und hatte bald die Heilig-Geist-Gasse erreicht. Zweimal zuckte er zusammen, als ihm Stadtwachen entgegenkamen. Doch da Abel mit zwei Laternen unterwegs war, ließen sie ihn unbehelligt. Außerdem schien es, als würden sie bei ihrer Patrouille nur auf Bettler und Herumtreiber achten, die sich in den Gassen irgendwo zwischen Holzstößen, Leiterwagen und anderen Gerätschaften eine Bleibe für die Nacht gesucht hatten.

Die Heilig-Geist-Gasse lag nur eine kurze Strecke von Lisbeths Haus entfernt und befand sich direkt an der Stadtmauer, die sich entlang des Mains von Osten nach Westen erstreckte. Theobald hatte ihm gesagt, der Amtssitz des Reichsquartiermeisters läge unweit der Saalburg, einem uralten

Gebäude, das jeder Frankfurter kannte. Abel hatte dieses mächtige Bauwerk mit seinen Türmen schon oft betrachtet. Es war hier Teil der Stadtmauer und zeigte sich vom Main aus als ein regelmäßiges und ansehnliches Gebäude mit drei langen Fensterreihen. Innerhalb der Stadt fiel bei Tageslicht allerdings ins Auge, welch vielfältige Eingriffe die jahrhundertealte Baulichkeit schon erfahren hatte. Mehrgeschossige Steinbauten waren verschachtelt mit kleinen Fachwerkhäuschen. Große und kleine Fenster fanden sich wahllos über die Fassade verstreut. Das Untergeschoss schließlich zeigte ein Wirrwarr von Türen und Toren, die zu den unterschiedlichsten Krämerläden führten. Jetzt, in der Nacht, sorgte das mächtige Gemäuer für nahezu absolute Dunkelheit in der Gasse.

Abel horchte in die Gasse hinein. Immer wieder kam es, trotz der Stadtwache, zu nächtlichen Überfällen auf einzelne Passanten. Doch außer dem Schnauben von Pferden war nichts zu hören. Abel atmete durch. Er hob seine Laternen noch ein Stück höher und schritt weiter. Zwei Häuser weiter traf er auf eine vierspännige Kutsche, die vor einem roten Sandsteintorbogen stand. Er war am Ziel.

Über den Reichsquartiermeister Hieronymus Gottfried von Müller hatte ihn schon der Prior ausführlich unterrichtet. In dessen Händen lag die Planung des Ablaufs der Kaiserwahl und der Kaiserkrönung.

Müller sei, so hatte der Prior gesagt, ein erfahrener Jurist und mit seinen 58 Jahren noch erstaunlich rüstig. Was man in diesem Amt auch sein müsse. Denn das Geschäft eines Reichsquartiermeisters in diesen Tagen wäre alles andere als ein Zuckerschlecken. Es gäbe kaum eine auswärtige Delegation, die mit dem ihr zugewiesenen Quartier zufrieden sei. Alleine der Kurfürst von Mainz habe sich mit einem Gefolge von 1500 Personen angesagt. Da die vorhandenen Gasthäuser bei Weitem nicht ausreichten, würden die Fremden bei

Frankfurter Bürgern zwangsweise einquartiert. Man könne sich gut vorstellen, wie viel Ärger hier entstehe.

Der Kutscher saß zusammengesunken auf seinem Bock. Abel spähte in das Gefährt. Niemand saß darin. Durch den Torbogen trat er in den Hof. Mehrere Lampen wiesen den Weg zum Eingang, der Rest lag im Dämmerlicht. Rechter Hand befanden sich Wirtschaftsgebäude und Ställe. In der Hofmitte stand ein Taubenhaus über einem Misthaufen. Das Areal war so geräumig, dass man mit einer Kutsche zum Tor herein, um den Misthaufen herum und wieder hätte hinausfahren können. Es dürfte nicht viele Höfe dieser Größe in Frankfurt geben, dachte Abel. Dennoch erschien Abel alles etwas beengt. Das lag daran, dass die oberen Stockwerke der den Hof einschließenden Gebäude weit in diesen hineinragten. Über dem Eingang thronte zudem ein Erker, der von zwei Pfosten getragen wurde. Daran hingen ebenfalls Lampen.

Soeben traten zwei Herren in feinem Gewand, gefolgt von jeweils einem Diener, in den Lichtschein. Der eine der Herren überragte alle anderen Personen um Haupteslänge. Er hatte breite Schultern und einen runden Kopf, den ein Backenbart schmückte. Seine in zwei Spitzen endende weiße Weste stand eine Handbreit von seinem Leib ab und lenkte den Blick auf dessen dünne, bestrumpfte Beine.

»Wir werden unser Bestes tun, verehrter Herr Graf von Schönberg«, tönte die dunkle Stimme des Mannes über den Hof. »Ihr wisst, Euer Ehren, Ihr seid nicht der einzige Botschafter, der eine größere Unterkunft begehrt.«

Sein schmalbrüstiges Gegenüber griff nach dem Revers seines seidenen Rockes und wippte auf den Zehenspitzen. Die weiß gepuderten Locken seiner Perücke tanzten auf und nieder. »Tut etwas, Reichsquartiermeister, sonst werde ich die Wände durchschlagen lassen!« Dann ging das Männlein mit weit ausgreifenden Schritten los, warf, als es an Abel vorbeikam, die Rechte in die Höhe und rief: »Die Gesandtschaft des kursächsischen Wahlbotschafters Graf von Schönberg auf mehrere Häuser verteilen wollen! Frechheit!«

Bei diesen Worten trat der Graf von Schönberg mit dem rechten Fuß in ein Schlammloch. Verblüfft blieb er stehen und winkte nach seinem Diener. Dieser eilte herbei, reichte seinem Herrn den Arm und zog ihn weiter. Der Graf reckte sein Kinn und stolzierte auf den Torbogen zu.

Der Reichsquartiermeister blickte ihm hinterher. Darauf bemerkte er Abel und wandte sich zu seinem Diener um.

»Fragt ihn, was er will!«, dröhnte er. »Oder besser, werft ihn gleich hinaus!« Danach ging er ins Haus zurück.

Für einen Augenblick war Abel sprachlos. Gut, er trug die Kutte eines Mönchs. Auch hatte er keinen Diener dabei, doch ihm ohne Ansprache mit dem Rauswurf zu drohen, das kam überraschend.

Abel schluckte und rief dem Reichsquartiermeister nach: »Ich komme in der Causa Falschmünzerei!«

Der Reichsquartiermeister machte auf dem Absatz kehrt, blieb unter dem Erker stehen und schob den Kopf vor. »Habt Ihr etwas mit dem Händler aus Miltenberg zu tun?«

Abel bejahte.

Der Reichsquartiermeister gab ihm einen Wink. »Dann kommt mal mit herein!«, tönte er und verschwand im Haus. Sein Diener legte die Hände auf den Rücken und trat zur Seite. Als er Abels Kutte erkannte, wollte er ihn zurückhalten.

Abel wehrte ab. »Ich erklär's gleich«, sagte er und trat ein. Trotz der Laternen war es im Gang düster. Abel zögerte.

»Geradeaus, hinten rechts«, sagte der Diener hinter ihm.

Abel sah am Ende des Ganges aus einer offenen Tür Licht schimmern. Er ging darauf zu und klopfte an das Türblatt. Als er ein tiefes »Ja« vernahm, trat er ein.

Abel blickte auf einen roh gezimmerten Tisch mit zwei ebensolchen Bänken und auf ein Gestell zum Trocknen von

Kleidern. Das war die ganze Einrichtung. Eine Lampe auf dem Tisch spendete spärliches Licht. Es roch nach Pferd und Stall.

Abel staunte. Der Reichsquartiermeister Müller empfing ihn in der Kutscherstube!

Müller stand in der Mitte des Zimmers und bot Abel Platz auf einer Bank an. Er blickte auf dessen Kutte und fragte: »Was habt Ihr mit dem Händler aus Miltenberg zu tun?«

»Ich selbst bin dieser Händler.« Abel setzte sich und blickte an sich hinunter. »Dieses Gewand ist nur Tarnung. Der Stadtkommandant will mich einsperren.«

»Aha!« Dann nahm Müller Abel gegenüber Platz. Dem Diener befahl er, die Tür von außen zu schließen.

»Warum geht Hallstein gegen Euch vor?«, begann Müller.

Abel hob die Schultern. »Mein Schiffsknecht soll gefälschte Münzen in Umlauf gebracht haben und ich selbst«, Abel schluckte, »ich selbst soll ein Mörder sein.«

»Und, seid Ihr das?«

Abel reckte sich. »Natürlich nicht!«

Müller blickte Abel in die Augen. »Erzählt!«

Abel hatte sich zurechtgelegt, was er sein Gegenüber wissen lassen wollte. Noch war ihm nicht klar, was Müller mit ihm vorhatte. Er berichtete von seiner Begegnung mit Nepomuk, schilderte die Fahrt nach Frankfurt und was danach geschah. Als er geendet hatte, herrschte Schweigen.

Plötzlich rief Müller laut nach seinem Diener.

Abel schrak zusammen.

»Beschreibt noch einmal den Kerl vom Schiff!«, dröhnte Müller zu Abel, als der Diener vor ihnen stand.

Abel beschrieb Nepomuk und dessen Auftreten.

Müller blickte auf seinen Diener. »War der Mann, den uns der Händler hier beschrieb, derjenige, der uns den Karren übergeben hat?«

Im Gesicht des Dieners zuckte es.

Abel horchte auf. Was war da mit einem Karren?

»Na, was ist?«, bellte Müller. »Ein Kerl mit Glöckchen am Leib. Ihr müsst Euch doch erinnern!«

Der Diener rieb seine Hände. »So hat er, glaube ich, nicht ausgesehen«, piepste er dann.

»Ihr glaubt?«

»Nein, das war er nicht.«

Müller schnaubte. »Und die Statur?«

»Eher groß«, sagte der Diener zögerlich.

»War's ein Österreicher?«

»Er hat kaum gesprochen.«

Müller hieb mit der Faust auf den Tisch. Abel und der Diener zuckten zusammen.

»Warum wurde der Transporteur noch einmal gewechselt, so kurz vor dem Ziel?«, fragte Müller den Diener.

»Meines Wissens war das nicht vorgesehen, Herr.«

Es knallte erneut auf den Tisch. Jetzt war Abel vorbereitet.

»Meines Wissens«, äffte Müller seinen Diener nach. »Gibt es in diesem Haus überhaupt jemanden, der etwas weiß?«

In diesem Augenblick klopfte es schwach an der Tür.

»Was gibt's?«, blaffte Müller.

Die Tür schob sich langsam auf und der mit einer Perücke geschmückte Kopf eines weiteren Dieners erschien.

»Louis-Joseph von Bourbon, Prinz de Condé, ist soeben vorgefahren«, sagte er leise.

»Was will der Franzose? Ich kann mich nicht auch noch um die Emigranten kümmern.«

Der Diener neigte den Kopf. »Nur ein kurzes Gespräch unter vier Augen«, hat er gesagt.

»Er soll warten.«

Müller stand auf und wandte sich wieder Abel zu. »Hallstein ist ein Narr«, sagte er. »Und noch mehr dieser Roth. Dem ist der Leutnant zu gering. Er will unbedingt mehr werden. Außerdem mag er die Österreicher nicht. Ist ja nichts dagegen einzuwenden, wenn man Gaunern das Leben schwer macht. Doch es darf nicht jedes Mittel recht sein.« Müller pochte mit den Fingerknöcheln auf den Tisch. »In dieser Sache habe ich das Sagen. Das werde ich den Herren klarmachen.« Er blickte Abel an. »Von mir habt Ihr vorerst nichts zu befürchten, und Euer Schiffsknecht auch nicht.«

Müller erhob sich, stapfte zur Tür, schob den Diener zur Seite und verschwand. Der Diener gab Abel darauf zu verstehen, dass er jetzt gehen sollte.

Verwirrt von dem, was Müller zum Schluss gesagt hatte, fragte Abel beim Aufstehen den Diener: »Habe ich das richtig verstanden? Dieser Nepomuk hatte einen Transport für Euch zu erledigen?« Dann hätte sich Abel beinahe mit der Hand an die Stirn geschlagen. »Natürlich. Er war Österreicher. Er war einer von euch.«

Der Diener ging nicht auf Abels Fragen ein. Wortlos zeigte er zum Ausgang.

Abel blieb stehen. »Woher wusstet Ihr, wo man mich findet?«

»Es ist unsere Aufgabe zu wissen, was in der Stadt vor sich geht«, antwortete der Diener.

»Dann müsstet Ihr ja auch wissen, was mit Nepomuk passiert ist«, antwortete Abel.

Der Diener reckte den Hals und schwieg. Daraufhin verließ Abel, ebenfalls grußlos, das Haus.

Auf dem Weg zurück zu Lisbeth versuchte Abel, das eben Gehörte zu verstehen. Immer wieder schüttelte er den Kopf. Man beschuldigte ihn des Mordes an einem Österreicher. Und seinem Schiffsknecht Heinrich waren, ebenfalls von einem Österreicher, falsche Münzen untergeschoben worden. Doch nicht die Österreicher wollten sie beide einsperren, sondern der Frankfurter Stadtkommandant. Wusste der Reichsquartiermeister etwas, was der Stadtkommandant und sein Leutnant nicht wussten? Ob der Prior in der Sache mehr erreichen konnte?

IX

Als Abel in Lisbeths Haus zurückkam, war diese schon zu Bett gegangen.

Theobald saß am Küchentisch. »Schnell, ich muss zurück«, begrüßte dieser Abel. »Der Prior wartet.«

Sie tauschten wieder die Kleider und Abel berichtete von seiner Unterredung mit dem Reichsquartiermeister.

»Immerhin, er hält euch beide für unschuldig«, schloss Theobald. »Hast du ihn nicht gefragt, warum?«

»Am Ende des Gespräches ging alles so schnell. Ich hätte auch noch andere Fragen gehabt. Was es zum Beispiel mit dem Karren auf sich hatte oder ob er sich beim Stadtkommandanten nicht für mich und Heinrich einsetzen könnte.«

Theobald verknotete das *cingulum* seiner Kutte und trat zur Küchentür.

»Einen Augenblick noch«, sagte Abel. »Warum begibt sich ein Gaukler, der angeblich zum Geldverdienen nach Frankfurt reist, dort nicht umgehend dahin, wo er seine Kunststücke aufführen kann? Warum wendet er sich an den Reichsquartiermeister, um dort seinen Karren abzugeben?«

»Er sollte den Karren dorthin liefern«, entgegnete Theobald. »Wenn ich dich richtig verstanden habe, hat ein anderer das getan.«

Abel nickte. »Genau. Das fragt sich auch Müller.«

»Und was mich noch wundert«, fuhr Theobald fort, »warum hält er auch deinen Schiffsknecht für unschuldig?

Das heißt, Heinrich hat mit seiner Behauptung recht, nichts mit den falschen Münzen zu tun zu haben.«

Abel fuhr sich durch das Haar. »Die gefälschten Münzen stammten von einem Mann, der im Dienste des Reichsquartiermeisters steht. Kannst du den Prior …?«

»Ich muss jetzt gehen«, unterbrach Theobald und griff zur Türklinke.

»Nur ganz kurz, Theobald«, sagte Abel und trat auf ihn zu. »Frag doch bitte den Prior, ob er etwas herausfinden kann, was es mit dem Karren auf sich hat.«

»Ich werd's versuchen.« Theobald gab Abel die Hand und verschwand.

»Er soll sich auch nach Heinrich erkundigen«, sagte Abel und fügte leise hinzu: »Und sei vorsichtig!«

Danach kletterte er die Stiege hoch, ging in seine Kammer und legte sich ins Bett.

Trotz der vorgerückten Stunde konnte Abel nicht einschlafen. Auch als es von einem Kirchturm bereits Mitternacht schlug, lag er noch wach. Er würde morgen Lisbeth um Schreibzeug bitten und endlich Marie benachrichtigen. Über die Frage, wie er mit der Aussage des Reichsquartiermeisters auch den Stadtkommandanten von seiner und Heinrichs Unschuld überzeugen könnte, schlief er dann ein.

»Zeit zum Uffstehe!«

Abel öffnete die Augen.

»Ihr könnt Eusch nützlisch mache!«

Das war Lisbeth. Abel richtete sich auf. Wie spät mochte es sein? Er blickte zum Fenster. Draußen war es schon hell. Von unten aus der Küche hörte Abel das Klappern von Töpfen. Er rieb sich die Augen, stand auf und kramte nach seiner Uhr. Kurz nach sechs. Er zog sich an. Lisbeth hatte recht mit dem Aufstehen. Außerdem knurrte ihm der Magen.

Abel trat in die Küche. »Guten Morgen«, sagte er und bemühte sich, dabei fröhlich zu klingen.

Lisbeth stand am Waschkessel und schüttete Wasser nach. Sie knurrte etwas, das Abel nicht verstand. Obwohl er schon so oft in Frankfurt gewesen war, hatte er immer noch Schwierigkeiten mit dem hiesigen Dialekt. Da zeigte Lisbeth mit dem Kinn zum Küchentisch und sprach in verständlichem Deutsch. »Die Kartoffel müsse geschält wern! Nur noch vier Taach bis zur Krönung — die Leut wern immer mehr.«

Abel schaute auf den riesigen Weidenkorb mit den braunen Knollen und dachte an die Klosterküche in Amorbach.

»Hier!«, Lisbeth drückte ihm ein Messer in die Hand.

Abel nahm es, ging zum Tisch, setzte sich auf die Bank, nahm eine Kartoffel und begann zu schälen.

Bei der dritten Kartoffel fragte Lisbeth: »Un, was war gestern Abend?«

»Nichts Besonderes«, sagte Abel.

»Un?«

Abel hob den Kopf.

Als hätte Lisbeth geahnt, was Abel dachte, schob sie hinterher: »Will nur wisse, was in meim Haus vor sisch geht!«

»Der Reichsquartiermeister hält mich für unschuldig«, sagte Abel kurz.

Danach schwiegen sie.

»Abber es hilft Eusch nix!«, sagte Lisbeth nach einer Weile. Sie war inzwischen dabei, ein großes Fleischstück in kleine Würfel zu schneiden.

Abel schwieg weiter.

»Also, ja!«, knurrte Lisbeth und warf einen neuen Batzen Fleisch auf das Schneidbrett.

Abel schälte weiter Kartoffeln.

»Wollt Ihr was erzähle?«, fragte Lisbeth nach einer Weile.

Abel warf eine geschälte Kartoffel in den Eimer. Eigentlich hielt er es für besser, Lisbeth nicht allzu tief in die Angelegenheit hineinzuziehen. Sie hatte sich bereits in seiner Sache belastet und sich vielleicht auch schon strafbar gemacht.

»Hab ja sonst niemanden«, sagte er.

»Ebe!« Lisbeth klatschte einen Löffel Schweinefett in die Pfanne auf dem Ofen und warf nach einem kurzen Augenblick auch das Fleisch hinein.

Abel wartete, bis das Zischen nachgelassen hatte. Dann begann er, vom gestrigen Abend zu berichten.

»Is doch gut«, sagte Lisbeth, nachdem Abel geendet hatte. Sie stand nun mitten in dem Dampf, der aus den Pfannen und Töpfen vor ihr aufstieg. Abels Magen knurrte noch mehr.

»Hm«, sagte er und bückte sich nach einer Kartoffel.

»Un, wie geht's weiter?«

Abel schwieg und zog mit dem Messer ein großes Stück Schale von der Kartoffel.

»Autsch!«

Blut tropfte von Abels linkem Daumen auf den Tisch. Er steckte ihn in den Mund und schaute hilfesuchend auf Lisbeth. Diese allerdings war mit dem Fleisch in der Pfanne beschäftigt. Abel langte in seiner Hose nach einem Taschentuch und wickelte es um seinen verletzten Daumen.

»Also, kein Plan!«, sagte Lisbeth und drehte sich dabei zu Abel um. Sie sah, dass dieser seinen Daumen hochhielt, schob die Pfanne von der Herdplatte und trat auf Abel zu.

»Zeischt emol her!«

Abel wickelte das Taschentuch ab. Sofort begann das Blut wieder zu tropfen.

»Halb so wild!«, meinte Lisbeth und zog aus einem Korb voller Wäsche, der in einer Ecke am Boden stand, ein frisches Taschentuch. Dieses faltete sie zu einem Streifen, umwickelte damit Abels Daumen und verknotete es.

»Dabbes«, sagte sie und lächelte.

Abel lächelte zurück. »Vergelts Gott!«

Lisbeth wedelte kurz mit der rechten Hand, zog sich einen Stuhl heran und setzte sich Abel gegenüber.

»Wenn Ihr uff misch hört«, sagte sie. »Ihr müsst die Sach selbst in die Hand nemme. Es is in Frankfurt im Aacheblick zu viel los.«

Abel seufzte. »Habe ich doch schon. Ihr seht ja, wohin es geführt hat. Außerdem scheint man sehr wohl Zeit zu haben, mich aller möglichen Vergehen zu beschuldigen.«

»Des is de Roth«, sagte Lisbeth, machte eine kurze Pause und räusperte sich.

Abel blickte auf.

»Isch hab misch e bissje umgehört.«

Abel schaute Lisbeth mit großen Augen an.

»Umhörn lasse«, ergänzte sie.

Abels Wunde pochte. Er hob den verwundeten Daumen in die Höhe. »Ihr habt was?«

»Euer Heinrisch hat nit gelooche. Sie habbe gewerfelt, dribbe in Sachsehause. Un als der Heinrisch die Zesch hat zahle wolle, hat der Wirt die falsche Münze gesehe und die Wach gerufe.«

Lisbeth zupfte an ihrer Schürze. »Bei dem annern, dem Zeschkollesch, hat mer noch meer falsche Münze gefunne. Des is ein Dienstbot vom Reichsquartiermeister. Abber des wisst Ihr ja alles scho.«

Abel nickte, auch wenn er das so noch nicht gehört hatte. Der Stadtkommandant und der Reichsquartiermeister jedenfalls hatten ihm dies verschwiegen. »Ein Dienstbote also«, sagte er.

»Ja, genau. Nur warum ist der Kerl die ganze Zeit ruhisch sitze gebliebe?«

Abel ließ seine verletzte Hand wieder sinken. »Ihr meint, der Dienstbote wusste gar nicht, dass er mit dem falschen Taler seine Spielschulden bezahlt hat?«

Lisbeth nickte.

Abel strich über seinen Verband. »Das hieße, der Reichs-quartiermeister bezahlt seine Leute mit gefälschten Mün-zen?«

Lisbeth hob ihre Schultern leicht an, stand auf und ging wieder an den Herd.

Abel starrte auf den Küchentisch. Konnte das sein? Wenn ja, hatte Müller bestimmt nichts damit zu tun. Er hat ihn ja auch kaum zu Heinrich befragt. Müller hatte sich hauptsäch-lich mit Nepomuk und dessen Karren befasst.

Abel nahm wieder das Messer in die Hand und versuchte weiter Kartoffeln zu schälen. Es ging, wenn auch langsam. Immer wieder schaute er zu Lisbeth. Doch diese hantierte am Herd.

»Woher habt ihr all diese Neuigkeiten?«, fragte er nach ei-niger Zeit.

»Müsst Ihr nit wisse«, antwortete Lisbeth, ohne sich um-zudrehen.

Es war gegen halb acht, als sich der erste Kunde draußen meldete.

»Jetzt geht's los«, sagte Lisbeth und schöpfte mit einem Eimer Eintopf aus dem Kessel.

»Ich müsste meiner Frau schreiben«, sagte Abel. »Habt Ihr Papier und Feder für mich?«

»So was gibt's hier nit«, sagte Lisbeth. »Abber isch küm-mer misch drum.« Dann schnappte sie sich zu dem Eimer noch einen Korb voll mit ausgehöhlten Broten und verließ die Küche.

Abel hielt es jetzt nicht mehr auf seiner Bank. Er stand auf, griff nach einem Brot, höhlte dieses aus und füllte es mit Eintopf. »Wirklich gut«, murmelte er, nachdem er die ersten Bissen gekostet und sich dabei den Mund verbrannt hatte. In diesem Augenblick hörte er Lärm auf der Straße.

Abel ging zur Haustür. Dort sah er zwei Stadtwachen mit

raschen Schritten die Straße herunterkommen. Auch von der anderen Seite kamen zwei Wachen, die Gewehre geschultert. Wollten sie zu ihm? Woher konnten sie wissen …? Er hatte keine Zeit, dies abzuwarten. Er wirbelte herum, warf das Brot in den Kessel, stürzte die Stiege hinauf in seine Kammer, packte seine Sachen, stürmte wieder hinunter durch die Küche hinaus in den Hof und schloss die Tür. Schon hörte Abel, wie die Haustür aufgestoßen wurde.

Abel eilte zu dem Fass an der Hofmauer, warf sein Bündel hinüber, stieg hinauf und schwang sich auf die Mauerkrone. Im Nachbarhof unter ihm befand sich das Dach eines Hühnerstalls. Abel legte sich auf den Bauch, ließ sich auf das Dach gleiten und sprang in den Hof. Gackernd flatterten die Hühner auf und flüchteten in eine Ecke. Geduckt lief Abel weiter und versteckte sich hinter einem Holunderstrauch.

In Lisbeths Haus wurden Türen aufgerissen und zugeschlagen. Die Wachen polterten mit ihren genagelten Stiefeln die Stiege hoch und runter. Dazu wurden Befehle gebellt. Abel hielt die Hand ans Ohr. War das nicht dieser Roth? Lisbeth zeterte und schimpfte, bis sie plötzlich schwieg.

Danach stießen die Stadtwachen die Tür zum Hof auf. Eine Wache schritt auf und ab, verharrte und ging dann weiter. Abel duckte sich noch tiefer unter den Holunderbusch.

»Hier is niemand«, rief die Wache und kehrte ins Haus zurück. Nach einer Weile schlug die Haustür drüben zu.

Abel atmete durch. Das war noch einmal gut gegangen. Woher zum Teufel hatten die Wachen gewusst, dass er hier war? Sie beobachteten das Kloster und waren Theobald gefolgt, das war die einzige sinnvolle Erklärung. Noch eine gute Weile hielt sich Abel versteckt, als er aus dem Höfchen hinter der Mauer Lisbeths Stimme hörte.

»Wo seid Ihr?«

Abel erhob sich. »Hier, beim Nachbarn.«

»Sie sin weg.«

Abel sah sich in dem Hof um. Unter dem Dachvorsprung einer Hütte hing eine Leiter. Er holte sie herunter, stellte sie an die Mauer und stieg hoch. Vorsichtig schaute er über die Mauerkrone. Lisbeth stand in ihrem Höfchen, die Arme in die Seiten gestemmt, und blickte zu Abel hoch. Abel forschte in ihrem Gesicht.

Lisbeth nickte ihm zu. »Ihr könnt mir glaube, die Luft is rein.«

Erst jetzt stieg Abel ganz über die Mauer und sprang vom Fass in den Hof.

Lisbeth begleitete ihn in die Küche. Während Abel sich dort den Staub aus dem Gesicht wusch, fragte er sie: »Woher haben die gewusst, dass ich hier bin?«

Lisbeth hatte die gleiche Antwort wie er. »Sie überwache des Kloster. Sie habbe nach dem Theobald gefraacht.«

Also doch, dachte sich Abel. Roth schien nicht locker zu lassen, ihn wieder verhaften zu wollen. Wozu betrieb dieser einen solchen Aufwand? Das Kloster überwachen zu lassen, wo die Stadtwache mit den Krönungsfeierlichkeiten alle Hände voll zu tun hatte.

»Was habt Ihr geantwortet?«

Lisbeth grinste. »Isch hab gesaacht, isch schpend fürs Kloster. Un der Theobald holt des Geld.«

»Ihr seid eine kluge Frau«, sagte Abel.

Lisbeth schwieg. Abel sah, wie ihr ein wenig Röte ins Gesicht stieg.

Abel rückte das Bündel mit seinen Sachen unter dem Arm zurecht. »Ich kann Euch nicht noch mehr in Schwierigkeiten bringen. Ich muss hier weg.«

»Wo wollt Ihr dann hi?«

Jetzt war es Abel, der schwieg. Er hatte keine Ahnung, wo er hingehen könnte. Sich unbemerkt aus der Stadt schleichen, das traute er sich zu. Doch wie weiter? Zurück nach Miltenberg? Konnte er Heinrich einfach so zurücklassen?

»Der Reichsquartiermeister hält mich für unschuldig. Vielleicht gewährt er mir Unterschlupf.«

»Kaa drei Stund un der Roth waaß, wo Ihr schteckt.«

»Wenn Müller seine Hand über mich hält, können sie nichts tun.«

Lisbeth nestelte an ihrer Schürze. »Bleibe Se doch do. Die habbe hier ja nix gefunne. Die denke nit dran, dess isch Eusch werklisch verschteck.«

Abel rieb sich das Kinn.

»Zum Reichsquartiermeister könnt Ihr immer noch«, sagte Lisbeth.

Die Frau hat recht, dachte sich Abel. Vielleicht würde der Prior ja etwas erreichen. Darauf hielt er inne. »Wir müssen Theobald warnen!«

»Der kommt nur, um sei Schpende abzuhole.« Lisbeth grinste wieder. Sie schien Gefallen daran zu haben, die Stadtwachen an der Nase herumzuführen.

»Seid Ihr eigentlich katholisch?«, fragte Abel.

Lisbeth grinste noch mehr. »Des wollt der Roth gar nit wisse.« Dann drehte sie sich um. »Ach, un da uff em Schrank is Papier und Tinte.«

Kurz darauf saß Abel am Küchentisch und quälte sich mit seinem Brief an Marie. Was durfte, was musste er ihr schreiben? Seine Lage war ernst, doch er wollte Marie auch nicht beunruhigen. Plötzlich hörte Abel jemanden an der Haustür. Er schreckte hoch. Nein, das waren keine Soldatenstiefel.

»Ich bin's.« Theobald stand unter der Küchentür.

Abel stand auf und begrüßte ihn. »Bist du alleine?«

Theobald drehte sich um. »Wer sollte sonst kommen?«

Abel schob den Freund zum Küchentisch und ging zur Haustür. Er öffnete diese einen schmalen Spalt und spähte auf die Straße. Er konnte nichts Verdächtiges erkennen. Nach einer Weile schloss er die Haustür und setzte sich zu Theobald an den Tisch. Dieser schaute ihn verwundert an.

»Sie beobachten uns«, sagte Abel und berichtete von der Hausdurchsuchung.

»Deswegen war Lisbeth so eigenartig«, sagte Theobald, nachdem Abel geendet hatte. »Ich solle schon mal hineingehen, hatte sie gesagt. Sie würde gleich nachkommen.«

Abel erzählte dem Freund von der Finte mit der Geldspende. In diesem Augenblick stand Lisbeth auch schon unter der Tür.

»Isch hab nix gesehe. Besser, Ihr beeilt Eusch«, sagte sie zu Theobald.

Theobald nickte und stand auf.

»Also ganz kurz«, sagte er, »nur so viel vom Prior: Die Sache mit der Falschmünzerei scheint ein größerer Betrugsfall zu sein. Die Geschädigten sind die Österreicher. Es muss etwas mit diesem Nepomuk und seinem Karren zu tun haben. Offensichtlich hat er damit eine größere Menge Geld für die Österreicher in die Stadt geschmuggelt. Nichts Ungewöhnliches, wie der Prior meint. Die Kosten für die Feierlichkeiten wären außerordentlich. Die Habsburger haben jetzt noch Schulden von der letzten Krönung. Doch diese geschmuggelten Taler waren gefälscht. Und zwar so gut, dass die Österreicher das gar nicht bemerkt haben. Die Sache ist nur aufgeflogen, weil ein Dienstbote ein paar Münzen abgezweigt und sie in Sachsenhausen auf den Kopf gehauen hat.«

Abel atmete tief durch. »Also sind Heinrich und ich unschuldig.«

Theobald wiegte den Kopf. »Für den Reichsquartiermeister ja. Der möchte sowieso am liebsten alles unter der Decke halten. Stell dir vor, was für eine Blamage, wenn sich herausgestellt hätte, die Zuwendungen und Donationen für die verschiedenen Gesandtschaften sind gefälscht. Oder noch schlimmer, man hätte die Münzen am Tag der Krönung unter das Volk geworfen.« Theobald schlug die Hände vors Gesicht. »Darüber darf man gar nicht nachdenken.«

»Ich muss darüber nachdenken«, rief Abel und stand ebenfalls auf. »Wie sollte ich so etwas geplant haben, und warum? Das gibt alles keinen Sinn.«

Theobald nahm Abel an den Händen. »Mag sein, dass du recht hast. Bestimmt hast du recht. Der Reichsquartiermeister hat auch schon zum Stadtkommandanten geschickt und sich für dich verwendet. Doch du weißt, dieser Streit. Müller möchte alleine ermitteln, und zwar im Stillen. Hallstein und Roth wollen die große Bühne. Der Prior hat hier wenig Einfluss. Es ist besser, du stellst dich, bevor sie dich finden!«

Abel befreite sich von Theobalds Griff. »Du weißt, was es bedeutet, als Münzfälscher oder gar als Mörder verurteilt zu werden?« Abel strich mit der Handkante über seine Kehle.

Der Freund legte seine Hand auf Abels Schulter. »Es wird sicher alles geklärt. Wenn die Krönung vorbei und Müller wieder weg ist, wird sich alles beruhigen. Im schlimmsten Fall drohen ein paar Wochen Festungshaft wegen deiner anderen Vergehen. Ich kenne Beispiele, wo Leute mit der Ausweisung davongekommen sind, weil sie mit den Ämtern zusammengearbeitet haben.«

Abel schob den Freund zurück. »Festungshaft, Ausweisung, das kommt aufs Gleiche heraus!« Abel dachte daran, wenn er in Frankfurt keine Geschäfte mehr tätigen könnte. »Niemals!«, zischte er.

Theobald ging zur Küchentür und drückte die Klinke nach unten. »Wir können nichts mehr für dich tun. Es tut mir leid.«

Abel streckte die Hände nach ihm aus. »Theobald!«

Doch der Freund hatte schon die Tür geöffnet. Er drehte sich noch einmal um. Seine Augen waren feucht. »Überlege es dir, Abel. Lass dir nicht allzu viel Zeit. Sie werden dich so oder so finden!«

Abel fiel der Brief ein. »Einen letzten Gefallen noch«, bat er den Freund und reichte ihm den Brief.

Theobald sah das Schreiben an.

»Für meine Frau in Miltenberg«, sagte Abel.

Theobald gab ihm den Brief zurück. »Würde ich nicht machen. Bestimmt überwachen sie die Post.«

Mit hängenden Schultern ging Abel zu seinem Platz auf der Bank zurück.

»En Aacheblick noch«, sagte Lisbeth, ging zum Küchenschrank, entnahm einer Dose etliche Münzen, wickelte diese in ein Tuch und drückte es Theobald in die Hand. »Falls sie nach der Schpende fraache.«

Abel blickte Lisbeth an. Sie hatte alles mitgehört. Was sie schon alles für ihn getan hatte. Das Geld würde er ihr selbstverständlich wieder zurückgeben. Er stützte den Kopf in die Hände.

Lisbeth ging hinaus auf die Straße. Abel saß auf der Bank und starrte auf den Küchentisch. Erst nach einer Weile war er wieder zu einem klaren Gedanken fähig. Seit er vor zwei Tagen mit der *Sancta Maria* an der Mainlände angelegt hatte, konnte er sich nicht mehr frei bewegen. Seinen Geschäften drohte Ausfall und Ruin. Er musste etwas unternehmen. Doch was? Er blickte zur Tür. Bis zum Abend müsste er sowieso warten, um dann womöglich in der Dunkelheit zu verschwinden. Vielleicht fiel ihm bis dahin auch noch etwas Besseres ein.

Darauf kehrte Lisbeth wieder zurück.

»Die Ketti is en Engel«, sagte sie, zog einen Stuhl heran und setzte sich mit an den Tisch.

»Mei Nachbarin«, ergänzte Lisbeth, als Abel sie verständnislos ansah. Danach rückte sie den Stuhl zurecht. »Dem Reichsquartiermeister sin also falsche Münze unnergeschobe worn«, sagte sie.

Abel war nicht nach reden zumute. Er nickte nur.

»Un des alles hier in Frankfurt!«

Erneut nickte Abel. Was war geschehen, nachdem dieser

Nepomuk mit dem Geldkarren das Stadttor passiert hatte? Warum hatte ein anderer den Karren abgeliefert? Abel sah den Gaukler vor sich, wie er auf dem Schiff ständig seinen Karren im Auge behalten hatte.

Lisbeth blickte Abel an. »Vielleischt sin die falsche Münze hier aus Frankfurt?«

Abel richtete sich auf. »Wie meint Ihr das?«

»So, wie isch des saach.«

Abel stockte der Atem. »Ihr meint, die Münzen aus dem Karren wurden ausgetauscht?«

Lisbeth nickte.

Abel begann, mit einer Kartoffel zu spielen. Lisbeths Vermutung würde einiges erklären. Das rote Halstuch, das Nepomuk plötzlich anlegte, die lasche Kontrolle am Stadttor — man hatte das Geld erwartet. Doch was war danach geschehen? Dass man Nepomuk in der Stadt überfallen haben könnte, glaubte Abel nicht. Da waren zu viele Menschen unterwegs. Vielleicht war alles Nepomuks Idee. Dann musste er Helfer gehabt haben. Ja, so könnte es gewesen sein. Man war beim Verteilen der Beute in Streit geraten, einer von Nepomuks Kumpanen hatte ein Messer gezogen und … Das würde auch erklären, warum es nicht der Gaukler gewesen war, der den Karren an seinen Bestimmungsort gebracht hatte. Und weil er, Abel, und Heinrich die einzigen waren, die Roth kannte und die mit dem Getöteten und den Münzen in Verbindung gebracht werden konnten, hielt man an ihnen fest.

Abel ließ die Kartoffel los. »Ich muss unbedingt noch einmal zum Reichsquartiermeister.«

Lisbeth zeigte mit dem Kinn zur Tür. »Am Samstag is Krönung. Da drauße tritt mer sisch jetzt scho uff die Füß. Der hat für Eusch kaa Zeit.«

»Dann eben der Stadtkommandant.«

»Da schteckt mer Eusch zu Euerm Knescht.«

Abel stach mit dem Küchenmesser in die Kartoffel. »Das heißt, ich bleibe hier sitzen und schäle Kartoffeln?«

Lisbeth lächelte. »Von mir aus.« Darauf wurde sie wieder ernst. »Ich hätt da en Gedanke.«

X

Abel blickte auf Lisbeth. Es war erstaunlich, wie diese einfache Frau ihm immer wieder weiterhalf.

»Und was wäre das für ein Gedanke?«

»So viel Münze kann nit jeder mache. Ohne des en annere des mitkriescht.«

»Ihr meint, wir sollten …«, Abel hielt inne. Er hatte wirklich »wir« gesagt.

»Wenn mer wüsst, wo die Münze herkomme …«

Abel schwieg. Lisbeth hatte recht. Könnte man die Spur der gefälschten Münzen zurückverfolgen, würde sich auch alles Weitere klären lassen. Doch wie kam eine einfache Marktfrau auf solche Gedanken?

Abel blickte Lisbeth direkt ins Gesicht. »Euer scharfer Verstand überrascht mich, gute Frau.«

Lisbeth senkte den Blick und begann, mit ihren Fingern zu spielen. Nach einer Weile gab sie sich einen Ruck und schaute wieder auf.

»Mein Hans hat aach Münze gemacht«, sagte sie leise.

Abel fuhr zurück. Hatte er richtig gehört? Er hatte Zuflucht im Haus eines Münzfälschers gesucht? Jetzt verstand er auch Theobalds Bemerkung, warum er sich ausgerechnet hierher geflüchtet habe. Abel setzte sich gerade. Kein Wunder, dass man ihn hier gesucht hatte. Sein Blick ging zur Küchentür.

»Es warn nur e paar Heller«, hörte er Lisbeth wie durch eine Wand sagen.

»Nur!«, hatte sie gesagt. Als würde das etwas ausmachen, welche Münzen man fälschte.

Darauf spürte Abel Lisbeths Hand auf der seinen. »Falsche Münze bringt mer nur einzeln unner die Leut.«

Noch immer fehlten Abel die Worte.

Lisbeth stand auf und ging wieder zum Herd. Schweigend legte sie Holz nach.

Nach einer Weile war Abel wieder etwas ruhiger geworden. »Lasst mich raten«, sagte er zu Lisbeth hin, »Euer Hans ist nicht eines natürlichen Todes gestorben.«

Lisbeth drehte sich um und wischte sich über die Augen. »Sie warn zu zwatt«, sagte sie. »Er hat den annern nit verrate. Dann habbe se misch eigeloch. Abber isch wusst ja von nix. Dann habbe se misch widder laafe lasse.« Lisbeth wandte sich wieder ihrem Herd zu. »Den Hans hab isch nie mehr gesehe.« Sie begann, wild in der Pfanne zu rühren.

Nach einer Weile stand Abel auf und stellte sich hinter sie. »Es tut mir leid, was mit Euch geschehen ist«, sagte er und wand seine Hände. Wie sollte er Lisbeth sagen, dass sie trotz ihrer Hilfe eine Belastung für ihn war?

Lisbeth schien nicht hingehört zu haben. »Wie gesacht, normal bringt mer die Münze einzeln unner die Leut. Wenn viel los is, zur Mess odder zur Krönung. Deshalb passe die aach so uff.« Nach einer kurzen Pause fuhr Lisbeth fort. »Abber bei Eusch is alles annerster.«

Sie hat ja recht, dachte Abel. Doch das half ihm auch nicht.

»Den Kompaniong vom Hans kennt ihr scho«, sagte Lisbeth wie beiläufig. »Isch kann ihn fraache.«

»Ist das der, der mich von meinen Handschellen befreit hat«, fragte Abel sofort.

Lisbeth schwieg.

Abel stellte sich neben sie. »Hört, gute Frau, ich stecke schon tief genug in Schwierigkeiten. Ich kann nicht erkennen, wie mir da ein Münzfälscher helfen kann.«

»Ehemalischer«, verbesserte ihn Lisbeth, rührte weiter und schwieg eine Weile. »Wer könnt Eusch sonst helfe?«, sagte sie. »Un wie wollt Ihr die Fälscher finne?«

Abel trat einen Schritt zurück. Er musste zugeben, dass Lisbeth erneut recht hatte. »Ich soll mit einem Mann zusammenarbeiten, der vielleicht immer noch als Münzfälscher gesucht wird?«

Lisbeth wandte sich um und lächelte. »Eusch sucht mer doch aach.«

»Das ist etwas anderes. Ich bin unschuldig!«

»Es gibt Notfäll.«

»Manchmal hat man auch selber seinen Anteil.«

»Oder Gott!«

Abel trat einen weiteren Schritt zurück. »Gute Frau, versündigt Euch nicht!«

Lisbeth ließ Rührlöffel und Pfanne fahren und fuhr herum. »Warum is dann de Blitz in sei Haus? Warum is sei Fraa debei verbrennt?«

Abel senkte den Blick. »Das tut mir leid, für ihn und seine Kinder.«

»Er war in Not. Also hat Hans ihm geholfe.«

Abel ging zum Küchentisch zurück und begann, weiter Kartoffeln zu schälen. Lisbeth blieb schweigsam. Abel war klar, er durfte ihr nicht böse sein. Sie hatte ihn in ihr Haus aufgenommen, und mit ihren Vorschlägen wollte sie ihm nur helfen.

Abel schaute in den Kartoffelkorb. Mit dem verletzten Daumen würde es noch lange dauern. Außerdem hatte er noch Hunger. »Habt Ihr bitte ein Brot für mich?«, fragte er.

Wortlos griff Lisbeth nach einem ausgehöhlten Brot, füllte es mit Eintopf und hielt es Abel hin.

Nachdem Abel gegessen hatte, lehnte er sich zurück und versuchte nachzudenken. »Wir können nichts mehr für dich tun«, hatte Theobald gesagt. Leutnant Roth war von seiner

Schuld überzeugt und sähe ihn am liebsten im Loch. Der Reichsquartiermeister hatte vielleicht erkannt, dass er, Abel, von den eigentlichen Tätern nur benutzt worden war. Doch wie konnte er die wahren Schuldigen finden, ohne Gefahr zu laufen, verhaftet zu werden?

Abel blickte hinüber zu Lisbeth am Herd. Sollte die Zusammenarbeit mit einem Gauner wirklich der einzige Ausweg sein?

Abel machte sich wieder über die Kartoffeln her. Wild schnitt er an ihnen herum. Nach einer Weile legte er Kartoffeln und Messer wieder ab.

»Wo wohnt dieser Mann?«, fragte er Lisbeth.

»Isch kann ihn komme lasse.«

Abel schwieg wieder. Sollte er sich darauf einlassen? Da kam ihm Marie in den Sinn. Er musste ihr unbedingt eine Nachricht zukommen lassen. Es war vollkommen ungewiss, wann er wieder nach Hause kommen würde. Abel blickte auf den Brief, der immer noch auf dem Tisch lag. Der Stadtkommandant konnte unmöglich alle Briefe kontrollieren. Bestimmt würden sie nur die Post nach Miltenberg im Auge haben. Sollte er den Brief in einen Umschlag geben, der an die Abtei in Amorbach gerichtet war und den Abt bitten, ihn an Marie weiterzuleiten? Dann wäre der Brief noch länger unterwegs.

»Was versteht Euer Mann denn von Münzfälscherei?«, fragte Abel.

Lisbeth setzte sich mit einem Holzbrett und einem Messer an den Tisch und begann, die geschälten Kartoffeln in kleine Stücke zu zerhacken.

»Barthel is en Silberschmied. Der is hier nach Frankfurt gekomme und hat in die Wertschaft *Zu den drei Rindern* eingeheirat.« Lisbeth deutete mit dem Messer Richtung Hof. »Dribbe in Sachsehause. Die habbe de beste Äppelwoi. Hans war oft dort.«

»Ja, und dann?«, fragte Abel. »Irgendwann nach dem zehnten oder elften Glas haben sie beschlossen …«

Lisbeth drehte sich rasch zu Abel um. »Lasst des«, zischte sie. »Isch hab genuch gelitte.«

Abel beugte sich über den Kartoffelkorb. Schweigend half er Lisbeth weiter, die nächste Portion Eintopf vorzubereiten.

»Was is jetzt?«, fragte Lisbeth nach einiger Zeit.

Im Grunde hatte sich Abel entschieden. Er hatte sich nur noch gescheut, dies zu sagen.

»Ein Versuch wäre es wert«, murmelte er.

Lisbeth brummte zustimmend und verließ das Haus. Abel blieb am Küchentisch sitzen, wo er Marie einen neuen Brief schrieb.

Er schrieb den Brief so, dass, sollte dieser doch abgefangen werden, der heimliche Leser die Wahrheit erfahren würde — genauso, wie er diese schon mehrfach geschildert hatte. Vielleicht würde man ihm dann glauben. Lediglich sein Geschäft mit den Österreichischen Niederlanden erwähnte er nicht. Auch vermied er alles, was Rückschlüsse auf sein Versteck zuließ.

Danach lehnte er sich zurück und starrte an die Decke. Er würde den Brief diesem Barthel mitgeben. Abel war gespannt, ob jener ihm eine Hilfe wäre.

Während er noch vor sich hin sinnierte, stand Barthel schon unter der Tür. Das war lautlos geschehen, sodass Abel zusammenzuckte.

»Da wäre ich«, sagte Barthel.

Barthel hatte die Mütze abgezogen, er trug nur wenige Haare auf seinem schmalen Kopf. Abel hatte ihn deswegen nicht gleich erkannt.

Abel stand auf. Kurz überlegte er, Barthel die Hand zu geben. Da dieser jedoch unbewegt dastand, unterließ er es.

Abel räusperte sich. »Lisbeth meinte«, sagte er vorsichtig, »Ihr könntet mir helfen.«

»Kommt drauf an.«

»Ihr wisst, um was es geht?«

Barthel nickte.

»Lisbeth meinte, die Münzen müssten in Frankfurt gefälscht worden sein und Ihr könntet mir vielleicht helfen herauszufinden, wo und von wem.«

Abel beobachtete Barthels Gesicht. Dieser zeigte keine Regung.

»Keine einfache Sache.«

»Was heißt das?« Abel wechselte das Standbein. Er wurde nicht ganz schlau aus dem Kerl.

Barthel begann, Abel aufzuklären. Es gäbe zwei Arten, Münzen zu fälschen. Entweder würden die Münzen gegossen oder geprägt. Zum Prägen brauche man ein Taschenwerk, ein der Spindelpresse ähnelndes Gerät, in dem Metallstreifen oder einzelne Schrötlinge eingelegt würden. Mithilfe eines Hebels würden dann zwei einander gegenüberliegende Stempel auf das Metall gepresst. Beim Gießen würden die Münzen in Formen aus tonhaltigem Sand, gebranntem Ton oder Gips gegossen.

Abel stützte sich auf eine Stuhllehne. »Was wurde in meinem Fall verwendet?«

»Das muss man zuerst herausfinden.«

»Und Ihr könnt das?«

Barthel rieb Daumen und Zeigefinger aneinander. »Das ist Arbeit!«

Abel blieb stehen und langte an seine Geldkatze. Viel hatte er nicht mehr bei sich. Er senkte die Stimme.

»Könnt Ihr mir mit dem Bezahlen etwas Zeit geben?«

Barthel wiegte den Kopf.

»Lisbeth hat mir auch vertraut.«

Barthel schloss für einen Augenblick die Augen. »Wie lang?«, fragte er.

»Bis die Sache geklärt ist.«

Barthel nickte.

Abel ließ die Stuhllehne wieder los und streckte sich. »Eine Metallschmelze unbemerkt mitten in der Stadt, geht das?«

Barthel hob die Hände. »So viel ist das nicht, was man dazu braucht.«

Abel sah ein leichtes Zucken in Barthels Gesicht. War das ein Lächeln? »Ich kenne einen, der das ausprobiert hat. Es gibt allerdings auch noch andere Möglichkeiten.«

Abel verstand. »Und Ihr beginnt umgehend Eure Nachforschungen?«

»Zunächst höre ich mich ein bisschen um.«

»Es eilt!«

»Klar.«

Abel ging zum Tisch und holte den Brief. »Könnt Ihr den für mich aufgeben? Möglichst noch heute.«

Barthel nahm den Brief und las die Anschrift. »Aus Frankfurt geht in diese Richtung täglich eine Kutsche«, sagte er. »Doch heute ist sie schon weg.«

»Dann morgen«, sagte Abel. »Sicher?«

»Klar.« Barthel steckte den Brief in seine Brusttasche und ging zur Tür.

»Wann sehen wir uns wieder?«, fragte Abel.

Barthel hob die Schultern und verschwand.

Abel griff wieder zu den Kartoffeln.

XI

Am nächsten Morgen klapperte Lisbeth wieder früh in der Küche. Abel blieb noch mit offenen Augen im Bett liegen.

Er dachte daran, dass er geglaubt hatte, er könnte hier in Frankfurt ein schnelles Geschäft machen, die Sache mit dem Juden Speyer klären, umgehend zurück nach Miltenberg fahren und nächste Woche mit einem weiteren vollen Schiff nach Frankfurt kommen. Vielleicht hätte er dann auch die Stoffballen aus Gent mitnehmen können — und vielleicht auch die Krönung des neuen Kaisers erlebt.

Wie gerne hätte er Marie berichtet, wie er unter all den Menschen am Krönungsweg gestanden wäre und den neuen Kaiser gesehen hätte, wie dieser nach der Zeremonie im Dom zum Römer schritt, umjubelt vom Volk und begleitet von den zahlreichen Würdenträgern aus den deutschen Fürstentümern. Und wie er seinem ehemaligen Abt zugewunken hätte, der, direkt hinter dem Kaiser und an der Seite des Mainzer Kurfürsten, den Höhepunkt des Zuges dargestellt hätte. Abel stieß einen Seufzer aus.

Nach dem Frühstück stand Abel den ganzen Morgen und den Vormittag über am Fenster seiner Kammer und beobachtete die Straße. Insbesondere hatte er die Häuser auf der gegenüberliegenden Straßenseite im Blick. Doch nirgendwo blieb jemand auffällig lange am gleichen Platz, nirgendwo sah er ein Gesicht hinter einem Fenster oder bewegte sich ein Vorhang. Nur einmal kam unten auf der Straße eine Person vorbei, von der Abel glaubte, diese schon einmal gesehen zu haben. Von der Kleidung her war dies ein Bürger aus dem besseren Viertel. Jedoch auch dieser ging nur seines Weges und achtete nicht auf Lisbeths Haus. Wenn jemand dieses wirklich beobachtete, musste jener sich weiter entfernt versteckt halten. Das allerdings hielt Abel für unwahrscheinlich. Es war einfach zu viel auf der Straße los, um diese dann noch zuverlässig zu überwachen.

Es ging schon gegen Mittag, als Abel ein bekanntes Gesicht entdeckte. Barthel zeigte sich in der Ankergasse. Abel nickte zustimmend, als Barthel nicht gleich auf Lisbeths Haus zuging, sondern sich zunächst in die Schlange der Wartenden vor Lisbeths Stand stellte. So konnte er sich unauffällig umsehen. Nach einer Weile tat Barthel, als ginge ihm alles zu langsam, löste sich aus der Schlange und schlenderte die Straße weiter. Danach kam er wieder zurück und hielt erst jetzt auf Lisbeths Haus zu.

Abel verließ seine Kammer und begrüßte Barthel im Hausflur. In der Küche setzten sie sich an den Tisch.

»Der Brief ist unterwegs«, begann Barthel.

»Danke.«

Darauf berichtete Barthel, was er in Erfahrung hatte bringen können. Es gebe in der Stadt ein Haus, in dem das ganze Jahr über Branntwein hergestellt werde. Es sei daher nichts Ungewöhnliches, wenn dort auch im Sommer der Kamin rauche.

Abel schaute Barthel mit großen Augen an.

»Auf dem gleichen Ofen, auf dem die Branntweinblase steht, kann man auch Weißmetall schmelzen«, erklärte dieser.

»Seid Ihr Euch sicher mit dem Haus?«

Barthel seufzte. »Es hängt kein Mensch ein Schild vor seine Tür, dass bei ihm Münzen gefälscht werden. Man ist immer auf Vermutungen angewiesen … und das hier!« Barthel tippte mit dem Zeigefinger an seine Stirn. »Jedenfalls passt das zu noch einer Nachricht. Irgendjemand hat Blei und Zinn aufgekauft, jeweils aus einer anderen Quelle.« Barthel hob den Zeigefinger. »Und das kurz nach dem ersten März!«

Abel verstand nicht. »Klärt mich auf!«, sagte er.

Barthel seufzte erneut. »Blei und Zinn braucht man, um Weißmetall herzustellen. Ihr erinnert Euch, dass man daraus falsche Silbermünzen machen kann? Und was war am ersten März?«

»Kaiser Leopold ist gestorben«, murmelte Abel. Jetzt hatte er verstanden, worauf Barthel hinauswollte.

»Genau!«, sagte dieser. »Irgendjemand hat schon vor drei Monaten einen Plan gehabt, was Kaiserkrönung und gefälschte Münzen betrifft.«

Barthel lehnte sich zurück. »Und jetzt fragt Ihr Euch, was Ihr damit zu tun habt.«

Abel nickte.

»Ein Falschmünzer bringt die Münzen nie selbst in Umlauf. Er sorgt immer dafür, dass man die Spur nicht bis zu ihm zurückverfolgen kann.«

»Ihr meint, man hat mich benutzt, um …«

»Gut möglich.«

Abel blickte Barthel an. »Wer macht das?«, fragte er.

»Immer mit der Ruhe!«, mahnte Barthel. »Selbst, wenn dort, wo ich es vermute, falsche Münzen hergestellt werden oder wurden, muss das nichts mit Euch zu tun haben.«

»Es gibt also noch weitere Falschmünzer in der Stadt?«

Barthel drehte seine Daumen. »Nur Vermutungen. Münzen werden immer gefälscht, auch anderswo.«

»Warum wissen die Ämter nicht, was Ihr wisst?«

Barthel grinste. »Weil sie die Falschen fragen.«

Abel wusste nun, dass Barthel ihm nicht verraten würde, woher er seine Neuigkeiten hatte. Doch auf eine andere Frage würde er vielleicht antworten. »Seht Ihr eine Möglichkeit, wie ich herausfinden kann, ob Ihr mit Eurer Vermutung bei dieser besonderen Falschmünzerei richtig liegt?«

Barthel runzelte die Stirn. »Ihr wollt hier raus?«

»Warum nicht?« In Abels Kopf reifte bereits ein Plan. »Oder könnt Ihr das für mich tun?«

Barthel hob beide Hände. »Bis hierher und nicht weiter. Denkt an Nepomuk und was sie mit dem gemacht haben.«

Abel horchte auf. Hatte er Barthel davon erzählt? Er konnte sich nicht erinnern. Barthel musste sich in allen Einzelheiten erkundigt haben.

»Das war's dann«, sagte Barthel und stand auf.

Auch Abel erhob sich. »Das Haus«, sagte er, »in dem Ihr die Fälscherwerkstatt vermutet, wo finde ich es?«

Barthel wiegte seinen Oberkörper hin und her. »Von mir habt Ihr das nicht«, sagte er nach einer Weile.

»Hand aufs Herz«, sagte Abel und legte die Rechte auf seine Brust.

»Es ist die *Goldene Waage*.«

»Die *Goldene Waage*?«, wiederholte Abel.

Barthel nickte.

Abel kannte das Haus von seinen früheren Besuchen in Frankfurt. Der Besitzer war, das wusste er auch, ein angesehener Kaufmann namens Lahr. Das Haus lag in der Straße, die von den Frankfurtern Markt genannt wurde. Schon oft war er durch diese Straße gegangen. Es war die bedeutendste der Stadt. Hier lebten gut betuchte Bürger und in nahezu jedem Haus befand sich ein Geschäft oder ein Wirtshaus. Dazu war die Straße die kürzeste Verbindung zwischen Römer und Dom. Alle Kaiser, die man jemals hier gekrönt hatte, waren diesen Weg gegangen. Auch der neue Kaiser Franz II. würde nach dem Krönungsakt im Dom durch diese Straße zum Römer schreiten, wo die weltlichen Feierlichkeiten stattfinden sollten.

»Ihr müsst den Eingang von der Höllgasse aus nehmen.«

Richtig, dachte Abel, die *Goldene Waage* war ein Eckhaus. Abel nickte, öffnete seine Geldkatze und holte einen Taler hervor. »Nur eine Anzahlung«, sagte er und drückte Barthel die Münze in die Hand.

»Nur noch eine Frage«, sagte Abel. »Angenommen, ich käme in das Haus, nach was muss ich suchen?«

»Nach einem Schmelztiegel, einem irdenen Topf oder etwas, in dem man Blei und Zinn schmelzen kann. Und nach so etwas wie einer Mangel, womit man das fertige Metall auswalzen kann.«

Barthel hob die Hand zum Zeichen, dass er fertig war und ging.

Wieder schlich die Zeit dahin. Abel versuchte, sich in Lisbeths Küche nützlich zu machen.

Heute war erst Mittwoch. Wie würde es am Samstag bei der Krönung in Frankfurt aussehen? Was könnte er in all dem Trubel erreichen? Andererseits, wenn alle auf den Krönungstag zufieberten, könnte er da nicht unbemerkt seine Nachforschungen betreiben? Auch dieser Roth hätte dann bestimmt andere Sorgen, als ausschließlich ihn zu verfolgen.

Missmutig ging Abel in seine Kammer zurück und warf sich dort aufs Bett. Das Nichtstun hier machte ihn noch krank. Morgen spätestens musste er irgendetwas unternehmen. Er hielt es nicht mehr aus und stand auf. »Wenigstens aus der Nähe anschauen«, flüsterte er.

Etwa eine halbe Stunde lang stellte er sich noch einmal ans Fenster seiner Kammer und beobachtete die Straße. Nachdem draußen nichts seinen Verdacht erregte, griff er zu den Kleidern von Lisbeths Mann und zog sie an. Lisbeth hatte ihm diese freundlicherweise zurechtgelegt. Danach stieg er hinunter in die Küche und schmierte sich Ruß aus dem Herd auf die Kleidung und ins Gesicht. Im Hof fand er einen Stecken, der gut als Wanderstab durchging. Dazu schnürte er sich aus einer Jacke und ein paar Hosen ein Bündel.

In dieser Verkleidung verließ er Lisbeths Haus, nickte ihr kurz an ihrem Stand zu und ging langsam die Straße entlang. Wurde er verfolgt? Abel bog in eine Seitengasse ab, drückte sich dort an die Hauswand und wartete. Nichts geschah. Jetzt war er sicher, dass er nicht beobachtet wurde. Er ging zurück auf die Straße und schritt jetzt etwas schneller Richtung Dom. An einem der vielen Stände dort erwarb er sich eine Jakobsmuschel und hängte sie sich um den Hals. Noch einmal strich er sich über sein Kinn und spürte die Bartstoppel. Jetzt war seine Verkleidung fertig. Selbst wenn Roth seinen Wachsoldaten Abels Aussehen exakt beschrieben haben sollte, keiner von ihnen würde in dem Pilger den Händler Johann Herzog aus Miltenberg vermuten.

Abel schien es, als quoll die Stadt jetzt schon vor Menschen über. Wie zur Messezeit waren die Straßen gefüllt mit Essensständen, Wirtsleute schenkten vor ihren Häusern aus, Buden mit Kleidung, Schmuck und Tand luden zum Kauf ein. Abel beschloss, etwas für Marie mitzunehmen, sobald seine missliche Angelegenheit geregelt war. Er drückte sein Kreuz durch und hob den Kopf etwas höher. War er nicht schon häufig in vermeintlich ausweglosen Situationen gewesen?

Ein schrilles Pfeifen ließ Abel herumfahren. Passanten sprangen von der Straße und drückten sich an die Hauswände, Fuhrknechte ließen die Peitschen knallen, um ihre Zugochsen oder Pferde anzutreiben. Erneut erklang ein Pfiff. Dann hörte Abel Hufe klappern. Zuerst sah er einen Herold mit Standarte, von dem auch die Pfiffe kamen. Ihm folgten vier uniformierte Reiter und eine schwarz lackierte, vierspännige Kutsche. Auch Abel hatte sich mit dem Rücken zu einer Hauswand gestellt. Als die Kutsche bei ihm angelangt war, beobachtete er, dass sich ein Vorhang des Kutschenfensters etwas lüftete. Für einen kurzen Augenblick wurde eine reich geschmückte Frauenhand sichtbar. In einem Journal hatte Abel gelesen, dass Österreich den deutschen Fürsten und ihren Delegationen den Vorschlag gemacht hatte, die Frauen zu Hause zu lassen, da die Schulden der letzten Kaiserkrönung noch nicht bezahlt waren. Dieser Vorschlag schien vergebens, so wie es aussah. So schnell, wie die Kutsche aufgetaucht war, war sie auch wieder verschwunden.

Im Weitergehen wich Abel einem Zimmermann aus, der einen Balken auf der Schulter trug und mit lauter Stimme die Leute aufforderte, Platz zu machen. Dann teilte sich der Menschenstrom etwas und Abel sah noch mehr Zimmerleute, die in der Straßenmitte so etwas wie einen Steg bauten. Normalerweise geschah dies nur in Zeiten, wenn Hochwasser in die Stadt drang und die Straßen zu überfluten drohte. Abel kannte dies auch von Miltenberg.

»Is weschem Kaiser«, bekam Abel die knappe Antwort, als er einen Zimmermann um Auskunft zu dessen Tun bat. »Den kann mer doch net im Dreck laafe losse«, fügte der Zimmermann noch hinzu und deutete auf die Straße.

Das sah Abel ein. Obwohl die Straßen jeden Mittwoch und Samstag gekehrt wurden, waren sie ständig verdreckt, da jedermann seinen Unrat einfach auf die Gasse warf. Bei Regen schoss das Wasser vom Dach herunter und weichte die meist ungepflasterten Straßen auf. Da half es auch nichts, dass man Butten, Zuber und allerlei Behältnisse aufstellte, um das Regenwasser für den häuslichen Gebrauch aufzufangen.

Allmählich drängelte Abel sich zur *Goldenen Waage* durch. Über die Köpfe der vielen Menschen hinweg erblickte er zunächst nur die oberen Stockwerke und den Giebel des Hauses, der zum Markt ausgerichtet war. Das überaus stattliche Haus besaß mannshohe Fenster im ersten Stock, etwas kleinere in dem auskragenden zweiten und dritten sowie in der Spitze des Renaissancegiebels. Die Hausfassade war, wie nahezu alle Häuser in der Straße, verputzt und schmucklos, sah man von den Kragsteinen in jedem Stockwerk ab. Erst als sich Abel durch die Menschenmenge näher heranschob, sah er auch den Sandsteinsockel und die hohen Fenster im Erdgeschoss. Abel zählte die Fensterbögen: zwei Stück in der zum Markt zugewandten Seite, vier in jener zur Höllgasse. Abel kratzte sich am Kinn. Bewohner dieses Hauses sollten Münzen fälschen? Hatte er Barthel zu leichtfertig vertraut? Sei's drum, jetzt war er hier und er musste sehen, wie er in das Haus hineinkam.

Er solle das Hoftor in der Höllgasse nehmen, hatte ihm Barthel gesagt.

Abel trat vor die Fenster. Das Gebäude beherbergte einen Farben- und Gewürzhandel. Sollte er es damit auch einmal versuchen? Dieses Geschäft schien reichlich Profit abzuwerfen. Abel drückte sich an den Fenstern entlang und bog in die Höllgasse ein. Das Hoftor befand sich unter dem vierten und letzten Fensterbogen. Das Tor war zu, doch war es auch verschlossen?

»Platz da!« Ehe Abel nach der Türklinke hatte greifen können, wurde er von hinten weggeschoben. Offensichtlich lieferte man etwas an. Abel wich ein paar Schritte beiseite.

In der Mitte der Straße stand ein Karren. Die beiden Fuhrleute wollten diesen in den Hof zerren. Plötzlich entstand ein Gedränge. Abel rückte sein Bündel zurecht und schob sich näher heran. Bei dem schwer mit Säcken beladenen Karren war ein Rad gebrochen. Einige Säcke waren heruntergefallen und einer sogar geplatzt. Der Inhalt hatte sich über die Gasse verstreut. Viele Passanten bückten sich oder knieten nieder, um sich Taschen und Mützen mit dem Inhalt der Säcke zu füllen, den Abel noch gar nicht hatte ausmachen können. Eine Frau war sogar dabei, sich das Fundgut in das Mieder zu stopfen. Jetzt sah Abel auch den Grund des Gerangels. Die Menge balgte sich um Pfefferkörner.

Die beiden Fuhrleute standen vor dem Karren, brüllten Flüche und versuchten, das Volk zurückzudrängen. Abel überlegte nicht lange. Er sprang zwischen der Menge hindurch, trat einem besonders Gierigen auf die Hand, dass dieser aufschrie, und stellte sich neben die beiden Fuhrleute. Dann nahm er sein Bündel und schwang dieses wild durch die Luft.

»Zurück«, rief er und fluchte ebenfalls wie ein Fuhrmann.

Allmählich wich der Pöbel. Mit den beiden Fuhrleuten stand Abel nun im Halbkreis um den auf der Straße verstreuten Pfeffer.

»Bese und Scheppe!«, brüllte einer der Fuhrleute über die Schulter in die Richtung der Toreinfahrt. Das Tor öffnete sich, zwei Mägde erschienen und kehrten den Pfeffer rasch zusammen. Mit den Körnern landete dabei reichlich Straßendreck auf den Schaufeln.

Während ein Fuhrmann den Karren bewachte, begann der andere, die darauf liegenden Säcke in den Hof zu schaffen. Wie selbstverständlich langte Abel ebenfalls nach einem Sack, warf ihn sich über die Schulter und trottete zu dem Durchlass.

Dieser führte in einen kleinen, rechteckigen Hof, der im hinteren Teil nahezu vollkommen zugestellt war. Abel sah Fässer in mehreren Lagen übereinandergestapelt, Holzkisten unterschiedlicher Größen und dazwischen eine Arke gespaltenes Buchenholz. Abel folgte seinem Vordermann durch einen Torbogen, der vom Hof rechter Hand in ein Treppenhaus und dort durch eine weitere Tür in ein Lager führte. Dort setzte er, dem Beispiel seines Vordermannes folgend, den Sack ab und reckte sich.

Ein Prankenhieb auf seine Schulter ließ ihn zusammensacken. »Disch kann mer brauche.«

Abel drehte sich um. Neben ihm stand der Fuhrmann, der draußen auf der Straße das Kommando geführt hatte.

»Wie haaßt'n du?«

»Abel.«

»Net von hier?«

»Äh … Pilger.«

Der Fuhrmann musterte Abel. »Siehst ganz schö abgewanzt aus.«

»Äh … bin überfallen worden.«

Abels Antwort schien dem Fuhrmann zu genügen. Zum einen war Frankfurt auf dem Weg nach Santiago de Compostela ein beliebtes Zwischenziel, zum anderen fielen Pilger tatsächlich häufig unter die Straßenräuber.

»Schad. Hätt Arbeit für disch gehabbt.«

Abel stockte der Atem. Der Fuhrmann wandte sich schon zum Gehen, da antwortete er rasch. »Gegen etwas Zehrgeld wäre nichts einzuwenden, bevor ich wieder weiterziehe.«

Der Fuhrmann griff nach Abels Händen und schaute die Handflächen an. »Hm«, brummte er, als er den verbundenen Daumen sah.

»Nichts Schlimmes. Tölpelfleisch«, sagte Abel und grinste.

»Kannst du Holz säsche?«

»Mit Holzmachen bin ich aufgewachsen«, log Abel.

»Dann komm!«

Der Fuhrmann ging zurück in den Hof, wo die Buchenscheite saßen. Er bückte sich nach einer Säge, drückte sie Abel in die Hand und deutete auf den Holzstoß.

»Geld gibt's erst, wenn des fertisch is!«

»Wie heißt du eigentlich?«, fragte Abel.

»Michel«, sagte der Fuhrmann und verschwand wieder im Haus.

Abel betrachtete den Holzstapel. Der beschädigte Karren versperrte ihm ein wenig die Sicht, doch das waren mindestens drei Klafter. Darauf schaute er auf seine Hände. Wann hatte er zum letzten Mal Holz gesägt? Er konnte sich nicht mehr daran erinnern. Immerhin, er bestimmte selbst, wie lange er für seine Arbeit brauchte. Vielleicht hatte er ja Glück und er war mit seinen Nachforschungen vorher erfolgreich.

Abel blickte sich im Hof um. An dessen hinterem Ende befand sich ein weiteres Gebäude. Dieses wurde im oberen Stockwerk offensichtlich von dem gleichen Treppenhaus erschlossen, durch das Abel ins Haupthaus gekommen war. Im Erdgeschoss befand sich zudem eine mächtige Tür mit aufgenieteten Eisenplatten, die einen Türklopfer trug. Das vergitterte Fenster darüber sollte wohl etwas Licht in den Raum dahinter lassen. Befand sich dort die Fälscherwerkstatt? Abel wandte den Kopf. Er war alleine im Hof. Er ging zu der Tür, griff nach dem Klopfer und rüttelte. Die Tür gab nicht einen Zollbreit nach.

Oder war die Werkstatt im Keller? Im vorderen Teil des Hofes befand sich eine Falltür vor der Hauswand. Abel trat daneben und zog an deren eisernem Griff. Die Tür ließ sich ohne allzu großen Kraftaufwand öffnen. Abel wandte sich wieder um. Wann würde Michel wieder nach ihm schauen? Da trat eine der beiden Mägde, die den Pfeffer auf der Gasse zusammengekehrt hatten, unter den Torbogen des Treppenhauses. In den Händen hielt sie einen Krug und ein Weidenkörbchen.

Abel zeigte auf den Karren. »Der müsste noch weg, wenn ich an das Holz kommen soll.«

Die Magd stellte Körbchen und Krug auf der Stufe ab und wickelte die Ärmel hoch. »Auf geht's«, sagte sie und ging auf den Karren zu.

Abel blieb nichts anderes übrig, als ihr zu folgen. Gemeinsam packten sie den Karren und rückten ihn von dem Holzstoß weg. Danach zeigte die Magd auf das Körbchen und den Krug.

»E klaanes Vesper«, sagte sie. Dann deutete sie zur Kellertür. »Äppelwoi is da unne.« Darauf verschwand sie wieder im Haus.

Abel wusste nun, dass er im Keller nicht das finden würde, was er suchte. Dennoch griff er zum Krug, öffnete die Falltür und stieg die Treppe hinab. Auf der untersten Stufe blieb er stehen und trat einen Schritt zur Seite, um mehr Licht in den Raum zu lassen. Rechts und links eines Mittelgangs lagen Weinfässer. Unschwer war das Ende des Gewölbes zu erkennen. Abel ging den Gang entlang und ließ seine Finger über die Fässer gleiten. Nein, hier gab es keine geheime Fälscherwerkstatt. Er ging zu dem einzigen Fass mit einem Hahn, neben dem eine Laterne stand. Daraus ließ er den Krug volllaufen und kehrte in den Hof zurück. Wenigstens hatte er es so weit geschafft. Er durfte jetzt auch nichts überstürzen. Dann griff er nach der Säge und legte los.

Die Zeit verstrich und Abels Arme wurden allmählich schwer. Zudem begann sich in seiner rechten Hand eine Blase zu bilden. Abel legte die Säge zur Seite und ging zum Treppenhaus, wo er den Apfelweinkrug abgestellt hatte. Als er an der eisenbeschlagenen Tür vorbeikam, musterte er sie etwas genauer. An dieser war nur ein Klopfer angebracht. Unterhalb des eisernen Ringes jedoch war ein Schlüsselloch zu sehen.

Abel griff zum Krug und nahm einen Schluck. Allein der Durst hinderte ihn daran, den Inhalt gleich wieder auszuspucken. Danach stellte er den Krug auf den Boden, lehnte sich mit dem Rücken an das Türblatt und stemmte sich mit aller Kraft dagegen. Die Tür blieb fest wie eine Mauer. Abel trat einen Schritt zurück und betrachtete die Fensteröffnung über der Tür. Die Gitterstäbe dort waren massiv und tief in das Mauerwerk eingelassen.

In diesem Augenblick trat Michel in den Hof. Als er Abel an der Tür sah, runzelte er die Stirn. Abel bückte sich rasch nach dem Krug, nahm einen Schluck Apfelwein und stellte den Krug, ohne das Gesicht zu verziehen, auf der Treppenstufe des Hauseinganges ab. Dann ging er zu seiner Arbeit zurück. Stumm blickte Michel auf das gesägte Holz, grunzte ein paar Worte und wollte wieder ins Haus verschwinden.

Abel sprach ihn an. »Soll das Holz dort hinein?« Abel deutete auf die eisenbeschlagene Tür.

In Michels Gesicht zuckte es. »Simbel«, sagte er. »Des muss erst noch klaaner geschpalte wern. Hab isch des net gesaacht?«

Abel biss sich auf die Unterlippe. Nein, das hatte Michel nicht gesagt.

»Natürlich«, antwortete Abel schnell. »Doch wann Feierabend ist, darüber haben wir nicht gesprochen.«

»Wie lang du brauchst un machst, des is dei Sach«, sagte Michel und verschwand im Haus.

Abel schaute auf die Blase an seiner Hand und danach zum Himmel. In etwa drei Stunden würde es dunkel. So lange würde er nicht hierbleiben.

Bevor er wieder eine Pause einlegte, riss er sich von einem Holzscheit einen schmalen Spliss ab. Den Spliss in der Linken, den Krug in der Rechten, stellte er sich rücklings vor die eisenbeschlagene Tür. Dann tastete er hinter sich nach dem Schlüsselloch und steckte den Spliss hinein. Er brach das Holzstückchen auf die Tiefe des Schlüsselloches ab und zog es heraus.

Darauf blickte Abel um sich. Niemand hatte ihn beobachtet. Er nahm noch einmal einen Schluck aus dem Krug, schüttelte sich, stellte ihn wieder ab und verließ den Hof. Er hatte es jetzt eilig.

XII

Auf dem Weg zurück zu Lisbeth vergaß Abel fast, sich vor der Stadtwache in Acht zu nehmen, so sehr war er in seinen Gedanken gefangen. Erneut fragte er sich, ob Barthel mit seinem Hinweis auf die *Goldene Waage* nicht doch falsch lag. Der Hausbesitzer Lahr war ein erfolgreicher Kaufmann der Stadt. Warum also sollte sich Lahr auf Falschmünzerei einlassen? Oder war sein Handelsgeschäft nur Tarnung?

In solchen Gedanken stieß Abel einen Passanten an, entschuldigte sich und stapfte weiter. Es lag ja nicht irgendein beliebiger Fälschungsakt vor, sinnierte er weiter. Einem Kaufmann wie Lahr jedenfalls war die Weitsicht zuzutrauen, unmittelbar nach Leopolds Tod mit dem Prägen falscher Münzen zu beginnen. In diesem Gewerbe wusste man, wie viel Geld bei der Krönung des neuen Kaisers im Umlauf sein würde. Doch warum war Österreich mit in die Sache verwickelt? Nur wegen des albernen Rechtsstreites um Zuständigkeit? Wurde der Kaufmann etwa genauso missbraucht wie er, Abel? Oder steckte etwas Größeres dahinter? Eine politische Angelegenheit gar? Abel klopfte sich beim Gehen mit der Faust an die Stirn. In was war er da nur hineingeraten?

»Wie is es gelaafe?«, fragte Lisbeth, als Abel wieder in ihre Küche kam.

Abel ließ sich auf einen Stuhl fallen und streckte Lisbeth seine Linke hin. »Zusätzlich zu dem Daumen jetzt auch die linke Hand lädiert«, sagte er und begann, von seiner Arbeit im Hof der *Goldenen Waage* zu berichten.

»Zeischt her!«, sagte Lisbeth, nachdem er geendet hatte, und betrachtete Abels Handfläche. Dann stand sie auf, kramte in einem Korb und kam mit einer Nadel zurück. Sie setzte sich neben Abel, nahm seine Hand, stach mit der Nadel die Blase auf, drückte die Flüssigkeit heraus und tupfte sie mit ihrer Schürze ab. Abel biss die Zähne zusammen.

»Wie viel Blase wollt Ihr Eusch noch hole?«, fragte Lisbeth.

Abel überlegte, was er Lisbeth antworten sollte. War es klug, sie zur Mitwisserin zu machen? Andererseits hatte sie ihm schon mehrmals geholfen. Wenn er es bedachte, war er weiter auf Lisbeths Mithilfe angewiesen.

»Nach Möglichkeit keine mehr«, antwortete er. Danach berichtete er von seinem Plan. Zuletzt fuhr er mit der gesunden Hand in seine Tasche und holte den Holzspliss hervor. »Barthel muss mir einen Dietrich besorgen, der zu einem Schlüsselloch mit dieser Tiefe passt. Wenn ich damit in den Raum hinter der Tür komme, ist vielleicht schon morgen meine Arbeit als Holzknecht beendet.«

Lisbeth drückte sich aus ihrem Stuhl hoch. »Dann kümmer isch misch mal«, sagte sie und verschwand nach draußen.

Abel stieg wieder hinauf in seine Kammer und beobachtete die Straße. Als es dunkel wurde, tauchte Barthel auf. Wie machte das Lisbeth? Sie war doch die ganze Zeit über unter ihrer Plane gestanden und hatte Eintopf ausgegeben.

»Gut, dass Ihr so schnell kommen konntet«, begrüßte Abel Barthel in der Küche. Er erzählte ihm im Wesentlichen das Gleiche, das er schon Lisbeth anvertraut hatte. Zuletzt kam er auf den Dietrich zu sprechen.

Barthel nickte. »Das lässt sich machen«, sagte er, »am besten gleich drei verschiedene Größen.«

»Wie schnell geht das?«, fragte Abel und reichte Barthel den Holzspliss. »Ich möchte gleich morgen früh wieder dahin.«

»Ich klopfe dort drei Mal ans Hoftor«, sagte Barthel und verließ das Haus.

»Danke!«, rief ihm Abel hinterher.

Nachdem Barthel gegangen war, beendete Lisbeth ihren Verkauf. Sie kam herein, verriegelte die Haustür, ging in die Küche und richtete das Abendbrot. Es gab Käse, Speck und Weißbrot, dazu eine Flasche Rheinwein. Abel langte zu. Lisbeths Eintopf schmeckte vorzüglich, doch es war nicht seine Sache, immer nur das Gleiche zu essen.

Unvermittelt begann Lisbeth von der letzten Kaiserkrönung zu erzählen. »So en schöne Mann«, seufzte sie. »Un die Haar«, Lisbeth strich sich über den Kopf, »strohblond. Warum hat er so früh schterbe müsse?«

Das hatte sich Abel auch schon gefragt. Leopold war als dritter Sohn von Kaiser Franz I. und seiner Frau, der späteren Kaiserin Maria Theresia, dem älteren Bruder Joseph II. auf den Thron gefolgt. Er war ruhig und vernünftig gewesen, wo sein Bruder hastig und überstürzt gehandelt hatte, war taktvoll und bestimmt, wo Joseph II. willkürlich und brutal auftrat. Dazu hatte er die vielfältigen Interessen im Reich berücksichtigt und ausgeglichen. Mit den Preußen und den Türken hatte er sich versöhnt, und der Französischen Revolution gegenüber hatte er sich zunächst abwartend verhalten, obwohl die französische Königin Marie Antoinette seine Schwester war.

»Un so e schönes Fest«, sagte Lisbeth. »Un so en schöne Taach.« Lisbeth faltete die Hände über ihren Bauch. »Des hätt Ihr sehe solle, die ganze Herrschafte. Abends is in de Stadt gar nit mehr dunkel geworn, so viel Fackel und Laterne habbe gebrennt.«

»Und das viele Geld«, sagte Abel. »Und jetzt steht schon die nächste Krönung an.«

Lisbeth zog eine Schnute. »Besser des Geld wird für so was ausgebbe als für en Kriesch.«

Wahrscheinlich haben wir auch bald das, hätte Abel beinahe gesagt. Er dachte an den bevorstehenden Fürstenkongress. War es wirklich eine gute Entscheidung gewesen, auf Krieg zu setzen, um damit Geld zu verdienen?

»Morgen ist Donnerstag und am Samstag ist Krönung«, fuhr Abel fort, »gut möglich, dass ich dieses Mal dabei sein werde.«

Würde er morgen in der *Goldenen Waage* fündig werden, würde er sofort dem Stadtkommandanten Bescheid geben. Abel rieb sich die Nase. Nein, das war keine gute Idee. Besser wäre es, den Reichsquartiermeister zu unterrichten. Doch ob er bis zu diesem vordringen würde? Andererseits war die Sache für das Ansehen des Hauses Habsburg ja auch sehr bedeutsam. Jedenfalls würde das alles noch einige Zeit dauern. Warum sollte er sich also nicht unter die Feiernden mischen?

»Macht des«, sagte Lisbeth. »Unner so viel Leut seid Ihr sischer.«

Abel beugte sich zu Lisbeth hin. »Dieser Barthel, kann man dem vertrauen?«

Lisbeth griff zur Flasche und verteilte den restlichen Wein. »Der muss aach gucke, wo er bleibt. Deshalb die klaane Lumperei.« Lisbeth hob ihren Becher. »Die große mache scho die annere. Des merkt Ihr ja grad.« Dann setzte sie den Becher wieder ab und blickte Abel an. »Misch lässt der nit im Schtisch. Un Eusch aach nit — mir zulieb.«

Abel war mit der Antwort zufrieden und hob nun seinerseits seinen Becher. Als dieser leer war, ging er zu Bett.

Am nächsten Tag meldete sich Abel schon um sieben Uhr bei Michel in der *Goldenen Waage*. Bereits in aller Frühe füllten sich die Straßen um den Dom herum.

Die ersten Stunden verbrachte Abel mit Holzsägen. Mit fortschreitender Zeit ging sein Blick immer öfter zum Hoftor.

Wenn nur Barthel auftauchen würde. Es war bereits gegen zehn Uhr, als es drei Mal am Hoftor klopfte. Abel sah nach der Haustür. Diese blieb geschlossen. Er eilte zum Hoftor, schob den Riegel zurück und öffnete es einen Spaltbreit. Barthel drückte ihm drei Dietriche in die Hand. Abel schloss das Tor umgehend. Doch dann drückte er es noch einmal auf.

»Was ist, wenn ich etwas finde?«, zischte er.

»Kommt drauf an, was«, gab Barthel zurück. Er war mit dem Rücken zum Tor stehen geblieben und tat, als beobachte er das Leben in der Gasse.

»Könnt Ihr später nochmals herkommen, sagen wir etwa in einer Stunde?«

Barthel schwieg. »Wenn's sein muss«, sagte er darauf und mischte sich in der Gasse unter die Leute.

Abel schloss das Tor. Und jetzt? Tags zuvor hatte Michel nur zweimal nach ihm geschaut. Mehrmals war auch Ware geliefert worden und Abel hatte mithelfen müssen, die Karren zu entladen. Das Geschäft schien gut zu gehen, und auch heute hatte man im Kontor alle Hände voll zu tun. Abel war es recht. Würde die Zeit reichen, in der er ungestört wäre? Er musste es riskieren.

Abel blickte auf die Dietriche in seiner Hand. Auf dem Weg zu der eisenbeschlagenen Tür blieb er vor dem Treppenhaus stehen und lauschte. Aus dem Kontor vernahm er nur das übliche Stimmengewirr. Ein Stockwerk höher, wo der Hausherr wohnte, blieb es ruhig. Abel hatte von diesem bisher weder etwas gehört, noch etwas gesehen.

Abel griff, wie am Vortag, nach dem Apfelweinkrug, stellte sich damit mit dem Rücken vor die Tür und versuchte mit der anderen Hand hinter sich einen Dietrich in das Schlüsselloch zu stecken. Der erste war zu klein und reichte nicht bis zum Schloss hin. Mit dem zweiten ging es schon besser, und tatsächlich spürte er nach mehreren Versuchen, wie das Schloss aufsprang.

Abel atmete tief durch. Am liebsten hätte er sich selbst auf die Schulter geklopft. Dann drückte er vorsichtig an dem Eisenring.

Nichts geschah. Die Tür ließ sich nicht öffnen. Hätte er den Dietrich noch einmal drehen müssen? Abel rüttelte leicht. Das Schloss war offen, eindeutig, doch es schien, als wäre innen zusätzlich ein Riegel vorgeschoben.

Was jetzt? Abel stellte den Krug weg, steckte die Dietriche ein und wischte sich über die Stirn. Er blickte über den Hof. Niemand war zu sehen. Er drehte sich um und drückte noch einmal kräftig gegen die Tür. Nur einen halben Finger breit ließ sie sich bewegen.

Abel kam eine Idee. Nachdem ihm sein Messer abgenommen worden war, hatte er sich das von Lisbeths Mann geliehen. Er holte es hervor und drückte erneut an der Tür, sodass sie sich einen Spalt öffnete. Danach steckte er das Messer in den Spalt und fuhr langsam von oben nach unten. Auf halber Höhe spürte er Widerstand. Dasselbe wiederholte er nun von unten nach oben. Wieder blieb er auf halber Höhe hängen. Es war also nur ein Riegel, der die Tür von innen verschloss. Nun steckte er das Messer mit der Spitze durch den Spalt und drückte es direkt auf den Riegel. Sodann kippte er es leicht nach links. Nichts bewegte sich. Abel atmete durch und wiederholte den Vorgang. Nur kippte er das Messer jetzt in die andere Richtung. Beinahe hätte er laut gejubelt. Der Riegel hatte sich bewegt, ein winziges Stückchen zwar, jedoch immerhin.

Abel drehte sich rasch um und blickte über den Hof. Immer noch war dort alles ruhig. Inzwischen lief ihm der Schweiß den Rücken hinunter. Auch die Wunde in der Hand schmerzte. Abel presste die Lippen aufeinander und setzte das Messer erneut an.

Wie weit mochte er den Riegel schon zurückgeschoben haben? Abel kam es vor, als wäre dieser ellenlang. Endlich machte es »klack«. Abel zog das Messer zurück und griff nach dem Türklopfer.

Die eiserne Tür ließ sich erstaunlich leicht öffnen. Abel zog sie schnell wieder zu. Er hatte es geschafft.

Wie weiter? Schnell hinter der Tür verschwinden wäre ein Leichtes gewesen. Was, wenn gerade dann Michel nach ihm schaute? Er könnte ja so tun, als hätte er seine Arbeit unterbrochen und den Hof verlassen. Michel hatte zwar Anweisung gegeben, das Hoftor immer verschlossen zu halten. Doch Abel beschloss, sich nun darüber hinwegzusetzen. Er räumte das gesägte Holz zur Seite, legte die Säge obenauf, ging zum Hoftor und schob den Riegel zurück. Danach eilte er zu der eisenbeschlagenen Tür, öffnete sie rasch, schlüpfte hindurch und drückte sie von innen wieder zu.

Nachdem er den Riegel vorgeschoben hatte, atmete er tief ein. Süßsäuerlicher Geruch von Vergorenem schlug ihm entgegen. Das war Maische. In dem spärlichen Licht, das durch das Gitter über der Tür in den Raum fiel, konnte er eine fast saalartige Räumlichkeit erkennen. Die Maischefässer standen in der linken Ecke. Die großen Schatten waren wohl die Weinfässer, aus deren Inhalt der Branntwein hergestellt wurde. Rechter Hand sah er eine zweite Tür, die ins Treppenhaus führen musste. Abel ging zu ihr hin und drückte vorsichtig den Griff nach unten. Sie war verschlossen.

Er müsste nach einem Schmelztiegel suchen, hatte ihm Barthel erklärt, ein Gefäß, in dem Blei und Zinn zu jenem Weißmetall verschmolzen wurden, aus dem dann die falschen Silbermünzen hergestellt werden konnten. Außerdem war eine Vorrichtung vonnöten, mit der das Metall auf die gewünschte Stärke ausgewalzt werden konnte. Ein solches Gerät wäre auch in diesem Dämmerlicht nicht zu übersehen.

Des Weiteren brauchte es für den Schmelztiegel einen Kamin. Abel hatte schon vom Hof aus danach geschaut, doch nichts entdecken können. Der Kamin musste wohl auf der anderen Seite des Daches sein. Also ging er weiter in den Raum hinein. Dort wurde es immer düsterer. Abel stieß an etwas Hartes. Er bückte sich und ertastete ein Holzscheit. Also war er richtig. Sollte er zurückgehen und die Tür öffnen, damit mehr Licht in den Raum fiel? Noch während er überlegte, hörte er es draußen poltern.

»Dunnerkeil! Der Kerl is fort!«

Abel machte keinen Mucks. Er hörte Schritte. Sie hielten inne. Dann kamen sie auf die eisenbeschlagene Tür zu. Abel schickte ein Stoßgebet zur Mutter Gottes. Michel rüttelte an der Tür und entfernte sich wieder. Abel wartete noch eine Weile. Danach tastete er sich weiter durch den Raum. Ein Schemen tauchte vor ihm auf, übermannsgroß. Er streckte die Hand aus und spürte etwas Metallenes. Die Oberfläche war glatt, das Gefäß verjüngte sich nach oben hin.

»Eine Brennblase«, flüsterte Abel. Er stand vor dem Ofen, in dem der Branntwein hergestellt wurde. Er fühlte weiter. Ja, das war das Steigrohr. Abel hielt inne. Auf einem Ofen, auf dem Schnaps gebrannt wird, kann man auch Metall schmelzen, dachte Abel. Er rüttelte an dem kupfernen Helm. Dieser ließ sich bewegen. Er kippte ihn noch weiter und langte mit der freien Hand durch den Spalt zwischen der Brennblase und dem Kessel darunter. Er fühlte nur glatte Keramik und roch die säuerliche Maische.

Abel bezweifelte, ob diese Apparatur in der letzten Zeit für etwas anderes als zum Schnapsbrennen verwendet worden war. Es half nichts, er brauchte mehr Licht. Ob er es wagen sollte?

Er ging zur Tür des Raumes und schob vorsichtig den Riegel zurück. Dann machte er sie einen Spaltbreit auf und lugte hinaus. Niemand hielt sich im Hof auf. Also öffnete er die Tür so weit, dass er den gesamten Saal überblicken konnte.

Dieser war so breit wie der Hof und etwa zehn Schritte tief. Abel hatte sich nicht getäuscht. Linker Hand standen

Bütten für die Maische, halb zugestellt mit Weinfässern. Rechter Hand war die zweite Tür, daneben ein paar Kisten mit leeren Schnapsflaschen aus Steinzeug, weiter hinten ein Stoß Brennholz und der Ofen. Abel hörte ein Geräusch im Hof. Schnell schob er die Tür wieder zu. Es klang nach Holzschuhen. Es musste die Magd sein.

Abel ließ die Schultern sinken. Hatte er eine falsche Spur verfolgt? Warum pflegte man dann diese Vorsicht mit der doppelt verschlossenen Tür? Als Abel sicher war, dass sich niemand mehr im Hof aufhielt, verließ er den Raum. Die Tür verschloss er auf die gleiche Weise, wie er sie geöffnet hatte.

Sollte er den Hof verlassen oder noch auf Barthel warten? Doch was hätte das für einen Sinn? Barthel hatte sich getäuscht und er, Abel, war wieder so weit wie zuvor.

In diesem Augenblick wurde die Haustür geöffnet. Abel eilte zur Säge und machte sich über das Holz her.

»Ach, der Herr is widder do!«, hörte er Michel sagen.

»Ich hatte Hunger, war nur kurz etwas essen«, sagte Abel. Michel fuhr Abel an und nannte ihn einen Taugenichts.

Abel versprach ihm, heute noch mit der Arbeit fertig zu werden. Michel knurrte, warf einen Blick auf das noch nicht gesägte Holz, ging zurück ins Haus und schlug die Tür zu.

Abel setzte wieder die Säge an. Jetzt konnte er auch auf Barthel warten.

»Das kann nicht sein«, sagte Barthel, nachdem er, wie vereinbart, am Hoftor geklopft hatte. Barthel stand draußen auf der Gasse, Abel drinnen im Hof. »Ihr habt Euch nur nicht richtig umgeschaut.«

Abel war versucht, am Tor zu rütteln. »Nur weil ein Kamin raucht, heißt das nicht, dass dort Münzen gefälscht werden«, stieß er hervor.

»So hab ich das nicht gesagt!«, blaffte Barthel zurück. »Meine Quelle ist zuverlässig!«

»Und die wäre?«

»Das ist meine Sache.«

Abels Mund berührte fast das Holz des Hoftores. »Meine Sache«, äffte er Barthel nach und hieb mit der Hand gegen das Tor. Danach schaute er sich erschrocken um. »Ich bin es, dem sie nachstellen«, presste er hervor. »Und ich komme ins Loch, wenn ich meine Unschuld nicht beweisen kann.«

Draußen vor dem Tor blieb es still.

»Ich könnte ja selbst noch einmal schauen«, flüsterte Barthel nach einer Weile.

Abel vergaß, den Mund zu schließen. Traute es ihm dieser Bursche nicht zu, in einem Raum von überschaubarer Größe einen Schmelztiegel zu finden?

»Vielleicht war es ja nur eine einmalige Sache und sie haben alles wieder weggeschafft. Doch auch dann könnte es Spuren geben.«

Abel kratzte sich den Bart. Der Kerl könnte vielleicht recht haben. Schließlich waren die Lichtverhältnisse nicht so gut und er hatte wirklich etwas übersehen. Man müsste eine Laterne mitnehmen. War da nicht im Weinkeller eine gestanden?

»Wartet in der Nähe. Ich hole Euch gleich ab«, sagte Abel.

Im Hof wiederholte er die Prozedur mit dem Öffnen der eisenbeschlagenen Tür. Darauf brachte er vorsichtig die Laterne aus dem Keller, holte Barthel von draußen herein und ließ diesen samt Laterne in die Brennerei schlüpfen.

Als er gerade wieder die Säge in die Hand nahm, klopfte es heftig am Tor. Abel hörte draußen Männerstimmen. Bestimmt wieder eine Lieferung, dachte er. Gleich würde Michel kommen und ihn auffordern, beim Abladen zu helfen. Also öffnete er schnell das Hoftor.

Ein Pferdefuhrwerk voller Fässer stand draußen. Abel hoffte inständig, die Fässer würden in den Keller und nicht in die Brennerei geschafft werden. Und Michel würde ihm nicht befehlen, beim Abladen zu helfen.

Die Fuhrleute waren Schröter. Sie wussten, was sie zu tun hatten. Geschwind legten sie an ihren Wagen die Schrotleiter an. Diese bestand aus zwei Stämmen, die an beiden Enden miteinander verbunden waren. Mit einem Seil ließen die Schröter die Fässer vom Wagen, rollten diese über den Hof und schafften sie mit der Leiter auch in den Keller. Abel hielt die Luft an. Würden sie jetzt nach Licht fragen? Doch die Schröter hatten ihre eigenen Laternen dabei.

Vom Dom schlug es zwölf Uhr, als Michel den Schrötern einen Trunk reichte und den Lohn aushändigte.

Kaum war es wieder ruhig im Hof, kam Barthel zum Vorschein.

Er ging auf Abel zu und flüsterte: »Ich hab's gefunden.« Dann deutete er auf die Gasse nach draußen, machte mit der rechten Hand eine kreisförmige Bewegung und verschwand aus dem Hof.

Abel ließ nach einer Weile die Säge fallen und folgte Barthel hinaus in die Gasse, wo er ihn in einem düsteren Hauseingang fand.

Hastig berichtete Barthel, dass er zunächst, wie Abel, keine verdächtigen Spuren entdeckt hatte. Auch als er einige der leeren Fässer weggerollt hatte, war Barthel noch nichts aufgefallen. Erst, als er die Fässer wieder zurückstellen wollte, hatte er eine Schleifspur am Boden bemerkt. Es war nur eine sehr feine Linie gewesen, die in einem Kreisbogen von der Wand wegführte. Sie rührte von einer Tür her, die beim Öffnen am Boden kratzte.

Als Barthel darauf die Bretterwand, die den Raum zum Nachbargebäude abschloss, näher untersuchte, hatte er feststellen können, dass sich dahinter ein weiterer Raum verbarg. Es war Barthel nicht schwergefallen, die Tür zu öffnen. Sie war im geschlossenen Zustand nur zwischen Boden und Decke verspannt. Und da sie weder Schloss noch Riegel besaß, war sie auch nicht von der sie umgebenden Bretterwand zu unterscheiden. Hinter dieser Tür verbarg sich ein gut zwei Ellen breiter Raum mit einer Werkbank, die dessen gesamte Länge einnahm. Die Werkbank war nur so breit, dass ein nicht allzu kräftiger Mann gerade noch so davor stehen konnte.

»Unter einem leeren Sack habe ich dann das Taschenwerk gefunden«, schloss Barthel.

»Sieht das so aus wie eine Spindelpresse?«, fragte Abel.

Barthel nickte kurz. »Das war alles. Kein Ausschuss, keine Metallreste, nichts. Alles war blitzblank aufgeräumt.«

»Taschenwerk?« Abel dachte nach. »Braucht man dazu nicht Rohlinge oder Metallstreifen? Da kann ich lange nach einem Schmelztiegel suchen, wenn die Münzen gepresst werden.«

»Jedenfalls ist das eine Fälscherwerkstatt!«, sagte Barthel.

Abel schwieg. Es hatte keinen Sinn, sich zu streiten, zumindest nicht hier.

Wenig später verschwand Barthel in der Menschenmenge. Kurz hatte Abel überlegt, mit ihm zu gehen, doch dann hatte er sich entschlossen, seine Arbeit in dem Hof zu beenden. Würde er einfach alles liegen lassen, könnte dies Verdacht erregen. Danach würde er umgehend den Reichsquartiermeister aufsuchen und ihm Bericht erstatten.

Abel rief nach Michel, um sich zu verabschieden. Dieser wollte allerdings, dass Abel weitersägen und das Holz auch noch in kleine Scheite spalten sollte. Als Abel ablehnte, beschimpfte ihn Michel wüst und warf ihm ein paar Münzen vor die Füße.

Während Abel diese zusammenlas, stellte er sich vor, wie der Reichsquartiermeister das Fälschernest aushob und er, Abel, Michel dazu ins Gesicht grinste.

War es hier wirklich die gesuchte Fälscherwerkstatt? Wenn Abel Barthel bei dem Gespräch an Lisbeths Küchentisch richtig verstanden hatte, konnte man es den gefälschten

Münzen ansehen, ob sie gegossen oder mit einem Stempel geprägt worden waren.

Das hätte man vielleicht zuerst in Erfahrung bringen sollen, wie die Münzen, die man den Österreichern untergeschoben hatte, hergestellt worden waren. Bestimmt wusste man das im Amtssitz des Reichsquartiermeisters.

Abel zupfte an seinem Kittel, griff nach dem Pilgerstab, klemmte sein Bündel unter den Arm und schlug den Weg in Richtung Lisbeths Haus ein. Auch wenn es eilig war, er musste sich umziehen. In diesem Aufzug würde man ihn schon am Einlass zum Sitz des Reichsquartiermeisters abweisen.

XIII

Eine gute halbe Stunde später stand Abel in der Heilig-Geist-Gasse vor dem Sitz des Reichsquartiermeisters. Bedienstete verschiedener Herrschaften eilten über das Pflaster des Hofes. Die Kutschen stauten sich bis auf die Straße. Vor dem Eingang des Amtssitzes hatten sich etliche vornehm gekleidete Perückenträger versammelt, die in ausführliche Debatten vertieft waren.

Niemand nahm von Abel Notiz. Wie sollte er bei dem Gedränge an den Reichsquartiermeister herankommen? Abel schlängelte sich zwischen den Kutschen hindurch in den Hof. Von den Wartenden am Eingang hielt er sich fern. Vielleicht gab es ja noch einen weiteren Zugang zu dem Haus?

Abel streifte an den Wirtschaftsgebäuden entlang. Plötzlich stutzte er. Dort, in der Remise, war das nicht Nepomuks Karren? Abel ging darauf zu. Ohne Zweifel. Sein Blick schweifte über den Hof. Die meisten Wartenden standen am Eingang unter dem großen Erker.

Abel beschloss, sich den Karren näher anzusehen, der zwischen einer Kutsche und einem weiteren Karren eingepfercht war. Man kam nur von der Frontseite an das Gefährt heran. Abel stieg auf den Bock und hob die Plane des Karrens hoch. Die Ladefläche war übersät von allerlei Krimskrams. Abel sah Holzstangen, bunte Tücher und kegelähnliche Hölzer. Dazu kamen eine Hängematte, Seile und zwei Kupferkessel. Das war nichts Besonderes. Abel fragte sich, wo er in einem solchen Karren Münzen verstecken würde. Wahrscheinlich müsste man sich das Gefährt auch von unten anschauen. Gerade als er vom Bock steigen wollte, erblickte er einen Spalt in der Ladefläche. Die Bretter, auf denen die Gerätschaften des Gauklers lagen, waren etwas verrutscht. Abel bückte sich und langte mit der Hand in den Spalt. Er konnte sie bis zum Gelenk hineinschieben. Dann stieß er wieder auf Holz.

»Ein doppelter Boden«, flüsterte Abel und richtete sich auf.

»Was schafft Er da?«

Abel fuhr herum. Ein Livrierter stand vor der Remise, die Fäuste in die Seite gestemmt. Abel stieg vom Bock.

»Ich kenne diesen Wagen«, sagte er. »Und ich kannte auch seinen Besitzer.«

Der Livrierte runzelte die Stirn.

»Ich würde gerne den Reichsquartiermeister sprechen.«

»Der ist beschäftigt.«

»Sagt ihm, der Händler Herzog aus Miltenberg möchte ihn sprechen.«

»Weiß Er nicht, was heute stattfindet?«

Abel erinnerte sich an die vielen Leute heute Morgen um den Dom herum. »Ihr werdet es mir gleich verraten«, sagte er zu dem Livrierten.

»Der Kaiser beschwor im Dom die Wahlkapitulation. Jetzt ist er in seinem Quartier, dem Braunfels, um dort die Glückwünsche der Stadt entgegenzunehmen.«

Abel war klar, dass der Reichsquartiermeister als Repräsentant des Reiches hierbei nicht fehlen durfte. Dennoch stellte er sich direkt vor den Livrierten und deutete auf Nepomuks Wagen. »In diesem Wagen wurden Münzen transportiert, falsche Münzen. Und ich weiß, woher diese stammen.«

Abel entnahm dem Gesichtsausdruck des Livrierten nichts, das darauf schließen ließ, dass diese Nachricht ihm etwas bedeutete.

»Versucht es morgen wieder. Oder noch besser, nach der Krönung.«

Abel blickte zu Boden. Das hatte er befürchtet. Sollte er wiederkommen? Morgen wäre es nicht anders, denn übermorgen, am Samstag, war die Krönung. Wahrscheinlich würde Müller bis dahin nicht einmal mehr ins Bett kommen, geschweige denn, dass er sich um die Sache mit der Münzfälschung kümmern könnte. Andere würden dies sicher tun. Gerade wenn der Kaiser in der Stadt war, musste für Recht und Ordnung gesorgt werden.

»Dann führe Er mich zum Ersten Sekretär.«

»Graf Heinzinger ist beschäftigt.«

Abel zeigte auf die nächste Kutsche. »Was hält Er davon, wenn ich dort hinaufsteige und über den Hof rufe, dass der Reichsquartiermeister gefälschte Münzen unter die Leute bringt und hier das Gefährt steht, mit dem diese in die Stadt geschafft wurden?«

Der Livrierte ballte die Hände zu Fäusten. »Das wird Er nicht tun!«

»Doch, das wird Er!« Abel ging auf die Kutsche zu.

»Halt!«

Abel drehte sich um.

»Er soll hier warten!«

Abel senkte den Kopf und lächelte. Als er ihn wieder hob, war der Livrierte verschwunden. Abel verließ die Remise, ging in den Hof und setzte sich dort auf die Trittstufe einer Kutsche. Hoffentlich musste er nicht lange warten.

Kurz darauf hörte er von der anderen Seite der Kutsche her Stimmen. Zwei Herren, von denen Abel nur die feinen Schuhe und Strümpfe sah, unterhielten sich.

»Ein Affront, meint Ihr nicht auch, Graf.«

»Ganz meine Meinung. Schon über eine halbe Stunde lang ist dieser Prinz de Condé da drin und wir müssen warten.«

»Eine Schamlosigkeit sondergleichen, wie diese Emigranten nach dem Krieg mit Frankreich schreien.«

»Ihr sagt es.«

Abel dachte nach. Prinz de Condé, das war doch dieser französische Adlige, der sich hatte ankündigen lassen, als er mit dem Reichsquartiermeister im Gespräch war. Der Prinz war ein führender Vertreter der Emigranten. Diese hatten den designierten Kaiser schon vor der Wahl bestürmt, das Feuer der Revolution nach dessen Löschung in den Österreichischen Niederlanden auch in Frankreich auszutreten.

»Hört mir zu, Graf«, fuhr der eine Herr fort, »neulich in Koblenz, wo noch mehr Emigranten zu finden sind als hier, war ich in einem Weinhaus, wo sie gewöhnlich absteigen. Abgeschmacktere Großmäuler habe ich mein Lebtag nicht gesehen. Ich kann es nicht verstehen, wie diese Franzosen bei irgendeinem Deutschen Ansehen haben können. Sie verachten unsere Sitten und Gebräuche. Unsere Sprache nennen sie *jargon de cheval*, Pferdesprache. Und überall posaunen sie herum, Frankreich stünde vor dem Untergang und alle Fürsten müssten helfen, diesem Einhalt zu gebieten.«

»Alles nur Lügen, die sie verbreiten. Sie sind die eigentlichen Unruhestifter, und nicht die Revolutionäre.«

»In Koblenz, verehrter Graf, gibt es, seit die Emigranten dort sind, keine Jungfer über zwölf Jahre mehr. Sie haben weit und breit alles zusammengekirrt, dass es eine Sünde und eine Schande ist.« Der Sprecher spuckte auf den Boden.

»Selbst vor alten Betschwestern machen sie nicht halt mit ihrer Emigrantengalanterie. Der ganze Rheinstrom, von Basel bis Köln, ist davon verpestet und vergiftet.«

»Und jetzt spionieren sie auch schon in unseren Reihen. Habt Ihr das über die Enttarnung des Grafen Wittgenstein schon gehört?«

»Ist ja in aller Munde, dass sie heute Morgen seine Brieftasche und Koffer durchsucht haben.«

»Dumm für ihn, dass das nicht schon gestern war, sonst hätte er sich gleich an die Kutsche des neuen Kaisers hängen können.«

Abel drehte seinen Kopf noch näher zu den Herren hin. Das hatte er sich auch schon überlegt, ob er versuchen sollte, sich beim Einzug des Kaisers an dessen Kutsche zu hängen oder an eines der diese ziehenden Pferde. Wäre ihm das gelungen, hätte er hoffen können, nach altem Brauch begnadigt zu werden. Doch wenn er richtig gehört hatte, war der Kaiser gestern schon in der Stadt angekommen.

»Da, der Franzose kommt!«

Abel lugte um die Kutsche herum. Viel konnte er nicht erkennen. Da wurde er angestoßen.

»Er soll mitkommen.«

Der Livrierte stand neben ihm und deutete zum Eingang unter dem Erker. Abel folgte ihm zwischen den Kutschen und Wartenden hindurch hinein ins Haus des Reichsquartiermeisters. Wieder wurde er in die Kutscherstube geführt und musste dort warten.

Dann endlich ging die Tür auf und der Erste Sekretär des Reichsquartiermeisters trat ein. Abel erkannte in ihm einen der Bediensteten, die ihm beim ersten Besuch begegnet waren.

Der Sekretär legte seine Rechte auf den Rücken und machte eine Verbeugung. »Monsieur! Graf Heinzinger, wir kennen uns bereits.«

Abel schaute sich um, als wolle er sich setzen.

Heinzinger wedelte mit der Hand. »Nicht nötig«, sagte er. »Was zu sagen ist, kann auch im Stehen geschehen.« Darauf blickte er Abel an. »Machen wir es kurz, Monsieur. Verpflichtet Ihr Euch, dass Ihr das, was ich Euch jetzt sage, für Euch behaltet?«

Abel war verwundert. Er wollte doch etwas berichten.

»Äh ... jaa.«

»Ich habe Order, Euch davon zu unterrichten, dass der Herr, der Euer Gast auf dem Schiff war, im Dienste seiner Durchlaucht Erzherzog Franz von Österreich stand.«

Das war nichts Neues.

»Er hat, wie wir jetzt wissen, seine Lieferung durch eine unrichtige Adressenangabe an einer falschen Stelle abgegeben. Leider wissen wir nicht, welche. Die Kerle, die den Wagen dann bei der richtigen Adresse übergeben haben, sind nach wie vor unbekannt.«

Abel hob die Hand. »Ebenso wie der Ort, wo die falschen Münzen aus dem Karren hergestellt wurden.«

Heinzinger schaute an Abel vorbei. »Ihr wisst davon?«

»Man hat Euch gefälschte Taler untergeschoben und ich sollte den Kopf dafür hinhalten.«

»Der Reichsquartiermeister hat Euch bei Eurem vergangenen Besuch wissen lassen, dass er Euch für unschuldig hält.«

»Er ja, doch nicht der Stadtkommandant.«

»Der Stadtkommandant handelt eigenständig.«

»Gebt Ihr Euer Wissen an ihn weiter.«

»Nicht, solange wir die Täter und die Hintergründe nicht kennen.«

»Dann handelt. Ich kenne den Ort, wo Eure falschen Münzen hergestellt wurden.« Kurz überlegte Abel, ob er nicht besser von dem möglichen Ort gesprochen hätte.

»Ihr kennt was?«

»Eine Frage vorneweg, wenn Ihr gestattet. Die gefälschten Taler, wurden diese gepresst oder gegossen?«

»Was hat das für eine Bedeutung?«

»Sagt!«

»Gepresst, soviel ich weiß.«

Abel hätte am liebsten einen Schrei fahren lassen: »Dann schaut nach in der *Goldenen Waage*.« Stattdessen berichtete er in wenigen Worten von seiner Entdeckung.

»Wir werden uns darum kümmern«, sagte der Sekretär trocken, nachdem Abel geendet hatte.

»Wann?«

»Das kann ich nicht sagen. Ihr seht doch, was da draußen los ist.«

»Es eilt. Ich werde als Verbrecher gesucht. Außerdem wäre ich gerne dabei.«

Der Sekretär zog die Nase hoch. »Ich werde es weitergeben.«

»Ich bin ...«, darauf besann sich Abel. Beinahe hätte er sein Versteck verraten. Es wäre besser, er würde versuchen, die *Goldene Waage* im Auge zu behalten. Abel trat einen Schritt zurück. »... nichts weiter. Auf Wiedersehen.«

Der Sekretär antwortete nicht, sondern legte wieder die Rechte auf den Rücken und machte eine Verbeugung.

Abel nickte ihm im Vorbeigehen zu und verließ das Haus.

Draußen in der Heilig-Geist-Gasse blieb er kurz stehen. Es war später Nachmittag. Heute würde sich mit Sicherheit nichts mehr tun. Morgen war Freitag und am Samstag wurde der Kaiser gekrönt. Wenn vorher noch etwas passieren sollte, dann musste dies morgen sein. Bis jetzt war alles gut gegangen, keine Stadtwache hatte ihn angesprochen. Abel blickte sich um. Daran hatte er überhaupt noch nicht gedacht. Es gab ja einige Frankfurter Kaufleute, nicht nur den Juden Speyer, die ihn von verschiedenen Geschäften her kannten. Sie wussten bestimmt alle von den Vorwürfen gegen ihn. Er würde sich noch mehr vorsehen und sich heute nicht mehr auf der Straße blicken lassen.

Bevor Abel in Lisbeths Haus trat, machte er es wie Barthel. Er stellte sich zunächst an ihren Stand und beobachtete das Geschehen. Da er Hunger hatte, wartete er, bis er an der Reihe war.

»Da is Besuch«, flüsterte Lisbeth, als sie ihm das Brot in die Hand drückte.

»Wer?«

Lisbeth gab ihm ein Zeichen weiterzugehen. Das Brot in der Hand schlenderte Abel noch einige Schritte die Straße entlang. Bald allerdings trieb ihn die Neugierde ins Haus. Würde ihn Roth erwarten, hätte Lisbeth ihn sicher nicht hineingeschickt. Bestimmt war es Theobald mit einer Nachricht vom Prior.

Als Abel die Küchentür öffnete, war niemand da. Er ging zur Stiege und rief nach oben: »Ist da jemand?«

Einen Augenblick war es still. Dann hörte Abel Schritte. Die Tür zu seiner Kammer öffnete sich.

Abel prallte zurück.

»Du?«, stieß er hervor. Er eilte die Stufen hoch. »Marie!«

Abel wollte seine Frau an sich drücken, ließ es doch sein, als er ihr ernstes Gesicht sah. Stattdessen ergriff er ihre Hände. Wie schön sie war. Sie schien geschlafen zu haben, denn ihre Kleidung war unordentlich und einige Haarsträhnen hingen ihr ins Gesicht.

»Was machst du hier?« Zu spät bemerkte Abel seinen strengen Ton.

»Das frage ich dich«, kam die Antwort. »Eigentlich solltest du in Miltenberg sein.«

»Wer kümmert sich denn um Lothar und die Kleine?«, fragte Abel.

»Waldemar und seine Frau schauen nach ihnen.«

Abel nickte. Einmal mehr durften sie froh und dankbar sein für die Freundschaft mit dem Miltenberger Schultheiß. Abel dachte weiter nach. Hatte Marie seinen Brief nicht bekommen? Dieser war bestimmt erst auf dem Weg von Amorbach nach Miltenberg.

Marie warf einen Blick auf das Bett. »Stattdessen haust du hier.«

Abel schwieg. Er kratzte mit seinem Fuß auf dem Bretterboden. »Hör zu, Marie, ich bin …«

»… in Schwierigkeiten und kann jetzt alles gebrauchen, nur keinen weiteren Klotz am Bein.«

»Marie, nein, so meine ich das nicht!«

»Wie denn?«

»Natürlich freue ich mich, dich zu sehen, doch sieh ...«

Noch immer hielt Abel Marie bei den Händen. Er bat sie, sich aufs Bett zu setzen, und nahm neben ihr Platz.

»Ich habe dir einen Brief geschrieben, er hat dich nicht mehr erreicht.«

Dann begann er zu berichten von dem Gaukler Nepomuk, Heinrichs Verhaftung, dem Mordvorwurf und wo er soeben herkam. Den Tuchhandel verschwieg er.

Nach einer Weile sagte Marie: »Sieht nicht gut aus.«

Abel straffte sich. »Im Gegenteil. Sobald der Reichsquartiermeister die *Goldene Waage* durchsuchen lässt, wird sich alles aufklären. Wer weiß, was sie dort außer den beiden Gerätschaften noch alles finden.«

»Und Heinrich?«

»Der Stadtkommandant wird sich bei uns beiden entschuldigen müssen.«

Abel war erleichtert, dass sich Maries Züge nun langsam entspannten.

»Und wie kommst du hierher?«, fragte er.

»In Miltenberg machte es die Runde, dass Heinrich eingesperrt und die *Sancta Maria* beschlagnahmt worden ist. Ein Schiffer hat die Nachricht aus Frankfurt mitgebracht. Ich habe ihn aufgesucht und ausgefragt. Mehr hat er nicht gewusst. Vor allem nicht über dich.« Marie blickte Abel an. »Er sagte, du seist wie vom Erdboden verschluckt.«

Darauf schilderte Marie, wie der Amorbacher Abt Külsheimer sie auf Vermittlung Waldemars in der Kutsche nach Frankfurt mitgenommen hatte. Schon seit Mittag wäre sie in der Stadt.

»Und woher hast du gewusst, wo ich bin?«, fragte Abel.

Marie lächelte. »Ich bin zum Karmeliterkloster gegangen.«

Abels Augen wurden feucht. Er zog Marie an sich.

»Wie war die Reise?«

Marie schob ihre Hände in die Seite und drückte das Kreuz durch. »Das Schiff wäre bequemer gewesen, doch ich wollte möglichst schnell hier sein. Außerdem habe ich kaum geschlafen.«

Abel stand auf. »Das kannst du jetzt nachholen. Ich muss dich gleich alleine lassen.«

Marie schaute zu Abel hoch. »Meinst du, ich könnte auch hierbleiben? In der Stadt werde ich nichts mehr bekommen.«

Abel wendete den Kopf und blickte zur Tür. Es würde ihm nicht gelingen, Marie nach Miltenberg zurückzuschicken.

»Ich denke schon. Ich werde Lisbeth fragen.«

Marie legte ihre Hand auf das Bett und lächelte. »Zu klein für uns beide, oder?«

Abel gab ihr einen Kuss.

»Früher hat uns das auch nicht gestört«, hauchte sie ihm ins Ohr.

Abel schloss die Augen. Bilder kamen in ihm hoch, wie er sich, noch vor ihrer Hochzeit, zu ihr ins Zimmer geschlichen hatte. Abel bemerkte, wie sich Marie sachte auf das Bett legte. Er öffnete die Augen, ging zum Fenster und schaute hinaus. Vor Lisbeths Stand war immer noch Betrieb. Die Schlange reichte weit in die Gasse hinein. Die nächste Stunde würde sie sicherlich nicht stören.

Abel begann, Maries Stiefel aufzuschnüren. Sie streichelte ihm über den Kopf und die eine Berührung ergab die andere. Sie vergaßen die stickige Kammer und den Lärm auf der Gasse. Wie lange waren sie sich schon nicht mehr so nahe gewesen?

Nachdem sie in dem schmalen Bett noch eine Weile verschlungen lagen, begann Marie: »Du willst also dabei sein, wenn sie die Fälscherwerkstatt hochnehmen?«

Abel rutschte auf die Seite und verschränkte die Arme hinter dem Kopf. »Ich will Sicherheit haben.«

»Nimm mich doch mit!«

Abel schluckte.

»Ein Ehepaar ist die beste Tarnung!«

Abel überlegte. Maries Vorschlag passte nicht zu seinem Plan. Wo sollte diese ihm nützlich sein? Er musste sich etwas einfallen lassen.

»Nicht schlecht«, sagte er und drückte Marie an sich. Dann stand er auf und holte ein paar Speisen und Getränke aus der Küche. Sie setzten sich beide im Bett einander gegenüber und aßen und tranken mit großem Appetit.

Abel nutzte die friedliche Stimmung und gestand Marie sein Geschäft mit dem Tuch. Marie wurde still. Sie drückte die Hände auf ihre Brust und schaute Abel mit großen Augen an. Abel saß da und schwieg. Gleich würden sie sich wieder streiten.

»Da ist also aus einem Benediktiner ein Kriegsgewinnler geworden«, sagte sie kühl.

Abel zuckte zusammen. Sollte er sich rechtfertigen? Er hatte sehr viel Geld in die Hand genommen, um die Rechte an den Salinen in dem Spessartort Orb zu erwerben. Der Salzhandel lief gut, doch Pacht und Zinsen fraßen auch einen beträchtlichen Teil des Gewinnes auf. Wer wusste, wie lange überhaupt noch etwas abfiel. Kriegszeiten waren immer schlechte Zeiten für den Handel. Wie konnte Marie es ihm da verdenken, dass er sich vorsah? Es würde ja die ganze Familie davon profitieren. Gut, wenn er noch einmal vor der Entscheidung stünde, würde er anders handeln. Ihn allerdings einen Kriegsgewinnler zu nennen!

»Ich habe die Kriegserklärung Frankreichs an Österreich weder gewünscht, noch gutgeheißen«, sagte er spitz.

Marie schwieg wieder.

Abel ergriff ihre Hände. »Für alles andere kann ich wirklich nichts.«

Marie verdrehte die Augen.

Lisbeth war damit einverstanden, dass nun auch Marie

unter ihrem Dach wohnte. Während Marie sich in der Kammer etwas einrichtete, half Abel Lisbeth bei den Vorbereitungen für den nächsten Tag. Dabei schilderte er auch seine Begegnung mit dem Grafen Heinzinger. Danach kam Marie hinzu und von da an unterhielten sich nur noch die beiden Frauen.

Abel hing seinen Gedanken nach. Sollte sich morgen alles klären und er und Heinrich wieder frei sein, würde er umgehend die *Sancta Maria* entladen lassen. Wie lange er dann auf den Stoff aus Gent warten wollte, war ihm noch nicht klar. Jedenfalls, die Kaiserkrönung würde er sich zusammen mit Marie noch anschauen. Es würde sie bestimmt freuen.

Am nächsten Morgen lagen sie noch im Bett, als es an der Tür pochte.

XIV

Die Nacht war für Marie und Abel sehr unruhig gewesen. Abel hatte nach einigen Stunden sogar seine Liegerichtung geändert und wachte so mit seinem Kopf an Maries Füßen auf.

Auf das Klopfen hin fuhr er hoch. »Wer da?«

»Ich bin's.«

Es dauerte etwas, bis Abel begriff, dass Barthel vor der Tür stand. »Einen Augenblick«, sagte er und schlüpfte in seine Kleider. Kurz darauf stand er vor der Kammertür.

Während Abel sein Hemd in die Hose stopfte, begann Barthel. »Sie durchsuchen die *Goldene Waage*.«

»Wer?«

»Ein Trupp des Reichsquartiermeisters.«

»Ich komme.«

In diesem Augenblick öffnete Marie die Tür der Kammer und streckte den Kopf heraus. »Was ist los?«

Barthel blickte zwischen Marie und Abel hin und her.

»Meine Frau«, sagte Abel, während er überlegte, was er Marie sagen sollte.

»Sie durchsuchen die *Goldene Waage*. Ich muss hin.«

»Ich komme mit«, sagte Marie.

Barthel schaute Abel an. Dieser zog nur die Schultern hoch und sagte: »Einen Augenblick noch.«

Während Marie sich ankleidete, wollte Abel von Barthel wissen, woher er seine Nachrichten hatte. Dieser erklärte nur, dass er vermute, dass man die frühe Stunde gewählt habe, um kein allzu großes Aufsehen zu erregen. Abel griff nach seiner Uhr. Es war kurz nach sechs. Dann schlug er sich mit der flachen Hand an die Stirn. Er hatte in der Eile die Pilgerkleidung angezogen. Wenn er mit Marie als Ehepaar auftreten wollte, musste er sich umziehen. So kam es, dass Marie schon auf ihn wartete, als er die Kammer verließ.

Bereits zu dieser frühen Stunde war viel Volk unterwegs. Abel war es recht. Er fühlte sich in seiner gewohnten Bürgertracht sehr wohl. Marie hatte sich einfach und unauffällig gekleidet. So passten sie gut zusammen. Über einem Rock aus dunkler Baumwolle trug sie eine mit Rüschen verzierte Schürze, in den Ausschnitt der Bluse hatte sie ein Brusttuch gelegt und auf Schmuck und Stockschirm ganz verzichtet. Die Straußenfeder hatte sie von ihrem Hut entfernt. Abel dankte Gott einmal mehr, dass er ihm sie zur Frau gegeben hatte.

Marie war stehen geblieben und streckte die Hand nach ihm aus. »Wo bleibst du denn?«

»Muss mich erst wieder an meine Stiefel gewöhnen.«

Marie sah an ihm herunter. »Kannst dir ruhig mal neue machen lassen.«

»Wenn wir wieder in Miltenberg sind«, antwortete Abel und bot Marie den Arm zum Unterhaken an.

Nahezu jedes Haus war mit Fahnen geschmückt. Um den Dom herum sah man zwischen dem silbernen Adler der Reichsstadt auch die Wappen der Kurfürsten, vorneweg das Mainzer Rad. Lisbeth hatte munkeln hören, nicht der Kurfürst von Mainz, Friedrich Karl Joseph von Erthal, solle den Krönungsakt vornehmen, sondern der Bruder des neuen Kaisers, Max Franz, der Kurfürst von Köln.

Gewählt von den Kurfürsten war der neue Kaiser ja bereits am 5. Juli. Nur gekrönt musste er noch werden, der 24-jährige Sohn des verstorbenen habsburgischen Kaisers Leopold II.

»Kaiserlehrling« sollte Franz II. sich selbst einmal genannt haben. Man beschrieb ihn als hölzern und wenig geistreich. Wie würde er das Erbe seines Vaters Leopold II. weiterführen? Immerhin hatte dieser, bevor er Kaiser geworden war, als Großherzog die Toskana durch behutsame Reformen zu einem Musterstaat gemacht. Besonders gefallen hatte es Abel, dass Leopold dort den eingeschränkten Handel mit Getreide, Mehl und Brot aufgehoben hatte. Wäre es nach Abel gegangen, hätte Leopold noch lange Kaiser bleiben können. Tatsächlich hatte dessen überraschender Tod auch Gerüchte über einen Giftmord genährt. Über all den Vorbereitungen zur Krönung schwebte nun der drohende Krieg mit Frankreich. Dazu betrieb der preußische König Friedrich Wilhelm in Berlin seine eigene Reichspolitik.

Abel seufzte. Das Reich war bröckelig wie immer. Auch dem neuen Kaiser würden die Interessen seines österreichischen Stammlandes mehr bedeuten als die des Reiches. Alle Fürsten redeten zwar vom Reich, insgeheim war jedoch jeder nur auf seinen eigenen Vorteil aus.

»Wohin?«, fragte Marie.

Abel deutete um die Ecke. »Dort ist es schon. Hier beginnt der Markt. Das ist die Straße, die Dom und Römer verbindet. Damit der Kaiser und sein Gefolge nicht im Schmutz gehen müssen, haben sie diesen Steg gebaut.«

Marie hob die Hand an den Mund. »So viel Aufwand nur für einen Augenblick.«

»Bestimmt wird das Holz danach für einen sinnvollen Zweck verwendet«, sagte Abel.

Sie wichen den Zimmerleuten aus, die schon bei der Arbeit waren, und stiegen über zahlreiche Haufen von Pferdeäpfeln, bis Abel Marie bedeutete, langsamer zu gehen. Er zeigte nach vorne, wo sich eine Menschenmenge gesammelt hatte und die Straße versperrte.

Abel zog Marie zu sich heran und ging mit ihr langsam

auf die Menge zu. Barthel folgte ihnen, schweigsam wie zuvor. Nach wenigen Schritten blieb Abel stehen und stellte sich auf die Zehenspitzen. Über die Köpfe hinweg spähte er in Richtung des Hoftores der *Goldenen Waage* in der Höllgasse.

»Das gibt's ja nicht«, flüsterte er und drückte Maries Arm an sich.

»Was ist?«, fragte Marie.

»Ich glaube, da vorne ist dieser Leutnant Roth.«

»Der Kerl, der dich so gerne verhaften würde?«

Abel nickte und wandte sich an Barthel. »Sagtet Ihr nicht, dass es die Leute des Reichsquartiermeisters sein würden, die die Hausdurchsuchung vornehmen?«

»So hat man es mir gesagt.«

Marie trat einen Schritt zurück und zog Abel mit sich. »Komm, lass uns verschwinden.«

Abel hob die Hand. »Einen Augenblick, ich will nur wissen, was Roth hier will.«

»Das tust du nicht!«, zischte Marie.

»Doch«, gab Abel zurück. »Ich muss dahin.«

Marie hielt Abel fest. »Lass mich das machen.«

Abel zögerte. Er musste zugeben, dass dies die bessere Wahl war. »Gut, ich bleibe hier. Pass auf dich auf!«

Darauf schob Abel Barthel zu Marie hin. »Ihr geht mit!«

Marie warf Abel einen zornigen Blick zu und verschwand mit Barthel in der Menge.

Eine Weile stand Abel nur da und beobachtete die Menschen, die sich an ihm vorbeischoben. Dann mahnte er sich zur Vorsicht und zog sich an den Straßenrand zurück. Mit dem Rücken an eine Hauswand gelehnt, wartete er auf Maries Rückkehr.

Hatte man Roth der Form halber benachrichtigt oder wollte man die Frankfurter öffentlich blamieren? Als sich für einen Augenblick eine Lücke zwischen den Neugierigen öffnete, konnte Abel einen Blick auf das Hoftor werfen. Tatsächlich, Roth stand mit zwei Stadtwachen davor, steif wie ein Nussknacker.

Nach einer Weile, als vor der *Goldenen Waage* nichts Besonderes mehr geschah, löste sich die Menge langsam auf. Nur einige Neugierige warteten noch vor dem Hoftor. Abel zog sich daraufhin ein Stück weiter zurück.

Von dort konnte er beobachten, wie sich das Hoftor öffnete und Michel, der Vorarbeiter, herauskam. Dieser stieß eine Wache zur Seite, deutete in den Hof und gestikulierte mit Roth.

Roth trat auf Michel zu und redete auf ihn ein. Michel fuhr sodann mit den Armen durch die Luft und verschwand wieder im Hof.

Abel hielt sich weiter abseits. Ohne weitere Regung blickte er die Straße hinauf und hinab. Plötzlich stockte ihm der Atem. Der Passant, der da den Markt herunterkam, kam ihm bekannt vor. Abel wendete sich zur Hauswand. Wo hatte er dieses Gesicht schon einmal gesehen? Dies musste irgendwann in den letzten Tagen gewesen sein. Inzwischen hatte ihn der Fremde passiert und war vor der *Goldenen Waage* stehen geblieben.

Abel drückte sich noch mehr an die Wand. Langsam bog der Fremde nun in die Höllgasse ein. Er ging auf das Hoftor zu und trat zu den Stadtwachen und ihrem Leutnant.

Abel löste sich von der Wand, stieg über den Holzsteg und stellte sich vor ein Haus auf der anderen Straßenseite. Aus den Augenwinkeln beobachtete er, wie der Fremde sich hinter Roth platzierte. Abels Rückenmuskeln spannten sich. Jetzt wusste er, wo er das Gesicht schon einmal gesehen hatte. Es war bei seiner Festnahme. Die Soldaten hatten ihn aus der Hauptwache geführt und am Ausgang war Abel beinahe mit jenem Mann zusammengestoßen. Hatte dieser nicht etwas zu ihm gesagt? Abel klopfte sich gegen den Kopf. Es war irgendetwas Französisches gewesen. »*Excusez-moi!* Entschuldigung!«

Der Franzose trug die Kleidung eines Höflings: einen Dreispitz, unter dem ein Haarbeutel hervorschaute, einen blauen Rock, Kniehose, weiße Strümpfe und Schnallenschuhe.

Auch Marie war der Franzose aufgefallen. Abel sah, wie sie Barthel anstieß.

Der Franzose schien nun mit Roth etwas zu bereden. Nachdem Roth mit einem Mal heftig den Kopf geschüttelt hatte, wurde der Franzose unruhig und wedelte mit den Händen. Da trat Roth zwei Schritte zur Seite und ließ ihn stehen. Der Franzose wartete noch eine Weile, schaute noch einmal zu Roth hin, drehte sich dann mit einem Ruck um und verließ die Höllgasse.

In Abels Kopf rasten die Gedanken. Roth und der Franzose kannten sich, keine Frage. Was hatte Letzteren veranlasst, Roth hier aufzusuchen? Der Franzose war beunruhigt, das war nicht zu übersehen gewesen. Hatte es etwas mit der Hausdurchsuchung zu tun? Abel schaute wieder zum Hoftor der *Goldenen Waage*. Roth und die Wache waren abgezogen, und Marie war gerade dabei, zusammen mit Barthel in den Hof zu gehen. Abel griff sich an den Hals. Hoffentlich riskierte sie nicht zu viel. Darauf ermahnte er sich zur Vernunft. Man kannte Marie doch überhaupt nicht und würde sie nur für eine besonders neugierige Frau halten und sie vom Hof weisen.

Inzwischen war der Franzose in Richtung Römer verschwunden.

Abel gab sich einen Ruck. »Sie wird es verstehen«, murmelte er und jagte dem Franzosen hinterher. Wenig später hatte er ihn wieder im Blick. Der Franzose schob sich eilends zwischen den Menschen hindurch. Abel hatte Mühe, ihm zu folgen. Immer wieder musste er sich Flüche von Passanten anhören, die er in seiner Hast angestoßen hatte.

Je näher sie dem Römer kamen, umso lauter wurde es um sie herum. Der Platz war angefüllt mit einer merkwürdigen Versammlung von Bürgern. Hier stand einer in einem blauen Rock, dort einer in einem grünen, einem blauen oder einem violetten. Keine Farbe schien ausgelassen. Genauso bunt gemischt waren die Westen, Hosen und das Schuhwerk der Männer. Keine fünf Schritte vor Abel sah er einen Bürger mit einem langen, steifen Zopf, hier einen in einer kleinen, runden Schuster- und dort einen mit einer großen Allongeperücke. Dazwischen glänzten kahle Schädel und wehten lange Haare. Dennoch schienen all die Versammelten zusammenzugehören. Jeder hatte ein Gewehr in der Hand, manche Flinten darunter waren jedoch gänzlich verrostet.

Der Franzose drängte sich an der Menge vorbei über den Platz.

In der Neuen Kräme konnte Abel ihm wieder leichter folgen. Er dankte der Mutter Gottes, dass sich der Franzose bisher noch nicht einmal umgedreht hatte. Nun ebbte der Menschenstrom etwas ab und Abel ließ mehr Abstand. Dabei verlor er den Franzosen sogar aus den Augen. Auf der Zeil allerdings fand er ihn wieder, als dieser in östlicher Richtung weiterhastete. Lange geht das nicht mehr gut, dachte sich Abel. Wo die Fahrgasse vom Main kommend auf die Zeil stieß, war wieder ein größeres Gedränge. Der Franzose bog links ab und Abel erkannte nicht weit entfernt davon den Pulverturm des Zeughauses.

Dieser Teil der Stadt war Abel bislang unbekannt. Die Häuser wurden immer niedriger, die Straßen immer enger und schmutziger, je weiter sie sich von der Zeil entfernten. An den Rändern entlang der Häuser wuchs dürftiges Gras.

Einige Schritte voraus hämmerte ein Schmied unter einem Vordach. Der Franzose eilte auf diesen zu und Abel suchte hinter einem Holzstoß Deckung. Als der Schmied den Franzosen sah, legte er Hammer und Eisen beiseite. Dann winkte er den Franzosen in seine Schmiede und schloss die Schiebetür, die hineinführte.

Abel blickte sich um. Überall standen Karren, lagen Fässer oder saß Holz. Doch nirgendwo gab es eine Möglichkeit, sich so zu verstecken, dass er unbemerkt die Schmiede im Auge hätte behalten können.

Auf der Straße zuckelte in einiger Entfernung eine alte Frau mit einem Handkarren davon. Abel warf einige Blicke nach rechts und links. Darauf eilte er unter das Vordach der Schmiede und legte sein Ohr an die Schiebetür. Nachdem er in der Werkstatt keine Geräusche gehört hatte, zog er die Tür einen Spaltbreit auf. Drinnen blieb immer noch alles ruhig. Der Franzose und der Schmied schienen verschwunden. Also huschte Abel ganz in die Schmiede hinein und schob das Tor wieder zu.

Es roch nach Kohle und Eisen. Von der Esse her strahlte die Wärme der glühenden Holzkohle. Abel wusste, warum es in Schmieden immer düster sein musste. Eisen konnte nur bei einer bestimmten Temperatur gut bearbeitet werden. Und diese wiederum ließ sich nur bei spärlicher Beleuchtung an der Glühfarbe des Werkstückes erkennen.

Eine rückwärtige Tür führte aus der Schmiede ins Freie. Sie stand halb offen und ein Lichtkegel fiel herein. Dieser beleuchtete auch die Werkzeuge an der Wand, meist Zangen und Hämmer in unterschiedlichen Formen und Größen. Die Herstellung von Eisenringen für Holzfässer schien die Hauptarbeit des Schmiedes zu sein, denn überall hingen und lagen gebogene Eisenbänder.

Abel schlich zur Tür hin und lugte hinaus. Er blickte in einen kleinen Hof mit den üblichen Nebengebäuden, wie sie überall zu finden waren, wo ein Handwerker noch ein wenig Landwirtschaft betrieb. Ein paar Hühner stolzierten über einen Misthaufen. Wohin waren der Franzose und der Schmied verschwunden?

Plötzlich hörte Abel aus der Schmiede Geschepper. Auf der Stelle drehte er sich um. Gerade war da doch niemand gewesen. Erst jetzt entdeckte er den Kellerabgang in der Ecke. Da alles in der Schmiede schwarz und düster war, hatte er den aufgeschlagenen Lukendeckel nicht gesehen. Abel schlich vorsichtig zu der Luke hin und beugte sich über die Öffnung. Licht schimmerte herauf und von unten war ein schweres Schnaufen zu hören. Abel trat rasch hinter die halb geöffnete Tür, die zum Hof hinausführte, und zog sie zu sich hin. Es war das einzig mögliche Versteck. Was sollte er sagen, wenn man ihn entdeckte?

Das Ächzen wurde lauter. Abel äugte hinter der Tür hervor. Der Hinterkopf des Schmiedes erschien in der Lukenöffnung. Dann sah Abel dessen nackten, schmutzigen Rücken. Der Schmied stemmte sich rückwärts die Treppe hoch und zog ein Metallgestell nach. Danach erschien auch der Franzose. Er war derjenige, der unentwegt schnaufte und stöhnte. Abel drückte sich hinter die Tür.

»Merde!«

Mit einem lauten Klirren setzten der Franzose und der Schmied das Gestell auf dem Boden ab.

»Hier die Säck«, rief der Schmied. »Des muss alles weg«, sagte er. Dann wurde es wieder ruhig. Offensichtlich waren sie wieder in den Keller geklettert.

Abel spähte hinter der Tür hervor. Ein Schritt vor ihm stand das Metallgestell. Es hatte Walzen, Zahnräder und eine Kurbel. Offensichtlich war dies ein Instrument zum Pressen von Münzen, wie Barthel es ihm beschrieben hatte.

Aus dem Keller schepperte es nun erneut. Die beiden beseitigten Utensilien zum Münzfälschen, das war sicher. Hatte dies etwas mit der Durchsuchung der *Goldenen Waage* zu tun? War der Franzose deshalb von dort aus hierher geeilt?

Das Scheppern wurde immer lauter. Abel zog sich wieder hinter die Tür zurück. Jetzt hörte er, wie die Bodenluke zugeworfen wurde. Darauf sagte der Schmied: »Pierre, jetzt die Platte.«

Abel riskierte einen Blick und sah, wie der Schmied mit dem Franzosen Steinplatten über die Luke legte. Neben dem Gestell standen nun noch zwei halb volle Säcke. Hatte sich dort unten die Fälscherwerkstatt befunden?

Plötzlich gab es einen Höllenlärm. Abel zuckte zusammen. Eisen klirrte auf Stein. Danach forderte der Schmied den Franzosen wieder auf: »Los, pack mit an!«

Als es eine Weile in der Werkstatt ruhig geblieben war, tastete sich Abel wieder hinter der Tür hervor. Der Schmied und der Franzose hatten das Gestell in den Hof getragen. Wo zuvor in der Schmiede die Luke gewesen war, sah Abel einen Berg von Eisenringen. In dem düsteren Licht konnte man keinen Unterschied mehr zwischen den Steinplatten und dem restlichen Bodenbelag erkennen.

Abel spähte hinaus in den Hof. Dort stand der Schmied auf dem Misthaufen und gabelte ihn auseinander. Die Hühner flatterten gackernd um ihn herum. Vor der Miste stand der Franzose neben dem Metallgestell und hielt sich die Nase zu. Die Absicht der beiden war klar. Um sich letzte Gewissheit zu verschaffen, tastete Abel nach einem der vor ihm liegenden Säcke und öffnete ihn. Der Sack enthielt silbrig glänzende Bleche in unterschiedlicher Größe, die sämtlich runde Löcher in der Größe eines Talers hatten. Abel steckte ein Blechstück ein und schob sich an der Wand entlang zur Schiebetür der Werkstatt. Gerade wollte er diese aufdrücken, als sich von draußen Schritte näherten.

XV

Mit ein paar schnellen Schritten verschwand Abel wieder hinter der Hoftür.

Am Eingangstor pochte es. »Jemand do?«, fragte eine Männerstimme. Nach einer Weile wurde das Tor zurückgeschoben und Eisennägel klackten auf dem Steinboden. Abels Brustkorb hob und senkte sich.

»Jemand do?«, rief der Besucher noch einmal.

Ehe Abel sichs nun versah, kam der Schmied vom Hof in die Werkstatt gestürmt und schlug die Tür zu, hinter der sich Abel versteckt hatte. Vollkommen deckungslos stand Abel nun an die Wand gepresst.

Zu seinem Glück stand der Schmied so mit dem Rücken zu Abel, dass der Besucher ihn nicht sehen konnte. Abel schloss die Augen.

»Was gibt's?«, blaffte der Schmied.

»Mein Karrn will isch abhole.«

»Is drauße«, knurrte der Schmied.

Abel öffnete die Augen wieder und sah, wie der Schmied den Besucher am Arm zum Eingangstor hinausschob.

Für einen Moment atmete Abel tief durch. Jetzt saß er in der Falle. Draußen vor der Werkstatt war der Schmied, hinten im Hof der Franzose. Abels Blicke huschten hin und her.

Durch das halb geöffnete Werkstatttor sah er dann, wie der Schmied einen Handwagen auf der Gasse hin und her schob.

»Passt, oder?«, fragte der Schmied.

Abel hörte nicht weiter hin. Was, um Gottes Willen, sollte er tun?

»Jesus, Maria, hilf!«, murmelte er. Dann langte er, ohne sich von der Stelle zu bewegen, zum Griff der Hoftür. Er musste sich strecken. Hatte die Tür vorhin, als der Schmied sie zuwarf, geknarzt? Abel hatte nichts gehört. Sei's drum, dachte er, drückte den Griff der Tür nach unten und öffnete sie vorsichtig. Sie gab kein Geräusch von sich. Langsam zog er sie auf. Doch als er die Tür schon einen Spalt geöffnet hatte, knirschten die Angeln. Abel stoppte. Schweiß trat ihm auf die Stirn. Er hielt die Luft an und versuchte, die Tür etwas anzuheben. Jetzt knarzte sie nicht mehr. Nicht zu weit aufmachen, ermahnte sich Abel, nur so viel wie nötig.

Darauf ließ Abel die Tür wieder los, lehnte sich an die Wand, wischte sich den Schweiß aus dem Gesicht und versuchte, ruhig zu atmen.

Als der Schmied wieder in die Werkstatt trat, begann Abel das *Vaterunser* zu beten. Nun konnte er keine Schritte mehr hören. Der Schmied hielt inne. Jetzt wundert er sich, warum die Tür offen steht, dachte Abel. »Dein Wille geschehe.« Der Schmied hustete. Abel hielt den Atem an. »Und vergib uns unsere Schuld.« Der Kerl wird versuchen, die Wahrheit aus mir herauszuprügeln, dachte Abel. Noch immer war ihm keine glaubwürdige Ausrede eingefallen.

Jetzt kamen die Schritte näher und machten vor der Tür Halt. Doch nach einem Augenblick ging der Schmied weiter und mit einem Ruck wurde Abel der Türgriff, an den er sich geklammert hatte, aus der Hand gerissen. Rums, flog die Tür zu. Dann war es ruhig.

»Nur Kundschaft«, hörte er den Schmied draußen im Hof.

Abel warf einen dankbaren Blick nach oben, schlich zum Werkstatttor, öffnete es vorsichtig und verließ die Schmiede.

Auf der Straße beschleunigte er seine Schritte. Danach blieb er noch einmal stehen. Was würde geschehen, wenn er seine Beobachtungen dem Stadtkommandanten oder dem Reichsquartiermeister meldete? Die Gerätschaften würde man finden, den Schmied verhaften. Was jedoch wäre mit diesem Pierre? Sicher spielte der Franzose in dieser Angelegenheit eine wichtigere Rolle als der Schmied. Bestimmt zählte er zu der Schar der Emigranten, die nach der Revolution aus Frankreich geflüchtet waren. Wäre es daher nicht von Vorteil, wenn er wüsste, wo man ihn fände?

Abel blickte sich um. Wo könnte er ungesehen warten? Sein Blick fiel auf einen Bottich, der an einer Hausecke stand, um dort das Regenwasser aus der Dachrinne aufzufangen Es hatte schon seit Tagen nicht mehr geregnet. Vielleicht …? Rasch ging Abel zu dem Bottich. Etwa knöchelhoch stand das Wasser darin. Abel schaute auf seine Stiefel. Dann packte er den Bottich am oberen Ende, kippte ihn um, leerte das Wasser aus, stellte ihn wieder zurück und stieg hinein. Dass jemandem nun der nasse Boden um den Bottich herum auffallen würde, musste er riskieren. Doch wie lange sollte er warten?

Durch einen Spalt zwischen den Dauben des Bottichs konnte Abel die Schmiede beobachten. Plötzlich hörte er von der Seite Jungenstimmen und das Gegacker eines Huhns. Abel kauerte sich, so tief es ging. Danach war es wieder ruhig. Etwa eine Viertelstunde war verstrichen, da wurde die Tür zur Schmiede aufgeschoben und der Schmied trat unter das Vordach. Er blickte die Straße hinauf und hinunter, darauf winkte er nach hinten und ließ den Franzosen heraustreten. Auch dieser schaute sich kurz um und ging dann mit weit ausladenden Schritten davon. Der Schmied blickte ihm noch hinterher und kehrte wieder in die Werkstatt zurück.

Sofort sprang Abel aus dem Bottich und eilte dem Franzosen hinterher. Je näher sie der belebten Zeil kamen, umso mehr rückte Abel auf. Dort angekommen, bog der Franzose nach rechts ab und Abel konnte weiter aufschließen. Schon eine Straße weiter schwenkte der Franzose in die Schäfergasse ein. Abel folgte ihm hinter einem Handkarren, den ein Bauer durch die Straße zog. Am Gasthaus *Stadt Ulm* blieb der Franzose kurz stehen und blickte sich um. Abel senkte den Kopf und ging noch mehr in die Knie. Dann verschwand der Franzose im Hof der Herberge.

Abel hielt inne. Es war in jedem Fall unklug, dem Franzosen in die Gaststube zu folgen. Abel trat durch den Torbogen des Anwesens und befand sich in einem Hof zwischen Schuppen, Ställen und Remisen. Es gab in Frankfurt viele solcher Gasthäuser, die vorzugsweise von Fuhrleuten aufgesucht wurden. Abel drückte sich an der Hauswand entlang zum nächsten offenen Fenster. Vielstimmer Zungenschlag schallte ihm daraus entgegen.

»*Vive le roi!*«, hörte er einige Männerstimmen rufen. Darauf begann ein Redner in französischer Sprache zur Versammlung zu sprechen. Abel, der nur einige Brocken Französisch konnte, verstand die Worte Graf, König, Recht und Gott. Stürmisches Händeklatschen unterbrach den Redner. Mit Pöbel, Paris, Kaiser und Preußen ging es weiter.

Abel richtete sich auf. Er konnte sich denken, was hier gefordert wurde. Er trat etwas weiter zurück in den Hof und blickte durch das Fenster. Etwa 30 Männer scharten sich um einen fein gekleideten Redner.

Das war doch dieser französische Adelige, dieser …, Abel rieb sich die Stirn. Ja, jetzt fiel es ihm wieder ein: der Prinz de Condé. Abel hatte genug gesehen. Er wandte sich vom Fenster ab und ging Richtung Hofeingang. Der Fuhrmann, der ihm dort entgegenkam, nahm von ihm keine Notiz. Abel beschleunigte seine Schritte. Es war Zeit, zu Lisbeths Haus zurückzukehren.

Inzwischen war es später Vormittag. Trotzdem wählte Abel noch einmal den Weg über den Markt. Vor der *Goldenen Waage* herrschte normaler Betrieb.

Welche Fälscherwerkstatt war nun die richtige? Warum hatten der Franzose und der Schmied Werkzeuge und Material versteckt? Welche Rolle spielte der Franzose?

Abel war gespannt, was Marie ihm berichten würde. Vielleicht hatte sie noch etwas herausgefunden.

»Herzog!«

Abel erstarrte. War er gemeint? Langsam ging er weiter.

»Herzog, so macht doch langsam!«

Abel blieb stehen und drehte sich um. Ein Passant in einem blauen Rock drängte sich durch die Menge und winkte ihm über die Köpfe der Leute hinweg zu. Abel kniff die Augen zusammen. Er kannte den Rufenden als Händler, an dessen Namen allerdings erinnerte er sich nicht. Vor mehreren Jahren hatte er einmal Getreide an diesen verkauft.

»Na so was«, sagte Abel, als der Händler vor ihm stand. »Dass ich Euch hier treffe.«

»Gell, was en Zufall. Wo se niemand Fremdes mehr reilosse.« Der Händler legte den Kopf schief.

»Sondergenehmigung«, sagte Abel. »Die brauchen Wein für ihre Feiern.«

»Könnt auch welschen brauche.«

Abel breitete die Hände aus. »Ist schon alles weg.« Dann klopfte er dem Händler auf die Schulter. »Habe wenig Zeit.«

»Isch nehm auch Weize, Korn oder Dinkel.«

Abel hob die Hand. »Das nächste Mal vielleicht. Muss zum Schiff.«

»Gute Reise!«

Abel beeilte sich, zu Lisbeths Haus zu kommen. »Ich muss aufpassen«, sagte er dabei mehrmals vor sich hin.

Lisbeth schöpfte wie üblich an ihrem Stand Eintopf.

Als Abel die Küche ihres Hauses betrat, saß Marie auf der Bank und spielte mit ihren Fingern. Barthel hatte auf einem Stuhl Platz genommen und schaute an die Decke. Auf Abels Begrüßung drehte er leicht den Kopf, Marie schwieg.

»Ist was?«, fragte Abel.

»Ist was?«, giftete Marie. »Wir haben über eine Stunde auf dich gewartet!«

Abel trat näher heran. »Hör zu, es ging nicht anders.«

Marie zeigte keine Regung.

In den Küchendunst hinein berichtete Abel, was vorgefallen war. Je weiter er mit seiner Erzählung kam, umso mehr wandte sich Barthel ihm zu.

Marie schwieg noch immer.

»Wo ist das Blechstück?«, fragte Barthel.

Abel zog es aus seiner Tasche.

»Habt Ihr auch einen Taler?«

Auch den hatte Abel. Er reichte ihn Barthel. Dieser legte das Blech auf den Tisch und drückte den Taler in das ausgestanzte Loch. Dann schaute er auf. Seine Augen glänzten.

»Passt!«, sagte er leise.

Marie kniff die Augen zusammen und beugte sich ein wenig zum Tisch hin.

Abel versuchte, seine Freude nicht zu zeigen. Er setzte sich neben Marie.

»Wie war's bei euch?«, fragte er.

»Erzählt Ihr es!«, sagte Marie zu Barthel.

Barthel berichtete, was er aus einem Gespräch des Sekretärs des Reichsquartiermeisters im Hof der *Goldenen Waage* erlauscht hatte. Demnach hatten die Österreicher die von Abel und Barthel beschriebenen Gerätschaften gefunden. Dabei waren ihnen auch falsche Münzen in die Hände gefallen, allerdings nur ein paar Heller und nicht die Taler, mit denen sie betrogen worden waren.

»Immerhin«, sagte Abel.

»Für den Roth war's eine Blamage«, antwortete Barthel.

»Warum war er eigentlich da?«, fragte Abel.

»Sie hatten es ihm gesagt. Er musste den Michel festnehmen.«

Abel griff nach Maries Händen. Sie waren kalt.

»Tut mir leid, dass ich euch habe warten lassen.«

»Ich hatte Angst, man hätte dich verhaftet.«

Abel drückte Maries Hand. »Wenn ich dem Franzosen nicht gefolgt wäre, stünden wir jetzt wieder am Anfang.«

Marie schniefte.

»Wir müssen dem Sekretär sagen, dass es eine neue Spur gibt«, sagte Abel.

»Der wird dich nicht empfangen«, sagte Marie. »So angespannt und überlastet, wie der war. Ständig hat er gedrängt, endlich fertig zu werden. Und dann haben sie nur Heller gefunden. Du hättest seinen Blick sehen sollen.«

»Morgen ist Kaiserkrönung«, ergänzte Barthel.

Abel gab sich geschlagen. »Da müssen wir eben bis Montag warten«, sagte er. Gerne hätte er sich mit Marie auch die Kaiserkrönung angeschaut. Doch nach dem Erlebnis mit dem Getreidehändler dachte er, dass er dies besser sein lassen würde. Wie sollte er das Marie jetzt wieder erklären?

Barthel scharrte mit den Füßen. Abel blickte ihn an. Dann begriff er und schickte ihn vor die Tür.

»Wie viel Geld hast du bei dir?«, fragte er Marie und deutete dabei zur Küchentür. »Ich bin Barthel noch etwas schuldig.«

Marie löste das Täschchen an ihrer Seite und schob es Abel hin. Der ergriff es und ging hinaus, um Barthel zu entlohnen.

»Vielen Dank noch einmal«, sagte er zum Abschied.

Barthel zuckte mit den Schultern, setzte seine Mütze auf und verließ das Haus. Marie stand auf und ging hoch in die Kammer.

Abel blieb in der Küche sitzen. Als Lisbeth später zu einer Pause ins Haus kam, setzte sie sich kurz zu ihm. Abel berichtete ihr von der Durchsuchung der *Goldenen Waage* und wie er dem Franzosen gefolgt war.

»Des warn die Sachsehäuser«, sagte Lisbeth und grinste, als Abel von dem seltsamen Auflauf vor dem Römer berichtete. »Die habbe für morsche geübt.«

»Was sollen die geübt haben?«

»Eischentlisch is des e Bürgerwehr. Die solle de Soldate helfe und für Rescht un Ordnung sorsche. Die Frankfurter nemme des ernst. Die Sachsehäuser mache sisch en Jux draus.«

»Aha.«

»Un, wie geht es jetz weiter?«

Abel trommelte mit den Fingern auf den Tisch. »Ich weiß es nicht.«

Lisbeth stand auf. »Dann geh isch emal widder zu meim Dippe.«

Abel ging eine Weile in der Küche auf und ab. Natürlich musste es für Marie ein Schreck gewesen sein, als er bei der Beobachtung der *Goldenen Waage* verschwunden war. Jetzt wusste sie ja, weshalb. Warum also war sie immer noch beleidigt? Wenn sich herausstellte, dass die Schmiede die gesuchte Falschmünzerei war, würde sich alles aufklären. Das müsste doch auch sie freuen.

Abel blieb an der Tür stehen und schaute hinaus auf die Straße. Jetzt drängten sich hier noch die Menschen. Morgen, wenn der Kaiser gekrönt wurde, würde die Gasse sicherlich leer sein. Wann begann eigentlich der Krönungsakt? Wenn die Glocken läuten, hatte Lisbeth gemeint, dann würde dem Kaiser im Dom die Krone aufgesetzt. Danach würde es noch dauern, bis sich der Zug mit dem Kaiser und all den geistlichen und fürstlichen Herrschaften auf den Weg zum Römer machen würden.

Abel hatte sich entschieden. Er würde nicht im Haus bleiben und warten. Er würde sich morgen mit Marie schon in der Frühe aufmachen. In den Dom kam gemeines Volk nicht hinein. Doch den Weg zum Römer würde der Kaiser zu Fuß gehen. Wenn man rechtzeitig an der Straße oder auf dem Platz vor dem Rathaus stünde, sollte es genug zu sehen geben. Und er würde aufpassen, selbst nicht gesehen zu werden. Bestimmt würde dies Marie wieder freundlicher stimmen.

Abels Magen begann zu knurren. Auch Marie würde Hunger haben. Eigentlich hatten sie gestern noch etwas einkaufen wollen. Abel überlegte kurz, zog sich den Kittel von Lisbeths Mann über, hängte sich seine Ledertasche um, verließ leise das Haus und sagte Lisbeth Bescheid. Die Mütze tief im Gesicht, schlug er den Weg zur Kräme ein.

Die Preise schienen täglich zu steigen. Der einfache Brotlaib kostete jetzt doppelt so viel wie in Miltenberg. Was ein Stück Schweinebauch oder eine Handvoll Bohnen kostete, wollte Abel gar nicht wissen. Er sehnte den Tag herbei, an dem es außer Eintopf, Brot, Käse und Geräuchertem noch etwas anderes zu essen geben würde. Bald schon machte er sich wieder auf den Weg zurück.

Als er wieder in Lisbeths Küche trat, saß dort Marie.

»Du hast mich lange allein gelassen«, sagte sie und begann, den Tisch zu decken.

Abel stellte sich vor Marie auf. »Ich muss zum Stadtkommandanten«, sagte er. »Er muss etwas unternehmen und die Anschuldigungen gegen mich und Heinrich zurückziehen.«

Marie setzte die Teller so hart auf, dass Abel zusammenzuckte. »Sie werden dich verhaften. Solange nicht erwiesen ist, dass der Franzose und der Schmied die gesuchten Fälscher sind, werden sie dich dort festhalten.«

»Auf jeden Fall waren es Taler, die sie gefälscht haben. So viele Fälscherwerkstätten gibt es auch wieder nicht. Marie, sie waren es.«

»Der Schmied macht ja nur Fassreifen. Für alles andere braucht man mehr Werkzeug. Woher zum Beispiel haben sie von Nepomuk und seinem Karren gewusst? Der Schmied wird ihnen dazu nicht viel erzählen können.«

»Man müsste diesen Pierre finden. Wenn ich dem Stadt-kommandanten berichte, dass ich dem Franzosen bis zur *Stadt Ulm* gefolgt bin, könnte dieser seinen Leutnant hin-schicken. Bestimmt erfährt er dort mehr über diesen Pierre.«

Marie unterbrach Abel. »Roth wird die Untersuchung in die Länge ziehen. Um dich zu ärgern.«

Abel stützte sich am Tisch ab.

»Das kann Wochen dauern, bis die Sache geklärt ist. Und solange sitzt du fest. Ich gehe auf die Hauptwache!«

Abel hob den Kopf. »Du?«

»Sie suchen dich, nicht mich!«

Abel hielt sich die Hände vors Gesicht. Er dachte nach.

Marie lehnte ihren Kopf an seine Schulter. Nach einer Weile sagte Marie leise: »Es ist unsere einzige Möglichkeit.«

Abel schob Marie von sich. »Niemals!«

»Wie gesagt, mir wird nichts vorgeworfen. Mich werden sie nicht verhaften.«

Abel hob den Zeigefinger. »Genau das werden sie tun. Sie werden über dich an mich herankommen wollen.«

Marie hob den Kopf. »Und wenn ich nur zu Roth gehe und ihm sage, was wir von dem Franzosen wissen? Wenn die-ser Pierre etwas mit den falschen Münzen zu tun hat, wird Roth nicht wollen, dass man ihn damit in Verbindung bringt. Ich sichere ihm zu, dass wir das für uns behalten, wenn er den Burschen fasst.«

»Und wenn Roth und der Franzose unter einer Decke ste-cken?«

»Hat der Reichsquartiermeister nicht gesagt, Roth wolle mehr werden als nur Leutnant? Du hast das vor der *Golde-nen Waage* doch auch gesehen, dass Pierre etwas von Roth wollte und nicht umgekehrt. Der Leutnant hat ihn sogar zu-rückgewiesen.«

Abel musste Marie recht geben. »Gekannt haben sie sich, das war deutlich zu sehen.«

»Eben. Roth kennt den Franzosen und er weiß bestimmt auch, mit wem dieser sonst noch verkehrt. Irgendetwas wird er erreichen — und wenn er nur feststellen wird, dass du nichts mit der ganzen Sache zu tun hast.«

»Das ist mir alles zu vage.«

Marie packte Abel am Ärmel. »Wenn Roth nicht spurt, könnte ich ihm drohen, zum Stadtkommandanten zu gehen.«

Maries Raffinesse beeindruckte Abel. Dennoch zögerte er.

»Und wenn es doch die falsche Werkstatt war? Bei der *Goldenen Waage* haben wir uns schon einmal geirrt.«

»Hast du nicht selbst gesagt, dass es so viele Fälscherwerkstätten nicht geben wird? Der Schmied wird schon reden, wenn Roth ihn befragt. Der ist ja hier aus Frankfurt.«

Abel fuhr sich mit den Händen in die Haare. Er konnte Marie unmöglich einer solchen Gefahr aussetzen.

Marie streckte sich und biss Abel ins Ohrläppchen. »Ich werde mit ihm nur unter vier Augen reden. Es wird keine Zeugen geben, dass ich irgendetwas weiß oder behauptet habe, also auch keinen Grund, mich festzuhalten.«

»Ich glaube nicht, dass du Roth heute antriffst. Und wenn, hat er anderes zu tun.«

Marie reckte das Kinn. »Sie werden eine Dame nicht warten lassen. Jedenfalls ist es ein Versuch wert. Die Kaiserkrönung wird Roth keine Meriten einbringen, eine Fälscherbande ausheben schon.« Marie stieß Abel an. »Essen wir erst einmal etwas.«

Abel nickte leicht.

»Weißt du noch«, fragte Marie, während sie Abel ein Brot machte, »wie wir zum ersten Mal in Miltenberg am Main spazieren gegangen sind? Wir haben Steine in die Altwasser geworfen und den Wellen zugeschaut, die dabei entstanden sind. Selbst die kleinsten Steine haben Wellen gemacht. So ist das auch hier. Wir werfen einen Stein ins Wasser und schauen, was daraus wird.«

Abel nahm das Brot und biss hinein. Mit jedem Stück, das er aß, wurde er etwas ruhiger. Als er den Teller von sich schob, hielt er es ebenfalls für wahrscheinlich, dass Roth Marie nicht verhaften würde. Mit Sicherheit jedoch würde Roth sie auf dem Rückweg verfolgen lassen. Wenn er, Abel, also Maries Plan zustimmen würde, müsste er sich zuvor etwas einfallen lassen, wie sie mögliche Verfolger abschütteln könnte.

Abel schob seinen Arm über den Tisch und ergriff Maries Hand. »Nur einmal angenommen, ich würde dich gehen lassen und Roth würde tatsächlich etwas unternehmen, es würde trotzdem noch Tage dauern, bis alles soweit geklärt ist, dass Heinrich und ich wirklich freikämen. Wäre es da nicht besser, du würdest möglichst bald wieder nach Miltenberg zurückfahren?«

»Nicht vor Sonntag«, sagte Marie bestimmt. »Die Krönung morgen werde ich mir nicht entgehen lassen.«

Abel schluckte.

Dann stand Marie auf. »Ich mache mich jetzt fertig«, sagte sie, verließ die Küche und ging in die Kammer. Abel blieb sitzen und hing seinen Gedanken nach.

Marie umzustimmen, würde ihm nicht gelingen. Wie könnte er also dafür sorgen, dass sie wieder sicher hierherkäme und ihr Versteck nicht verriet?

Da hörte er Marie rufen. »Abel, kommst du?«

XVI

Abel eilte die Stiege hoch in die Kammer.

»Ich bin fertig!« Marie hatte ihr einfaches Wollkleid gegen einen Rock und eine Jacke aus Chintz getauscht. Der cremefarbene Stoff mit dem feinen Blumenmuster war ein Geschenk Abels zu ihrem letzten Geburtstag. Dazu trug sie einen Schal aus dem gleichen Stoff und an den Hut hatte sie sich eine farblich passende Feder gesteckt. Mit dem leichten Rouge auf ihren Wangen strahlte ihr Gesicht jugendlich frisch. Die Wachsoldaten würden Marie nicht übersehen.

Abel gab Marie einen Kuss auf die Wange.

»Es wird alles gut«, hauchte sie ihm ins Ohr.

Abel löste sich von ihr. »Gut, wir machen das so«, sagte er. »Ich begleite dich bis kurz vor die Hauptwache. Dort warte ich so lange, bis du wieder herauskommst.«

Danach erklärte ihr Abel, wie sie sich weiter verhalten und wo sie hingehen sollte. Immer wieder fragte er nach, ob sie verstanden hätte, und Marie nickte. Dann verließen sie das Haus.

Dabei nahmen sie nicht den direkten Weg zur Hauptwache, sondern gingen zunächst in die Fahrgasse. Dort zeigte Abel Marie die *Goldene Gerste*, eine Fuhrmannswirtschaft, die Abel von seinen früheren Aufenthalten in der Stadt kannte. Wenn man als Händler schnell jemanden brauchte, der einem einen Karren Getreide oder ein paar Fässer Wein in die Stadt, nach Sachsenhausen oder Bockenheim schaffte, dann wurde man hier fündig. Von seinen Besuchen wusste

Abel, dass dieses Wirtshaus einen Hof besaß, der neben seinem Tor zur Fahrgasse auch eines zur dahinterliegenden Klostergasse hatte. Zur *Goldenen Gerste* sollte Marie nach ihrem Besuch der Hauptwache gehen. Dieses Haus mit dem ungewöhnlich steilen, geschieferten Giebel und den vielen Fenstern konnte sie nicht verfehlen.

Auf dem Weg zur Hauptwache sprachen sie nur wenig. Jeder hing seinen Gedanken nach. Je näher sie allerdings der Zeil kamen, umso mehr spürte Abel eine innere Unruhe. Was, wenn sie Marie auf der Wache festhalten würden? Wer könnte ihnen dann noch helfen?

Als sie in die Nähe der Hauptwache kamen, blieb Marie stehen und legte Abel ihre Hand auf die Brust. »Ab jetzt gehe ich alleine.« Ohne eine Antwort abzuwarten, ließ sie Abel stehen und verschwand in der Menge. Abel lief langsam weiter. Die Arme hinter dem Rücken verschränkt, tat er so, als wäre er zum Pläsier unterwegs. Doch er ging nur so weit, dass er die Wache noch im Blick hatte. Darauf drehte er sich um und kehrte zurück.

Abel war für das Gedränge der Passanten und Fuhrwerke in der Umgebung der Hauptwache dankbar. So konnte er unbemerkt umherschlendern. Es schien etwas länger zu dauern. Schon ein paarmal war Abel an dem Wachgebäude vorbeispaziert. Er zog seine Uhr hervor. Marie war jetzt schon fast eine halbe Stunde weg. Abel wechselte die Straßenseite, um näher an das Gebäude heranzukommen. Nur ein Soldat stand davor, ansonsten war nichts zu sehen. Hatte das Gebäude eine Hintertür, durch die Marie schon längst abgeführt worden war? Abel schüttelte den Kopf. Das Gebäude hatte keinen anderen Ausgang. Auch ihn hatte man dort herausgeführt. Er presste die Lippen aufeinander und drehte weiter seine Runden.

Jetzt endlich tat sich an der Hauptwache etwas. Der Soldat salutierte vor einem anderen Uniformierten. Abel stellte sich auf die Zehenspitzen und kniff die Augen zusammen. Danach blieb er stehen und atmete durch. »Roth«, flüsterte er. Der Leutnant war gar nicht auf der Wache gewesen. Wie lange würde es jetzt noch dauern? Abels Kreise um das Gebäude wurden immer enger. Er ließ den Ausgang nicht mehr aus den Augen.

Erneut verging eine halbe Stunde. Dann endlich kam Marie heraus. Roth geleitete sie bis vor die Tür. Dort machte er eine Verbeugung, griff nach ihrer Hand und deutete einen Handkuss an.

Marie schien überrascht. Sie zog ihre Hand zurück und schritt davon. Roth schaute ihr noch eine Weile hinterher. Darauf drehte er sich um, gab dem Soldaten am Ausgang ein Handzeichen und verschwand wieder im Gebäude.

Abel behielt den Ausgang im Auge. Ein Mann mittleren Alters in bürgerlicher Kleidung erschien und suchte die Straße ab. Dann eilte er Marie hinterher über die Zeil in Richtung Fahrgasse.

»Wie ich es mir gedacht habe«, flüsterte Abel und folgte beiden. Marie schritt, wie verabredet, betont langsam. Ein möglicher Verfolger sollte nicht das Gefühl haben, dass sie damit rechnete, beobachtet zu werden. Immer wieder einmal blieb sie daher auch an einer der vielen Verkaufsbuden stehen. Abel hatte genug gesehen. Er eilte durch die Menschenmenge an beiden vorbei in die Fahrgasse.

Auf Höhe der Kannengießergasse, die zum Domplatz führte, blieb er stehen. Direkt gegenüber lag der vereinbarte Treffpunkt, die *Goldene Gerste*. Es herrschte reger Betrieb auf der Straße, denn die Fahrgasse war die direkte Verbindung von Sachsenhausen über die Brücke hinauf zur Zeil. Vornehme Kutschen, schwer beladene Fuhrwerke, einfache Karren, alles, womit man Menschen oder Fracht transportieren konnte, zog hier vorüber. Abels Aufmerksamkeit jedoch galt den vielen Passanten, die von der Zeil herunterkamen.

Endlich entdeckte er Marie. Sie kam, jetzt etwas flotter, direkt auf ihn zu.

Abel trat durch das offene Tor in den Hof der *Goldenen Gerste*. Dort wartete er. Der Hof mochte etwa fünf Schritte breit sein. Linker Hand sprang ein Altan in den Hof und machte diesen noch enger. Darunter führte eine Tür in den Gastraum und eine hölzerne Treppe in das Geschoss darüber. Abel wusste, dass das Anwesen über weitläufige Hintergebäude verfügte, die an die Klostergasse grenzten.

Wenn es ihm gelang, ungesehen mit Marie dort hinzukommen, konnten sie ihren Verfolger vielleicht abschütteln. Im Stall hörte Abel Pferde schnauben, im Hof selbst ließ sich niemand blicken.

Marie erschien nun im Hofeingang. Ihr Gesicht war erhitzt und auf ihrer Stirn standen Schweißperlen. Abel griff nach ihrer Hand und zog sie unter die Holzstiege, wo es nahezu dunkel war. Gerade als sie sich versteckt hatten, kam ein Knecht mit einem Pferd am Zügel aus dem Stall. Während der Knecht das Pferd zu einem Wagen führte, beobachtete Abel den Hofeingang. Dort erschien nun der Verfolger. Abels Puls ging schneller. Jetzt trat der Verfolger ganz in den Hof und ging auf den Knecht zu.

Der Stallknecht blickte sich um und schüttelte den Kopf. Der Verfolger ließ nicht von dem Knecht ab. Dieser deutete auf den Altan. Abel hielt die Luft an, Marie begann zu zittern. Abel musterte den Verfolger. Traute er es sich zu, diesen niederzuwerfen und so lange festzuhalten, bis sich Marie in Sicherheit bringen konnte? Wie würde sich der Pferdeknecht verhalten? Der Verfolger trat nun unter den Altan, blickte sich noch einmal um und verschwand im Wirtshaus.

»Jetzt schaut er in der Schänke nach«, flüsterte Abel zu Marie. Dann blickte er in den Hof. Dort war der Knecht in einer Ecke mit dem Anspannen des Pferdes beschäftigt.

Abel deutete nach oben. »Lass uns die Stiege hochgehen.«

Marie zögerte, doch Abel zog sie mit sich. Auf Zehenspitzen schlichen sie die Stufen hoch. Hie und da knarzte es ein wenig.

Oben angekommen, standen sie vor einer Tür. Hoffentlich ist sie nicht verschlossen, dachte Abel und schnaufte durch.

Die Tür ließ sich öffnen. Abel drückte sie einen Spalt auf und horchte hinein.

»Was ist?«, flüsterte Marie hinter ihm.

Abel legte den Zeigefinger auf den Mund. Er hörte ein Glucksen und Brabbeln, das er nicht einordnen konnte. Jetzt war es wieder ruhig. Abel öffnete die Tür. Gleichviel, wer sich in dem Raum dahinter aufhielt, er konnte nicht mehr, als sie wieder hinauswerfen. Dann trat Abel mit Marie ein.

Sie zogen die Tür zu und lauschten. Wieder hörten sie dieses Geräusch.

»Das ist ein Kind«, flüsterte Marie.

Abel gab seine geduckte Haltung auf. Wenn sie sich still verhielten, würde nichts passieren. Abel versuchte durch eines der Fenster nach unten in den Hof zu spähen. Er sah den Stallknecht werkeln, der Blick auf den Hofeingang war jedoch versperrt. Er schlich zum nächsten Fenster. Eine Diele knarzte und das Brabbeln hörte auf. Abel blieb stehen. Er traute sich nicht mehr weiter. Nun allerdings konnte er den Hofeingang beobachten. Wie lange sollten sie hier warten? Wie lange würde der Verfolger sich noch unten in der Schänke aufhalten?

In diesem Augenblick zupfte Marie Abel am Rock und trat zum ersten Fenster. Unten stand ihr Verfolger erneut bei dem Stallknecht. Danach verschwand dieser im hinteren Teil des Hofes.

»Er geht zur Klostergasse«, flüsterte Abel. »Komm!«

Da knarzte die Diele erneut und das Kind fing an zu schreien. Schnell folgte Marie Abel nach draußen. Unten im

Hof war das Pferd eingespannt und der Stallknecht nicht zu sehen.

»Er holt das zweite Pferd«, raunte Abel. »Wir verschwinden durch den vorderen Eingang.«

Vom Hof aus eilten sie auf die Straße und liefen in die gegenüber einmündende Kannengießergasse. Auf dem Domplatz blieben sie stehen und atmeten durch. Nachdem sie von einem Hauseingang aus das rege Treiben dort eine Zeitlang beobachtet hatten, machten sie sich auf den Weg zurück in die Ankergasse.

Unterwegs berichtete Marie Abel von ihrem Treffen mit Roth. Zunächst habe man sie abweisen wollen, da dieser nicht da gewesen war. Doch sie habe darauf bestanden, auf ihn zu warten. Man habe ihr einen Stuhl vor die Wachstube gestellt und sie nicht mehr weiter beachtet. Auch Roth hätte, als er endlich erschienen war, sie zunächst sitzen gelassen. Danach wäre sie ihm in sein Zimmer gefolgt. Als sie sich dort vorgestellt habe, sei er zusammengezuckt. Roth habe sie zunächst vor seinem Schreibtisch stehen lassen, während er sich dahinter gesetzt und mit einem Spanischen Rohr zu spielen begonnen hätte. Schweigend habe er zugehört, als sie ihm gesagt habe, er und dieser Franzose würden sich kennen. »Na und«, habe er geantwortet. »Ich kenne viele Franzosen.« Erst als Marie den Namen Pierre genannt hätte, sei Roth aufgestanden und habe ihr nun einen Stuhl angeboten. Je mehr Einzelheiten sie von der Schmiede, der Fälscherwerkstatt dort und der *Stadt Ulm* berichtet habe, desto freundlicher sei Roth geworden.

»Nicht so schnell«, unterbrach Marie ihren Bericht und hakte sich bei Abel unter. Als dieser stehen blieb, keuchte sie, um ein Lächeln bemüht: »Es sind die Schuhe.«

Abel ging jetzt etwas langsamer. »Und, wird Roth etwas unternehmen?«, fragte er.

»Erst hat es nicht danach ausgesehen«, antwortete Marie.

»Darauf habe ich ihm etwas gesagt, woran wir noch gar nicht gedacht hatten.«

Abel blieb stehen und schaute Marie an. Diese lächelte nur und sagte: »Rate mal!«

Abel packte sie bei den Armen. »Marie, das ist kein Spiel.«

Marie schürzte die Lippen. »Ich habe ihm gesagt, dass der Reichsquartiermeister dich und Heinrich für unschuldig hält, und auch, dass die Österreicher als die eigentlich Geschädigten die Füße verdächtig stillhalten. Er solle sich bei seiner Jagd nach dir vorsehen, sich nicht zu verrennen.«

»Das hast du gesagt?« Kurz war Abel versucht, Marie an sich zu drücken. Damit allerdings hätten sie sicherlich Aufsehen erregt.

»Und was geschah dann?«

»Roth ist aufgesprungen. Woher ich das alles wüsste, hat er gebellt. Ich habe ihm natürlich nichts gesagt, nur, dass wir erwarten, dass er endlich nach den wahren Schuldigen sucht. Als ich ihn darauf noch beiläufig fragte, wann er meine, dass der Stadtkommandant zu sprechen sei, war er auf einmal wie verwandelt. Das sei doch nicht nötig, hat er geflötet. Selbstverständlich kümmere er sich darum. Allerdings könne es ein wenig dauern, wegen der Krönung — ich verstünde sicherlich. Zuletzt hat er wissen wollen, wo er mich finden könne, wenn es etwas zu berichten gäbe.«

Abel ging langsam weiter. »Was hast du ihm geantwortet?«

Marie folgte ihm. »Ich war überrascht. Wir haben ja nicht darüber gesprochen. Ich habe gesagt, dass wir uns melden.«

Abel nickte. Das war vorerst das Beste.

Als sie bei Lisbeths Stand angekommen waren, stellten sie sich zu den Wartenden. Immer einmal wieder schaute sich Abel unauffällig um. Niemand schien sie zu beobachten.

»Uff em Tisch lischt en Brief«, murmelte Lisbeth, während sie Abel sein Brot gab.

Abel nickte und ging mit Marie ins Haus.

Der Brief auf dem Küchentisch trug ein rotes Siegel. Abel erkannte die Initialen des Isaak Michael Speyer. Was wollte Speyer jetzt von ihm? War der Solawechsel jetzt doch geplatzt? Mit zitternden Händen brach Abel das Siegel. Marie stand neben ihm und reckte ihren Kopf.

Noch während Abel den Brief las, legte Marie die Rechte auf den Mund, als wollte sie einen Schrei unterdrücken. Dann riss sie Abel den Brief aus der Hand.

»Wir sind eingeladen«, flüsterte sie.

Abel zog die Augenbrauen zusammen, holte sich den Brief zurück und las noch einmal. Da stand es schwarz auf weiß. Man bot ihnen an, den Zug des Kaisers nach der Krönung vom Dom zum Römer von einem Fenster des *Steinernen Hauses* aus zu betrachten. Das Schreiben schloss mit den geschwungenen Initialen IMS.

»Das *Steinerne Haus*, wo ist das?«, fragte Marie.

»An der Ecke Markt zu Hinter dem Lämmchen«, sagte Abel gedankenverloren. »Kurz vor dem Römer.« Er wendete den Brief mehrmals um. Wie konnte Speyer eine solche Einladung aussprechen? Die Juden waren doch alle in ihrer Gasse eingesperrt. Auch wusste Speyer nicht, wo sie wohnten. Abel blickte aus dem Küchenfenster. Er musste wissen, wer den Brief überbracht hatte. Lisbeth würde draußen noch eine Weile beschäftigt sein.

»Ein Fensterplatz, nur für uns reserviert.« Marie stand da, mit den Händen vor dem Gesicht. »Mein Gott, der Kaiser wird direkt unter uns vorbeigehen.«

»Wenn das nur keine Falle ist«, sagte Abel.

XVII

Wenig später tauchte Lisbeth kurz in der Küche auf, um
Eintopf nachzufassen. Den Brief habe das Kloster vorbeibrin-
gen lassen, erklärte sie den beiden. Darauf gab sie Abel und
Marie ein paar Anweisungen, was sie in der Küche vorbereiten könnten, und verschwand wieder nach draußen.

Als die Arbeit erledigt war, rückte Marie näher an Abel
heran und lehnte sich an seine Schulter. »Wollen wir noch
einmal zusammen in die Stadt gehen?«, fragte sie.

Abel machte sich steif. Stach seine Frau der Hafer?

Marie kraulte Abels Kinn. »Du hast's doch gemerkt«, sagte
sie. »Mit diesen Stoppeln kennt dich keiner. Und mit einer
Frau an deiner Seite schöpft erst recht niemand Verdacht.«

So unrecht hat sie nicht, dachte Abel. Vor allem jetzt, so
kurz vor der Krönung, hatte man nur Augen für die Adeligen, ihre herausgeputzten Frauen und das Militär. Niemand
achtete auf ein gewöhnliches Bürgerpaar. Wahrscheinlich war
es dieser Trubel, der Marie in die Stadt zog.

Abel berichtete von seiner Begegnung mit dem Getreidehändler. »Wir sollten das Schicksal nicht herausfordern. Das
gilt auch für den morgigen Tag.«

Marie löste sich von Abel. »Du willst die Einladung nicht
annehmen?«

»Das habe ich so nicht gesagt. Ich wollte nur auf die Gefahr hinweisen, erkannt zu werden. Wir sollten nicht öfter
unter die Leute gehen, als es unbedingt sein muss.«

»Den Soldaten können wir aus dem Weg gehen. Und

solltest du zu deiner Sache von irgendeinem Bekannten angesprochen werden, sagen wir, dass alles ein Irrtum und der Fall geklärt sei. Abel, du hättest das Gesicht des Leutnants sehen sollen, als er mich verabschiedet hat. Der tut dir nichts mehr.«

»Ich weiß nicht.«

Marie rückte wieder an Abel heran und schlang ihre Arme um ihn. »Wir könnten dabei ja auch nach deinem Schiff Ausschau halten«, meinte sie.

Abel blickte auf den Küchentisch. Die *Sancta Maria* und die Stoffballen, nichts würde er lieber tun, als sich nach deren Verbleib zu erkundigen.

»Und wenn sie uns erwischen?«

Marie strich Abel über den Kopf. »Wir passen auf«, flüsterte sie.

Abel gab sich einen Ruck. »Wahrscheinlich hast du recht«, meinte er. »Roth wird sich jetzt vor allem Gedanken um die Fälscherwerkstatt und die Sicherheit des Kaisers machen.«

»Ist das ein ›Ja‹?«

Abel gab Marie einen langen Kuss.

»Wir nehmen das Brückentor«, sagte er dann. »Dort ist viel los und man kommt am besten unauffällig rein und raus.«

Als sie auf der Straße standen, fragte Marie: »Wir gehen doch über den Römer?« Sie hatte wieder ihr unauffälliges braunes Wollkleid angezogen.

»Warum?«, fragte Abel, der seinen Fuß schon Richtung Alte Mainzer Gasse gesetzt hatte.

»Weil sich dort morgen der Kaiser dem Volk zeigt.«

Abel blickte Marie an. Warum war das heute von Belang?

»Lass es uns kurz machen«, sagte er.

Auf dem Römer hob Marie den Arm. »Schau, da ist der Balkon, von dem aus der neugewählte Kaiser sich dem Volk zeigen wird. Den haben sie eigens dafür gebaut.«

»Woher weißt du das?«, fragte Abel.

»Steht doch in allen Journalen, wie es vor zwei Jahren war.«

Abel kratzte sich am Bart. Er würde diesem Teil der Zeitungen künftig mehr Aufmerksamkeit schenken müssen.

»Und da arbeiten sie noch am Brunnen!«

Abels Blick folgte dem ausgestreckten Arm Maries. Allerdings sah er nur eine große Adlerfigur über der Menschenmenge schweben.

»Dort wird echter Wein fließen«, sagte Marie und reckte sich. Dann seufzte sie. »Ob wir das von unserem Fenster aus auch sehen können?«

Abel brummte. »Noch hängt mein Kopf in der Schlinge. Mir ist nicht nach einem Weingelage.«

Marie zog einen Schmollmund. Gemeinsam betrachteten sie das Treiben auf dem Platz. Nach einer Weile lehnte Marie ihren Kopf an Abels Arm. »Lass uns zum Main gehen.«

Sie nahmen den Weg in umgekehrter Richtung, den der Kaiser am folgenden Tag gehen würde. Vor dem *Steinernen Haus* blieben sie kurz stehen. Fürwahr, es trug diesen Namen zu recht. Während rundherum die Häuser bestenfalls im Erdgeschoss Mauerwerk aufwiesen, war dieses Gebäude bis unter das Dach aus massivem Bundsandstein errichtet. Das Erdgeschoss schien Lagerraum zu sein, jedenfalls deutete das über zehn Fuß hohe, spitzbogige Tor darauf hin. Sogar Kutschen oder hochbeladene Wagen konnten dieses passieren. Die Fassade des ersten und zweiten Stockwerkes bestand nahezu ausschließlich aus Fenstern. Aus einem davon sollten sie morgen herunterschauen.

Abel zog Marie von den Kräuterweibern weg, die eingangs der Gasse Hinter dem Lämmchen in großen Weidenkörben ihre Waren anboten. Der *Goldenen Waage* warf er nur einen Blick zu und auch für den Dom blieb keine Zeit. Zu sehr war Abel damit beschäftigt, nach den Uniformen der Stadtwache oder einem möglichen Bekannten Ausschau zu halten.

Am Brückentor mussten sie warten. Abel nahm es als gutes Zeichen, dass am Einlass nur Fuhrwerke, Kutschen und fremdländisch aussehende Personen, die in die Stadt wollten, kontrolliert wurden. Ohne Gepäck würde man sie für ein Bürgerpaar halten, das lediglich einen Spaziergang hinüber nach Sachsenhausen unternehmen wollte. Als sie an der Reihe waren, wurden sie dann auch einfach weitergewunken.

Marie war schon einmal zum Messetrubel in Frankfurt gewesen. Auch jetzt war sie von ihren Eindrücken gefangen. Mal ging ihr Kopf nach links, wo eine vierspännige, schwarz lackierte Kutsche mit verhangenen Fenstern sich den Weg bahnte, mal ging er nach rechts zu den Auslagen der Kaufläden oder der Buden. Des Öfteren forderte sie Abel auf, vor dem Geschäft eines Hutmachers oder Tuchhändlers stehen zu bleiben. Danach betrachtete sie die ausgestellte Ware oder ließ die Hände über das Tuch gleiten, und Abel hatte zu tun, die zudringlichen Verkäufer abzuwehren.

Endlich waren sie auf der Mainbrücke angelangt. Abel beugte sich über die Brüstung und suchte zwischen den Takelagen der zahllosen Schiffe den Mast der *Sancta Maria*. Maries Blick wanderte währenddessen hin zu den Türmen und Mauern Frankfurts oder folgte einem Segler, der, tief im Wasser liegend, so dicht unter ihnen vorüberzog, dass man glaubte, danach greifen zu können.

Abel wurde unruhig. So wurde das nichts. Den Stoff transportiert ein Schiffer aus Trier, hatte sein Agent geschrieben. Doch nirgendwo in der Masse der Masten sah er das goldrote Trierer Wappen mit dem heiligen Petrus und den Schlüsseln.

»Wenn ich mich frei bewegen könnte, ginge ich jetzt zu den Zöllnern«, sagte Abel. Ebenso wie die Stadtwache würden ihn auch die Zöllner sofort festsetzen.

Abel griff nach Maries Arm. »Wir müssten unten am Kai entlanggehen. Schau«, er deutete über die Brüstung, »jede Menge Zolldiener und Wachen. Gehen wir zurück.«

Als sie wieder in der Ankergasse angelangt waren, dämmerte es bereits. Zum Abendessen gab es Käse, Speck und Weißbrot. Dazu eine Flasche Rheinwein. Schon bald schob Abel sein Vesperbrett von sich. Auch Marie hatte keinen Appetit mehr. Schweigend saßen sie da und schauten in die Flamme der Öllampe auf dem Tisch.

Oben in der Kammer legten sie sich wieder in gegenläufiger Richtung ins Bett. Obwohl dies nach wie vor ungewohnt und wirklich nicht bequem war, schliefen sie beide rasch ein.

Am nächsten Morgen halfen sie zunächst erneut Lisbeth bei ihren Vorbereitungen für den bevorstehenden Tag, den Tag der Krönung. Auch an diesem Tag würde Lisbeth wieder an ihrem Stand stehen und ausgehöhlte Brote mit Eintopf verkaufen. Sie, Abel und Marie, dagegen hätten einen besonderen Platz, von dem sie den Krönungszug beobachten könnten.

Abel blickte aus dem Fenster. Es regnete. Er schaute auf seine Uhr. Schon zeitig in der Frühe war der Kaiser hoch zu Ross zum Dom gezogen. Die Zeremonien des Einlasses bis hin zur eigentlichen Krönung sowie die danach folgenden Huldigungen und die Ritterschläge für ausgesuchte Persönlichkeiten würden Stunden dauern. Andererseits, zu spät wollte er sich mit Marie auch nicht auf den Weg machen.

»Wenn die Glocke läute un die Kanone böllern, is noch Zeit genuch«, hatte Lisbeth gesagt.

Trotzdem stand Marie auf. »Ich mache mich schon mal fertig«, sagte sie und ging in die Kammer.

Einige Zeit später begannen nach und nach die Glocken zu läuten. Dann hörte man auch den Kanonendonner. Abel stand auf, zog sich seinen Rock über, setzte den Dreispitz auf und erwartete Marie an der Stiege.

Die Ankergasse war beinahe menschenleer. Und wer auf der Straße war, strebte zum Domplatz oder zum Römer.

Marie hatte ihren Schirm aufgespannt und Abel seinen

Rockkragen hochgestellt. Bald war ihr Schuhwerk durch den aufgeweichten Unrat auf der Straße verschmutzt. An allen Ecken standen Fässer, um das aus den Dachrinnen laufende Regenwasser aufzufangen. Dennoch bildeten sich teilweise riesige Pfützen.

Schon an der Leonhardskirche versammelte sich eine große Menschenmenge. Das weitere Fortkommen wurde schwierig. Sie drängten sich durch ausschließlich gut und sauber gekleidete Menschen. Selbst Tagelöhner hatten ihre Sonntagsröcke hervorgeholt oder sich welche geliehen. Bunte Hauben und federbesetzte Hüte wogten über der Menge, Kinder wurden auf Schultern getragen. Irgendwo sprang immer jemand in die Höhe, um besser sehen zu können, was sich vor ihm tat. Die wartende Menge war bereits vom Regen durchnässt und unter den Dunstwolken brodelte ein beständiges Summen aus tausenden Mündern.

Abel vernahm neben dem Frankfurter Dialekt so manchen fremden Zungenschlag. Er griff nach Maries Hand und sie schlugen sich seitwärts durch düstere Gässchen. Dann hatte er die Richtung verloren. Das war ihm noch nie passiert. In diesem Nieselregen sah alles gleich aus. Marie fragte schon, ob er noch wüsste, wo sie sich befänden. Auf dem Hühnermarkt stand wieder alles voller Menschen. Mit dem Rücken zu den Hauswänden kämpften sie sich durch die Gasse Hinter dem Lämmchen zum Eingang des *Steinernen Hauses*.

Abel war vor dem großen spitzbogigen Tor stehen geblieben und warf einen Blick nach oben. Regen fiel ihm ins Gesicht. Aus jedem der zahlreichen Fenster schauten vornehme Leute heraus. Ihre Köpfe bewegten sich aufgeregt hin und her.

Abel hielt inne. Das waren alles auserlesene Personen aus der höheren Gesellschaft mit den besten Beziehungen zu den städtischen Behörden. Bestimmt gab es darunter welche, die von seiner Sache wussten, ihn vielleicht sogar kannten. Doch Marie nahm ihn schon bei der Hand und zog ihn ins Haus. Ein Livrierter stand vor ihnen am Treppenabsatz. Abel zeigte sein Einladungsschreiben und der Bedienstete ließ sie beide nach einer Verbeugung durch.

Im Treppenhaus schwatzten Diener und Mägde. Ungeniert sahen sie zu, wie sich Abel und Marie das Wasser von ihrer Kleidung klopften. Danach ging Abel mit Marie hoch in den ersten Stock. Dort erwartete sie erneut ein Livrierter. Nach einem Blick auf die Einladung führte er sie in eine herrschaftliche Wohnung und wies ihnen in einem Zimmer zur Straße ein Fenster zu.

Abel runzelte die Stirn. Dieses Fenster war, wie alle anderen auch, mit neugierigen Menschen belegt, die auf die Straße blickten. Von allen Anwesenden sahen Abel und Marie nur die Rücken. Beinahe hätten sie über dieses Bild gelacht. Abels Angst also, alle würden ihn bei seinem Eintreten mustern, war unbegründet. Alle Aufmerksamkeit richtete sich auf das Geschehen auf der Straße. Abel zupfte seinen Rock zurecht, reiche Marie seinen Arm und ging mit ihr auf das ihnen zugewiesene Fenster zu.

Ein Dienstmädchen mit einem Tablett voller Gläser stellte sich ihnen in den Weg. Abel ließ Marie los und griff nach zwei Gläsern mit einem perlenden Getränk. Das Dienstmädchen deutete einen Knicks an und ging weiter. Abel reiche Marie ein Glas und stieß mit ihr an.

»Champagnerwein«, sagte Marie. »Nicht übel.«

Noch bevor Abel etwas erwidern konnte, neigte Marie den Kopf und flüsterte in Richtung Fenster: »Du musst uns vorstellen!«

Dort hatte sich ein vornehm gekleideter Herr mit einem roten, runden Gesicht zu ihnen umgedreht. Abel trat mit Marie auf ihn zu.

»Johann Herzog«, sagte er und streckte dem Herrn seine

Hand hin. »Das ist meine Gemahlin, Marie.« Marie reichte dem Herrn ihre Hand zu einem Kuss und lächelte.

»Johann Philipp von Stalburg«, stellte sich der Herr vor und griff nach Maries Hand. Dabei stupste er an den Rücken einer Frau, die zum Fenster hinausschaute. Diese richtete sich auf und wendete sich um. »Und das ist Martha, mein Weib, mit meinen beiden Töchtern Sophia und Elisabeth.« Auch Frau von Stalburg hielt ein Glas in der Hand. Nur widerwillig drehten sich ihre Töchter um, zwei halbwüchsige Mädchen mit dem runden Gesicht des Vaters.

Stalburg zupfte am Kragen seines Rockes. Obwohl der Regen draußen die Luft abgekühlt hatte, war sie im Haus stickig und drückend. Stalburg und seiner Frau standen Schweißperlen auf der Stirn.

»Mädchen, macht Platz für unsere neuen Freunde aus …«, Stalburg sah Abel fragend an.

»… Miltenberg«, sagte Abel beflissen, »Wein- und Getreidehändler.«

»Frankfurt«, sagte Stalburg laut und lachte. »Auch Händler.« Dann vollführte er mit seinem rechten Arm einen Halbkreis. »Mein Haus. Wenigstens zu einem Teil.« Immer noch lachend schob er Marie und Abel zum Fenster.

Abel stellte sich so hinter Marie, dass an der Fensterbrüstung noch genug Platz für die Mädchen und Frauen war. Marie dankte es ihm mit einem freundlichen Blick.

Erst jetzt, wo Abel sich über Marie beugte, um ebenfalls einen Blick hinunter auf die Menge zu werfen, roch er ihr Parfüm. Sie nahm es nur zu seltenen Anlässen. Tief sog er den würzigsüßen Duft ein.

Alle schauten nun auf den mit rotem Tuch belegten Holzsteg, der sich vom Dom durch den Markt bis hin zum Römer zog. Rechts und links davon sah Abel nichts als dicht gedrängte Menschenmassen. Es mussten Tausende sein, die den Krönungsweg und den Platz vor dem Römer füllten. Selbst auf den Dächern der umliegenden Häuser sah man Menschen, die vor dem Gewoge auf der Straße geflüchtet waren.

Vom Dom her erscholl erneut Glockengeläut.

»Gleich wird der Kaiser den Dom verlassen«, sagte Stalburg mit gewölbter Brust.

Jetzt wurde draußen »Vivat« gerufen. In einer Welle kamen die Rufe vom Dom her und liefen unter ihrem Fenster vorbei zum Römer. »*Vivat rex*, Vivat dem neuen Kaiser«, rief das Volk. Dann ebbten die Rufe ab und gingen in ein allgemeines, aufgeregtes Gemurmel über.

Das Dienstmädchen kam und schenkte Champagner nach. Stalburg griff nach seinem Glas und stieß mit Abel und Marie an.

Abel war das neumodische Getränk zu süß. Er nippte tapfer an seinem Glas, während Marie sich gleich wieder umdrehte. Ihre Wangen glühten. Sie konnte sich nicht sattsehen an den vielen Frauen mit den Galakleidern, den Hüten mit den bunten Federn und den Herren mit den goldenen Knöpfen an den Röcken.

Stalburg bemühte sich um Konversation mit Abel, doch dieser hatte das Gefühl, dass er ihn nur ausfragen wollte. In Gedanken war Abel woanders. Ob man in seiner Causa schon mehr wusste?

Auf der Straße schien sich etwas zu tun, denn Marie hatte Abel ein Handzeichen gegeben. Abel stellte sich nun wieder hinter seine Frau und lugte an ihr vorbei nach draußen. Erneut erschollen Vivat-Rufe und Jubel. Wachen in der gelbrot-blauen Uniform der Schweizer Garde liefen geschäftig über den Steg und drängten mit ihren Hellebarden die Menschen zurück.

Stalburg bot nun Marie an, ihr die Herrschaften vorzustellen, die jetzt gleich vorüberziehen würden. Er sei vor zwei Jahren auch schon hier gestanden, als man den leider zu früh verstorbenen Leopold II. gekrönt habe.

Immer wieder wischte sich Stalburg mit einem Tuch den Schweiß aus dem geröteten Gesicht. Unvermittelt drängte er zwischen seine Töchter und zeigte Richtung Dom.

»Seht, gnädige Frau, der stattliche Mann in dem goldenen Mantel, der hinter den Ratsherren hergeht und so stolz sein Schwert hochhält, das ist der Erzmarschall, der Kurfürst von Sachsen. Dahinter müssten jetzt die weiteren Kurfürsten …« Stalburg schob sich noch weiter vor. »Ja, seht«, rief er, »die Herren Fürstbischöfe von Trier und Köln und …«

Abel beugte sich ebenfalls weit hinaus. Ob Abt Külsheimer aus Amorbach …? Tatsächlich. Gleich hinter dem Fürstbischof von Mainz, Friedrich Karl Joseph von Erthal, schritt sein ehemaliger geistlicher Herr. Obwohl der Abt nicht nur alt, sondern auch kränklich war, hatte er es sich nicht nehmen lassen, von seinem Privileg Gebrauch zu machen. Hell leuchtete sein bleiches Haupt Abel entgegen. Dieser stieß Marie an, doch auch jene hatte den Abt schon entdeckt. Külsheimer schritt gebeugt und am Stock, sodass der Zug ihm davonzueilen schien.

Auch der Kurfürst und Erzbischof von Mainz war alt geworden. Abel überlegte. Er musste schon in den Siebzigern sein. Sein Mantel aus Hermelin, durch den Regen noch schwerer als sonst, schien ihm zu schaffen zu machen. Soeben richtete er sich ein wenig auf und schaute nach oben. Er wischte sich mit dem Handrücken übers Gesicht, drückte die Mitra ein wenig fester auf den Kopf und beeilte sich, die Lücke, die sich vor ihm aufgetan hatte, wieder zu schließen.

Es folgte ein nicht enden wollender Zug von Botschaftern und Gesandten, die auch Stalburg nicht alle kannte. Jedenfalls war er verstummt und schaute wie alle anderen gebannt hinunter auf das Defilee von samtenen Flügelröcken und Uniformen mit goldgalonierten Nähten, lederfarbenen Kamisolen und leuchtenden Schärpen.

Wer von all den Vorbeiziehenden keine Kopfbedeckung

besaß, dem tropfte der Regen vom Haupt auf die Schultern. Das Wasser breitete sich über die Kleidung aus, wo es dunkle Flecken hinterließ. Abel blickte zum Himmel und sah finstere Wolken. In der Gasse wurde es noch düsterer als sonst. So rasch würde es nicht aufhören zu regnen.

Das Volk störte sich nicht daran. Immer wieder brandete Beifall auf und man hörte das »*Vivat rex*«. Und dann endlich kam er, der neue Kaiser. Wie alle anderen vor ihm schritt er zu Fuß über den Steg, die altehrwürdige Krone auf dem Haupt. In den Händen hielt er den Reichsapfel und das Zepter. Zehn, in Schwarz gekleidete Diener beschirmten ihn mit einem Baldachin. Franz II. dürfte so der Einzige im Zug sein, der einigermaßen trocken den Römer erreichen würde.

Stalburg stieß Abel an. »Da rechts vorne, der Erste in der Reihe, das ist mein Oheim, Stadtschultheiß Johann Friedrich Maximilian von Stalburg.«

Abel hörte nur halb hin. Er blickte auf den Kaiser.

Mein Gott, ist der jung, dachte er sich. In dem gewaltigen, jahrhundertealten Mantel wirkte Franz II. fast wie ein Kind. Auch die Krone schien ihm zu groß zu sein. Schon zweimal hatte er mit der Hand, in der er auch den Reichsapfel trug, gegen die Krone gedrückt und sie wieder gerichtet. War dies ein Omen? War dem jungen Regenten die Kaiserwürde ebenso zu groß wie sein Ornat? Bestimmt schwitzte er unter seiner Verkleidung noch mehr als Stalburg in seinem Rock.

Je näher der Kaiser kam, umso mehr verschwand er unter dem Baldachin. Zuletzt erblickte man von ihm nur noch die reich verzierten Krönungs-Sandalen.

»Wenn Ihr seinen Mantel aus der Nähe sehen könntet, wäret Ihr enttäuscht«, meldete sich Stalburg. »Ein abgeschabtes und von Motten angefressenes Stück, das unsereiner schon längst seinem Diener geschenkt hätte.«

Kaiserliche und kurfürstliche Garden, herausgeputzt und mit Orden behängt, bildeten das Ende der Prozession. Der letzte Offizier musste wie ein Krebs beständig rückwärts marschieren. Mit seinem Degen wehrte er die Leute ab, die sich sofort auf das rote Tuch stürzten, über das der Kaiser und sein Gefolge geschritten waren. Sie schnitten oder rissen sich Stücke davon ab und wurden dabei von anderen Nachdrängenden über den Haufen geworfen.

»Der Volksglaube sagt, das Tuch habe die Kraft, Krankheiten zu heilen, weil der Gesalbte des Herrn darüber gelaufen ist«, erklärte Stalburg.

Stalburgs Frau drehte sich um. »Du weißt, dass auch ich schon beim letzten Mal gerne ein Stück davon gehabt hätte«, sagte sie spitz. Stalburg blieb ohne Regung.

»Das wirklich Erbauliche«, führte er weiter aus, »können wir von hier aus leider nicht sehen.«

Auch Abel und Marie hatten sich jetzt umgedreht.

Stalburg streckte sich und griff mit beiden Händen an das Revers seines Rockes. »Wenn der Kaiser am Römer angekommen ist, wird er sich in seinem Ornat auf dem Balkon dem Volk zeigen. Er tut mir jetzt schon leid, wenn er, Zepter und Reichsapfel hochhaltend, der Verrichtung der Erzämter folgen muss.«

Abel und Marie sahen Stalburg fragend an. Seine Frau schien zu wissen, was kommen würde. Doch die Töchter schauten nahezu andächtig auf ihren Vater.

»Eine Stunde lang wird das gehen. Dem armen Kaiser werden die Arme schwerer und immer schwerer werden.«

Und er wird, wie alle, im Regen stehen, dachte Abel.

Stalburg holte seine Taschenuhr hervor. »Nicht mehr lange und der Erbmarschall wird auf sein Ross steigen und sein Schwert gegen ein Streichblech tauschen. Dann reitet er zu dem großen Haferhaufen vor dem Römer, den seine Gehilfen heute Morgen aufgeschüttet und seitdem tapfer verteidigt haben. Dort füllt er vom Pferd aus das Gefäß und kehrt zurück. Die Zuschauer kennen das Schauspiel. Sie warten auf den Erbtruchsess, der, eine silberne Schüssel in der Hand, auf die Bretterbude zureitet, wo schon seit gestern ein gewaltiger Ochse über dem Feuer gedreht wird. Hier bedient er sich. Der Erbkämmerer dann füllt am Brunnen ein Gießgefäß. Aus dem Brunnen fließt heute Wein statt Wasser.«

Stalburg beugte sich weit aus dem Fenster und spähte Richtung Römer. »Noch ist das Volk halbwegs ruhig. Doch warten wir, bis der Erbschatzmeister sein Pferd besteigt und in seine mit dem kurpfälzischen Wappen bestickten Beutel greift, die er am Gürtel trägt. Sie sind mit Gold- und Silbermünzen gefüllt und werden bald, wie jetzt die Regenschauer, über die Menge niedergehen.«

Stalburg seufzte. »Es wird auch diesmal nicht ohne Verletzte abgehen. Wenn es die *Goldene Bulle* so will.«

Abel hatte kurz gezuckt, als Stalburg die Münzen erwähnte. Was wäre dies für eine Schmach für den neuen Kaiser gewesen, wenn die Leute nach und nach festgestellt hätten, dass es gefälschte Taler waren, die sie, im Kampf mit anderen, aufgefangen oder vom Boden aufgelesen hatten.

Inzwischen waren Abel und Marie Stalburg zum Fenster gefolgt und schauten hinunter auf die Straße. Von dem roten Tuch war nichts mehr zu sehen und auch der Holzsteg war fast vollkommen verschwunden. Nach allen Seiten liefen Männer und auch Frauen davon und schleppten eine Bohle oder ein Stück Balken mit sich.

»So werden sie auch den Bratochsen zerreißen, mitsamt der Bretterbude«, bemerkte Stalburg.

»Und genauso wird man es auch mit dem Reich machen, wie manche meinen«, sagte eine Stimme hinter ihnen.

Abel und Stalburg drehten sich gleichzeitig um.

Ein Herr mittleren Alters mit weißer Perücke lächelte sie an. Er trug einen feinen, grünen Rock, unter dem eine karmesinrote Weste hervorschaute. Ein weißes Seidentuch umschlang, in saubere Falten gelegt, seinen Hals. Abel hatte es jetzt schon öfters gesehen, dass auch Männer in bunter Kleidung daherkamen.

»Oh, Freiherr Christian Friedrich von Stockmar«, sagte Stalburg und machte eine Verbeugung. »Es freut mich außerordentlich, dass Ihr meiner Einladung gefolgt seid.« Darauf deutete er auf Abel. »Johann Herzog, ein Freund des Hauses.«

Abel zuckte mit den Augenbrauen und verbeugte sich leicht.

Auch der Freiherr neigte den Rücken. »Die Freude liegt ganz bei mir, lieber Stalburg.« Dann streckte er sich wieder. »Die Herren mögen mir verzeihen, dass ich so vorlaut dazwischengesprochen habe. Ich hatte soeben eine hitzige Debatte, weil sich doch heute zum dritten Mal der Sturm auf die Bastille jährt. Ich habe mich gegen mehrere schwachkö…«, der Freiherr fuhr mit gesenkter Stimme fort, »pardon, eigenwillige Aristokraten wehren müssen, die sich gegen die Wahl dieses Tages als Krönungstag ausgesprochen haben. Sie erklärten, dass dies ein schlimmes Omen wäre für unser Heiliges Römisches Reich. Ich habe ihnen deutlich gemacht, dass man dem Volk zeigen müsse, dass man sich nicht vor Frankreich fürchtet und zu recht diesen Tag gewählt hat. Meint Ihr nicht auch?«

Stalburg neigte den Kopf. »Gewiss, Freiherr, gewiss. Obwohl ich auch heute die Meinung vernehmen musste, der Zug da unten sei ein Leichenbegängnis. Frevelhaft!«

»Frevelhaft und schwachköpfig. Die Herren entschuldigen, ich habe es unterlassen, die Damen zu begrüßen.«

»Wie recht er hat«, sagte Stalburg und fasste Abel am Arm. »Ich habe eine Kleinigkeit zum Essen richten lassen. Gebt Ihr mir mit Eurer Gemahlin die Ehre und begleitet mich in den Salon? Zuvor hätte ich Euch gerne noch unter vier Augen gesprochen.«

Abel wusste nichts von dem Essen. Doch es war ihm recht, sein Magen knurrte. Er folgte Stalburg in eine Zimmerecke.

»Euch gehört das Tuch auf dem Schiff aus Köln?«, begann Stalburg.

Abel verschlug es die Sprache.

»Ich würde Euch einen guten Preis machen.«

Abel blieb immer noch stumm. Woher wusste …? Dann griff er sich an die Stirn. Isaak Michael Speyer, deswegen also die Einladung.

»Einen sehr guten Preis«, hörte Abel Stalburg sagen.

Abel spürte ein Kribbeln im Nacken. Der Solawechsel würde ihm keine Sorgen mehr bereiten.

Stalburg berührte Abel erneut am Arm. »Können wir alles Weitere in Ruhe beim Essen besprechen?«

Es war schon Abend, als Abel mit Marie wieder in Lisbeths Küche saß. Er hatte mehrere Gläser Wein getrunken, war satt und zufrieden. Der Verkauf des Tuches stimmte ihn fröhlich. Auch Marie war beschwingt wie schon lange nicht mehr. Sie schwärmte vom Zug des Kaisers, von der Tafel der Stalburgs und dem Auftreten all der manierlichen Herrschaften. Vor allem Freiherr von Stockmar hatte sie beeindruckt.

Während Marie im Bett sofort in tiefen Schlaf fiel, lag Abel noch lange wach. Ständig wanderten seine Gedanken zwischen dem Tuchgeschäft mit Gent und der Entdeckung der Fälscherwerkstatt hin und her. Wenn auch die letztere Sache noch zu einem guten Abschluss kommen würde, würde er dem Karmeliterkloster eine größere Spende machen. Wie könnte er die Sache mit der Falschmünzerei und dem Mord an Nepomuk klären? Eigentlich musste jedem einleuchten, dass er mit beidem nichts zu tun hatte. Wem hatte er eigentlich diese ganzen Schwierigkeiten hier in Frankfurt zu verdanken? Abel wälzte sich hin und her. Irgendwann schlief er schließlich ein.

XVIII

Da Marie und Lisbeth noch schliefen, suchte sich Abel am nächsten Morgen in der Küche alleine ein Frühstück. Gerade wollte er in ein Stück Brot beißen, als es an die Haustür pochte. Theobald stand draußen auf der Gasse.

»Gute Nachricht«, stieß dieser dann in der Küche hervor. »Du sollst kommen.«

Abel sprang auf. »Was? Wohin soll ich kommen?«

»Zu uns. Der Stadtkommandant will dich sprechen.«

»Hallstein? Bei euch im Kloster?«

Theobald war wieder zu Atem gekommen und lächelte. »Der Spuk ist vorbei, Abel. Sie haben den Franzosen verhaftet — und weitere Emigranten dazu.«

»Wo?«

Theobald breitete die Arme aus. »Mehr weiß ich auch nicht. Komm einfach mit. Der Stadtkommandant wartet beim Prior auf dich.«

Abel räusperte sich und deutete nach oben. »Meine Frau ist hier. Ich hätte sie gerne mitgenommen.«

Theobald überlegte. »Gangolf wird sie hereinlassen. Alles Weitere soll der Prior entscheiden.«

Etwa eine halbe Stunde später standen Abel und Marie im Kreuzgang des Klosters. Während Theobald sie beim Prior anmeldete, betrachteten Abel und Marie die Wandmalereien aus dem Leben Jesu. Marie schritt staunend an diesen entlang.

»Jörg Ratgeb«, sagte Abel stolz. Er hatte sich den Namen

des Künstlers noch von seinem ersten Besuch vor einigen Jahren hier gemerkt.

»Deine Frau kann mit.« Unbemerkt war Theobald von hinten an sie herangetreten.

Es war das erste Mal überhaupt, dass Rüdiger von Breitstein Abel im »Allerheiligsten« empfing, wie die Brüder des Karmeliterordens die Amtsräume ihres Priors nannten. Hätte Abel Augen für das Zimmer gehabt, hätte er ein feines Tischchen aus Rosenholz und zwei elegante Sessel bewundern können. In einem dieser Sessel saß der Stadtkommandant. Bücherregale nahmen nahezu alle Wände vom Boden bis zur Decke ein. Hinter dem Schreibtisch hing in einem goldenen Rahmen das Porträt Friedrich Karl Joseph von Erthals, des Erzbischofs und Kurfürsten von Mainz.

Abels Blicke wanderten vom Prior zum Stadtkommandanten und wieder zurück. Er spürte, dass seine Hände zitterten, und verbarg sie hinter dem Rücken.

»Da ist er ja endlich!« Der Prior des Karmeliterklosters Rüdiger von Breitstein erhob sich hinter seinem Schreibtisch. Auch der Stadtkommandant Conrad von Hallstein stand auf. Dabei verbeugte er sich in Richtung Abel. Marie bot er einen Handkuss an. Danach bat der Prior, Marie an dem Tischchen Platz zu nehmen. Abel blieb mitten im Raum stehen.

Über Nacht hatte es aufgehört zu regnen und die helle Morgensonne, die nun durch das einzige Fenster des Zimmers fiel, blendete Abel. Er war versucht, die Hand über die Augen zu halten. Der Prior bedeutete ihm, dass er die Vorhänge schließen könne. Abel lehnte ab, wusste er doch um dessen schlechte Augen.

Hallstein sah Abel mit einem müden Blick an.

»Mein lieber Herzog«, fing Hallstein an, während er seine Hände knetete, »ich wollte es Euch persönlich sagen, dass Ihr ab sofort in der Causa Mord und Münzfälschung von allen Verdächtigungen entlastet seid.«

Hallstein blickte nun zum Prior hin. »Genau genommen habe ich nie so recht daran geglaubt, dass ein rechtschaffener und wohlsituierter Kaufmann wie Herr Herzog sich auf solch fragwürdige Unternehmungen einlassen würde. Es war eine Verkettung von unglücklichen Umständen, die ihn unter Verdacht hat geraten lassen. Doch das ist ja jetzt vorüber.«

Abel stand da und schwieg. Dann nahm er seine Hände vom Rücken und fragte: »Wem habe ich diese Verkettung von unglücklichen Umständen zu verdanken?«

Hallstein ließ seine Finger knacken. »Also, wir sind noch in den Ermittlungen. Auch deswegen habe ich Euch herbitten lassen. Wir haben da noch einige Fragen.«

Hallstein ließ sich schildern, wie Abel auf das Versteck in der Schmiede gekommen war. Abel musste Pierre und den Schmied beschreiben. Als Abel seine Vermutung äußerte, dass Roth und dieser Franzose sich kennen mussten, nickte Hallstein.

»Wie gesagt, wir ermitteln noch. So viel kann ich sagen: Es war dieser Pierre, der unseren Leutnant auf Eure Spur gebracht hatte. Er gehört zu einer Gruppe von französischen Emigranten, die schon den alten Kaiser gedrängt haben, gegen die Revolutionäre in ihrem Land vorzugehen. Das Ergebnis ist bekannt. Sie hatten wohl geglaubt, beim neuen Kaiser mehr Erfolg zu haben, wenn sie diesen mit gefälschten Talern vor seinem Volk blamieren und die Schuld dafür den Revolutionären in die Schuhe schieben.«

Wieder wandte sich Hallstein dem Prior zu. »Wir hatten von Spionen in französischen Diensten sogar einen Hinweis auf eine Bombe. Wahrscheinlich war dies nur ein Manöver der gleichen Gruppe, damit sie die Sache mit den Münzen ungestört vorbereiten konnten. Auch das prüfen wir noch. Emigranten! Wer denkt denn an so etwas?«

Dann drehte sich Hallstein wieder zu Abel hin. »Gut, Leutnant Roth war etwas voreilig, Euch gleich mit Haft zu drohen. Doch es hatte ja gestimmt, was dieser Franzose behauptet hat.«

Am liebsten hätte Abel herausgeschrien, dass er, Hallstein, es gewesen war, der ihn hatte verhaften lassen. Stattdessen fragte er leise: »Was hatte er denn behauptet?«

»Dass er gesehen habe, wie Ihr dem Gaukler geholfen habt, unbemerkt von Bord zu kommen. Dazu kam noch der falsche Taler, der bei Eurem Schiffsknecht gefunden worden war. Roth musste annehmen, dass Ihr etwas damit zu tun habt — auch mit dem Mord.«

Abel blickte zu Boden. Der Franzose hatte Nepomuk, Heinrich und ihn bei der Ankunft in Frankfurt beobachtet und er hatte nichts davon bemerkt.

»Andererseits, *chapeau*«, fuhr Hallstein fort, »wie Roth auf diesen Pierre gekommen ist und wie schnell er ihn gefunden hat, meint Ihr nicht auch?«

Marie öffnete den Mund und schloss ihn wieder.

Hallstein stand auf, griff mit beiden Händen nach seinem Revers und schaute sich mit vorgereckter Brust um. »Das muss ihm erst einmal jemand nachmachen.«

Abel knirschte mit den Zähnen. Marie schaute zu ihm auf. Er erwiderte ihren Blick nicht. »Und wie ist er auf mich gekommen?«

Hallstein zog ein großes blaues Taschentuch hervor und schnäuzte sich umständlich. Dann begann er: »Der Franzose hat noch nicht alles gestanden. Wir denken allerdings, dass sie diesen Nepomuk erwartet, ihn zu einer falschen Adresse gelockt und dort die Münzen getauscht haben. Es muss von langer Hand vorbereitet gewesen sein. So schnell fälscht man nicht 5000 Taler. Hätte der Büttel des Reichsquartiermeisters sich nicht an den gefälschten Münzen bedient und hätte der Wirt in Sachsenhausen dies nicht erkannt, wer weiß, ob die Fälschung so früh aufgeflogen wäre. Jedenfalls war danach diesem Pierre klar, dass man Nepomuk suchen würde und dass dieser verschwinden musste. Es war naheliegend, Euch dafür zu beschuldigen.«

»Was ist mit Heinrich?«

»Euren Schiffsknecht haben wir heute Morgen entlassen.«

Abel hatte genug. Hallstein schien alles gesagt zu haben, was er sagen wollte, und eine Entschuldigung würde wohl nicht mehr kommen.

»Gestattet, Herr Kommandant, dass ich mich jetzt um meine Geschäfte kümmere, da ist einiges liegen geblieben.«

Hallstein räusperte sich. »Wir haben vor zwei Tagen ein Schiff aus Köln beschlagnahmt. Es führte Ware für Euch. Selbstverständlich könnt Ihr über diese Ware wieder frei verfügen — und über Euer Schiff natürlich auch.«

Habe ich schon, dachte sich Abel, verbeugte sich vor Hallstein und gab Marie zu verstehen, sich ebenfalls zu erheben.

»Dann reist Ihr also ab?«

»So ist es.«

Hallstein langte in die Tasche seines Rockes und holte ein rotes Tuch hervor. Abel runzelte die Stirn. Hatte der Stadtkommandant verschiedenfarbige Schnäuztücher? Hallstein jedoch packte das Tuch an einem Zipfel und ließ den Rest des Stoffes nach unten fallen. Als das Tuch sich zu einem Schal entfaltete, unterdrückte Marie einen Schrei.

»Ich sehe, Ihr wisst, was es damit auf sich hat«, sagte Hallstein und lächelte.

Während Hallstein Marie das Tuch übergab, biss sich Abel auf die Unterlippe. Obwohl es für ihn nichts als Hokuspokus war, hatte auch er vorgehabt, Marie ein Stück Tuch von jenem Steg zu schenken, auf dem der Kaiser vom Dom in den Römer geschritten war. Doch wie hätte er dies in all dem Durcheinander beschaffen sollen? Und jetzt kam dieser Hallstein daher …

Marie machte einen Knicks und griff mit glänzenden Augen nach dem Tuch.

Hallstein begann erneut, seine Hände zu kneten. Kam jetzt noch eine Entschuldigung?

»Dass ich Euch nie wirklich verdächtigt habe, habe ich Euch ja bereits gesagt«, sagte er jetzt zu Abel gewandt. »Es war mein Amt, das mich verpflichtet hatte, so zu handeln, wie ich gehandelt habe.«

Abel schwieg.

Hallstein räusperte sich. »Schultheiß von Stalburg lässt Euch herzlich grüßen.«

Hallstein machte eine Verbeugung zu Marie hin. Marie erhob sich und trat neben Abel.

»Die Frau Gemahlin«, sprach Hallstein weiter, »selbstverständlich auch. Die Stadt sei Euch sehr zum Dank verpflichtet. Da im Augenblick noch vieles drunter und drüber geht und er an allen Ecken gefordert ist, bittet er Euch innigst, zu einem späteren Zeitpunkt unbedingt bei ihm vorzusprechen. Er möchte Euch seinen Dank persönlich überbringen.«

Hallstein kniff ein Auge zu. »Ihr kommt doch wieder einmal nach Frankfurt, oder?«

Abel machte eine Verbeugung. »Richtet dem Schultheiß aus, ich werde seine Einladung annehmen.«

Abel spürte einen Knuff in der Seite. »Wir«, verbesserte er sich.

Hallstein verbeugte sich ebenfalls. »Es wird dem Schultheiß eine Ehre sein, Euch zu empfangen.« Dann wandte er sich zur Tür. »Ich habe zu tun. Der Kaiser reist um die Mittagszeit ab.« Hallstein nickte dem Prior leicht zu und ging.

Als seine Schritte im Gang nicht mehr zu hören waren, konnte Marie nicht mehr an sich halten. Sie warf jauchzend das Tuch um Abel, zog ihn damit an sich heran und drückte ihm einen langen Kuss auf den Mund.

»Siehst du«, jubelte sie, »es hat uns jetzt schon Glück gebracht.«

Zum Autor

Roman Kempf, geboren 1953, stellt mit *Kaiserkrönung* den siebten Band seiner Reihe von historischen Kriminalromanen um den Amorbacher Benediktinerpater Abel vor.

Abel ermittelt Ende des 18. Jahrhunderts spannende Kriminalfälle im Gebiet von Rhein, Main und Neckar. Nach dem fünften Band *Mainzer Rad* verlässt er das Kloster und ist in Miltenberg als Kaufmann tätig.

Der Band zu Pater Abels erstem Kriminalfall, *Schöner Wein*, erhielt im Jahr 2008 den Siegerpreis der Kategorie »Beste Wein-Literatur in Deutschland«, der im Rahmen des internationalen »*Gourmand World Cookbook Awards*« verliehen wird.

Der Band *Frankfurter Messe. Pater Abels dritter Criminalfall* wurde im Jahr 2011 in die *Literarische Kollektion* der Buchmesse Frankfurt aufgenommen und auf Messen und Ausstellungen rund um die Welt präsentiert.

Roman Kempf ist diplomierter Gärtner und lebt in Großheubach am Main.

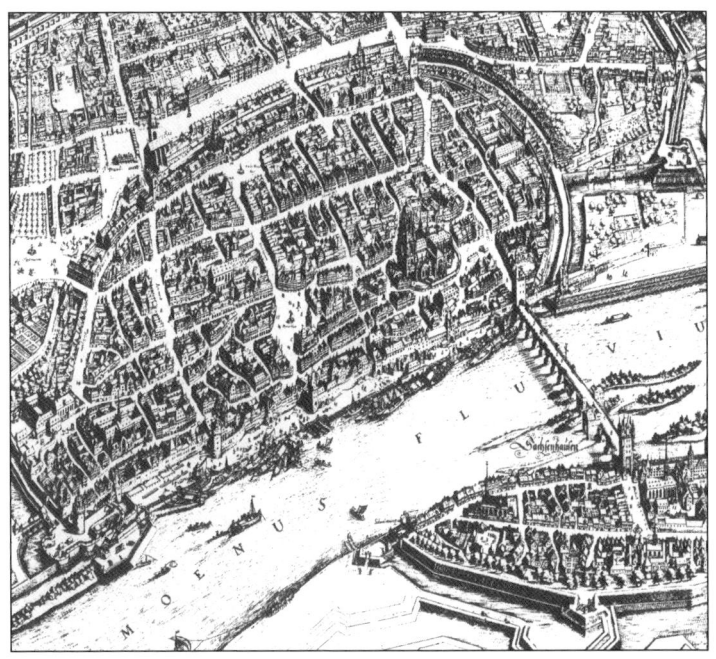

Matthäus Merian, Vogelschauplan von Frankfurt am Main (Ausschnitt), 1628

Impressum

Bibliografische Information
Der Deutschen Nationalbibliothek —
Die Deutsche Nationalbibliothek verzeichnet
diese Publikation in der Deutschen Nationalbibliografie;
detaillierte bibliografische Daten sind im Internet
über http://dnb.ddb.de abrufbar.

ISBN 978-3-939462-34-7
Erste Auflage 2019
Erstes bis drittes Tausend
Alle Rechte vorbehalten
Copyright LOGO VERLAG Eric Erfurth
Obernburg am Main 2019
Rosenstraße 6
D-63785 Obernburg am Main
Telefon (0 60 22) 7 19 88
Fax (0 60 22) 20 69 41
E-Mail: info@lvee.de
Website: www.lvee.de

Covergemälde: © Christoph Haußner, München,
Ch.Haussner@muenchen-mail.de

Druck: AZ Druck und Datentechnik, Kempten
Printed in Germany

Roman Kempf
Schöner Wein
Pater Abels erster Criminalfall

Broschur, 208 Seiten, 6. Auflage
Hörbuch, 4 CDs, ca. 279 Minuten

Abel ermittelt nach einem Ritualmord in den Weinbergen und Weinkellern von Miltenberg am Main.

»… unterhaltsamer Kriminalroman …« BAYERISCHER RUNDFUNK
»… ein spannendes Buch …« FRANKFURTER ALLGEMEINE

Roman Kempf
Roter Stein
Pater Abels zweiter Criminalfall

Broschur, 208 Seiten, 2. Auflage

Beim Bau des Amorbacher Klosterkonvents verliert Abel seinen jungen Bauleiter durch Mord.

»… wunderbare Beschreibungen …« RHEIN-NECKAR-ZEITUNG
»… fesselnde Geschichte …« FRÄNKISCHE NACHRICHTEN

Roman Kempf
Frankfurter Messe
Pater Abels dritter Criminalfall

Broschur, 208 Seiten, 2. Auflage

Mit dem Mainschiffer Gottfried Wolter will Abel am lukrativen Handel der Frankfurter Messe teilnehmen.

»Ein Volltreffer …« BAYERISCHER RUNDFUNK
»… mitten hinein in einen packenden Kriminalfall.« MAIN-POST

Roman Kempf
Mönchspfeffer
Pater Abels vierter Criminalfall

Broschur, 208 Seiten, 2. Auflage

In der Abtei Seligenstadt erfährt Abel, dass allein der Mensch Pflanzen zum Heilmittel oder Gift macht.

»Die Fangemeinde wächst.« Main-Echo
»Die Geschichten sind gut recherchiert ...« Odenwälder Echo

Roman Kempf
Mainzer Rad
Pater Abels fünfter Criminalfall

Broschur, 208 Seiten

Abel ermittelt mit außergewöhnlichen Maßnahmen in den Residenzstädten Mainz und Aschaffenburg.

»Tödliche Begierden.« Offenbach Post
»... eindrucksvoll ...« Aschaffenburger Stadtmagazin

Roman Kempf
Im Spessart
Abels sechster Criminalfall

Broschur, 208 Seiten

Abel, Kaufmann in Miltenberg, wird nach der Heirat mit Marie in einen weiteren Kriminalfall verwickelt.

»... endlich freigemacht von der Enge und den Zwängen des Klosterlebens.« Main-Echo